Joseph Conrad

Der Spiegel der See und andere Geschichten

Mit malerischen Impressionen
von Hans Peter Jürgens

Joseph Conrad

Der Spiegel der See und andere Geschichten

Mit malerischen Impressionen
von Hans Peter Jürgens

Caroline-M. Wierig (Hrsg.)

Koehlers Verlagsgesellschaft · Hamburg

Ein Gesamtverzeichnis der lieferbaren Titel der
Verlagsgruppe Koehler/Mittler schicken wir Ihnen gern zu.
Sie finden uns auch im Internet: www.koehler-mittler.de

Bibliografische Information Der Deutschen Bibliothek
Die Deutsche Bibliothek verzeichnet diese Publikation in der Deutschen Nationalbibliografie; detaillierte bibliografische Daten sind im Internet über http://dnb.ddb.de abrufbar.

ISBN 3-7822-0881-1

Gestaltung und Produktion: Mirja Hübner/Bettina Schumacher
Druck: Druckhaus Köthen GmbH, Köthen

Printed in Germany

Inhalt

Frau Katherine Sanderson, die dem Freunde ihres Sohnes einen warmen Empfang und gütige Gastfreundschaft gewährte und ihm damit die ersten dunklen Tage seiner Trennung von der See erhellte, sind diese Seiten in Herzlichkeit gewidmet.

»... Denn dieser Zauber, dieses Wunderwerk verwirrt mich ganz und gar.«
Boethius: Trost der Philosophie

Vorbemerkung des Autors

Dieses Buch hat vielleicht weniger ein Vorwort nötig als irgendein anderes von mir oder wem auch immer geschriebenes Werk. Aber da alle meine Bücher, ja sogar ›Über mich selbst‹, das doch nur das Fragment einer Biografie ist, eine Vorbemerkung des Autors haben sollen, kann ich sie schlechterdings nicht bei diesem Buch auslassen, ohne den falschen Eindruck von Gleichgültigkeit oder Überdruss zu erwecken.

Ich weiß sehr wohl, dass dies keine leichte Aufgabe sein wird. Da Notwendigkeit, die Mutter allen Erfindens, in diesem Fall keineswegs besteht, weiß ich nicht, was ich Unterhaltsames erfinden könnte. Und wenn Notwendigkeit der stärkste Anreiz zu jeder Bemühung ist, dann weiß ich nicht einmal, wie ich meine Bemühung beginnen soll. Hinzu kommt auch die natürliche Veranlagung: Ich bin mein ganzes Leben hindurch kein Freund von angestrengten Bemühungen gewesen.

Unter diesen entmutigenden Umständen ist es indessen mein Pflichtgefühl, das mich zwingt fortzufahren. Diese Vorbemerkung habe ich nun einmal versprochen. Durch ein paar unbedachte Worte bin ich innerhalb einer knappen Minute eine Verpflichtung eingegangen, die mir seither schwer auf dem Herzen lastet.

Dieses Buch ist ein ganz persönliches Bekenntnis, und was können schon ein paar weitere Seiten den vorliegenden dreihundert Seiten höchst aufrichtiger Selbstoffenbarungen noch hinzufügen? Mit dem Freimut einer letzten Beichte habe ich hier versucht, mein inneres Verhältnis zur See bloßzulegen.

›Wie jede große Leidenschaft, welche die unerforschlichen Götter den Sterblichen bescheren, begann auch diese geheimnisvoll und blieb, gefeit gegen alle Anfechtungen der Vernunft, ohne Bitterkeit und ohne Klage. Sie überlebte jede Art von Enttäuschung und bot der Ernüchterung Trotz, die an jedem Tage eines arbeitsreichen Lebens auf uns lauert. Wachsam und frohlockend hielt sie allen Freunden, allen Leiden dieser Liebe stand – von der ersten bis zur letzten Stunde.‹

Bezwungen, doch niemals entmutigt, gab ich mein Dasein dieser Leidenschaft hin, die wie das Leben selbst vielfältig und gewaltig war, aber auch Zeiten wundersamer Heiterkeit hatte. Zeiten, wie sie sogar eine launische Geliebte zuweilen an ihrer sanften Brust bieten kann, eine Geliebte, die voller Tücke und Raserei, dennoch bezaubernder Süße fähig ist. Und wenn jemand meint, dies sei die gefühlvolle Illusion eines alten romantischen Herzens, so kann ich nur erwidern, dass ich zwanzig Jahre lang wie ein Einsiedler mit meiner Leidenschaft gelebt habe. Die Welt jenseits der Linie des Horizonts existierte für mich ebenso wenig wie für die Mystiker, die auf den Gipfeln hoher Berge Zuflucht suchten. Ich spreche jetzt von jenem innersten Erleben, das sowohl das Beste als auch das Schlimmste enthält, was uns in den Tiefen unseres Seins zustoßen kann, wo der Mensch allein auf sich angewiesen ist und doch nicht die Hoffnung aufzugeben braucht, mit seinesgleichen Zwiesprache zu halten.

Damit habe ich hier wohl genug über diese meine Abschiedsworte, über das letzte Aufflammen meiner großen Leidenschaft für die See gesagt. Ich nenne sie groß, denn für mich war sie es. Andere mögen sie eine törichte Verblendung nennen. Solche Worte werden bei jeder Liebesgeschichte gebraucht. Aber was auch immer es sein mag, die Tatsache bleibt bestehen, dass es etwas viel zu Großes war, um es in Worte zu fassen.

So habe ich es immer dunkel empfunden, und daher stützen sich die folgenden Seiten einem echten Bekenntnis gleich auf Tatsachen, die einer freundlichen, milden Seele die innere Wahrheit fast eines ganzen Lebens zu vermitteln ermögen. Obgleich die Zeit vom sechzehnten bis zum sechsunddreißigsten Lebensjahr nicht ein Menschenalter genannt werden kann, ist sie doch eine ziemlich lange Spanne jener Art Erfahrung, die einen Mann langsam lehrt, zu sehen und zu fühlen. Für mich ist sie ein ganz besonderer Lebensabschnitt; und als ich hieraus gleichsam in eine andere Atmosphäre auftauchte und mir sagte: »Jetzt muss ich von diesen Dingen sprechen oder unbekannt bleiben bis zum Ende meiner Tage« – da geschah dies in der unausrottbaren Hoffnung, die einen durch alle Einsamkeit und alles Gedränge begleitet, der Hoffnung, mich endlich doch einmal zu guter Stunde verständlich machen zu können.

Und ich bin verstanden worden! So gut bin ich verstanden worden, wie es in dieser Welt, die fast nur aus Rätseln zusammengesetzt scheint, überhaupt möglich ist. Über dieses Buch sind Dinge gesagt worden, die mich tief bewegt haben, dies umso mehr, weil sie von Männern geäußert wurden, die sich zu einem Beruf bekannten, dessen Aufgabe es ist, zu begreifen, zu analysieren und zu erläutern – mit einem Wort, von Literaturkritikern. Sie sprachen aus, was ihnen ihre Gewissen vorschrieb, und einige sagten Dinge, die mich zugleich froh und traurig darüber machten, dass ich jemals mit meinen Bekenntnissen begonnen habe. Mehr oder minder deutlich begriffen sie das Wesensmerkmal meiner Absicht und kamen zu dem Schluss, mich für würdig genug zu halten, diesen Versuch unternommen zu haben. Sie erkannten den enthüllenden Charakter des Buches, meinten aber, dass die Enthüllung in einigen Fällen doch nicht vollständig sei.

So schrieb einer von ihnen: »Beim Lesen dieser Zeilen wartet man stets auf die Enthüllung; doch nie offenbart sich die ganze Persönlichkeit. Wir können nur feststellen, dass die und die Sache Conrad zustieß, dass er einen solchen Mann kannte, dass sein Leben so verlief und eben diese Erinnerungen zurückließ. Es sind die Aufzeichnungen von Ereignissen seines Lebens, und zwar nicht in jedem Falle auffallende oder entscheidende Begebenheiten, sondern eher solche rein zufälliger Natur, die sich aus irgendeinem Grunde dem Geist einprägen und erst nach langer Zeit wieder im Gedächtnis auftauchen als Symbol eines unbekannten, geheiligten Rituals, das sich im Verborgenen abspielt.«

Hierzu kann ich nur sagen, dass dieses Buch in vollkommener Aufrichtigkeit geschrieben worden ist und nichts verbirgt als die bloße körperliche Gegenwart des Verfassers. Auf diesen Seiten lege ich ein volles Bekenntnis ab, nicht meiner Sünden, wohl aber meiner Gefühle. Es ist die beste Huldigung, die meine Gottesfurcht den entscheidenden Gestaltern meines Charakters, meiner Überzeugungen und in gewissem Sinne meines Schicksals darbringen kann: der unvergänglichen See, den Schiffen, die nicht mehr sind, und den schlichten Männern, deren Tage nicht wiederkehren.

1919 **J. C.**

And shippes by the brinke comen and gon,
And in swich forme endure a day or two.

The Frankeleyn's Tale

Von Land zu Land

I

Das Sichten des Landes und der Beginn der Reise sind die Endmarken im rhythmischen Pendelschlag eines Seemannslebens und der Laufbahn eines Schiffes. Von Land zu Land, damit ist das irdische Los eines Schiffes am prägnantesten erklärt.

wisser Landmarken mithilfe des Kompasses, ergibt. Das Sichten des Landes, sei es ein auffällig geformter Berg, ein felsiges Vorgebirge oder ein Streifen Dünenstrand, geschieht zuerst mit einem einzigen Blick. Ihm folgen dann weitere Erkundungen. Im Wesentlichen ist jedoch das »Insichtkommen des Landes« oder der »Landfall«, wie britische Seeleute diesen Vorgang bezeichnen, mit dem ersten Ausruf »Land in Sicht« abgetan.

Der »Anfang der Reise« ist nicht das, was man sich gemeinhin an Land darunter vorstellt. Eher ist noch der Ausdruck »Insichtkommen des Landes« zu verstehen: das Land kommt eben in Sicht, und dazu gehören nur scharfe Augen und klares Wetter. Der Anfang der Reise bedeutet nicht das Verlassen des Hafens, so wenig wie das Insichtkommen des Landes gleichbedeutend mit der Ankunft ist. Der Unterschied liegt darin, dass man unter Anfang der Reise weniger ein Schiffsmanöver als vielmehr ein ganz bestimmtes Ereignis versteht, das sich aus einem Verfahren, und zwar der genauen Beobachtung ge-

Der Anfang der Reise ist hingegen eine navigatorische Handlung. Ein Schiff mag den Hafen schon seit einiger Zeit verlassen haben, es kann schon tagelang im wahrsten Sinne des Wortes auf See sein – dennoch hatte die Ausreise für die Seeleute auf den großen Segelschiffen vergangener Zeiten noch nicht begonnen, solange die Küste, von der sie absegelten, noch in Sicht war.

Wenn die Ausreise nicht mit dem Entschwinden des Landes beginnt, dann vielleicht mit dem letzten Blick, den der Seemann beruflich auf die noch zu erkennende Küste wirft. Das ist, zum Unterschied vom Gefühlsmäßigen, sein technisches Lebewohl. Fortan ist die achteraus liegende Küste für ihn erledigt. Sie ist jetzt nur noch eine persönliche Angelegenheit des Einzelnen. Es ist nicht das Schiff, sondern der Seemann, der den Beginn der Ausreise festlegt, und zwar mit einer Kreuzpeilung, die die Stelle des ersten winzigen Bleistiftkreuzes auf der weißen Fläche der Überseglungskarte bestimmt, wo dann am Mittag jedes künftigen Reisetages der Schiffsort durch ein anderes, ebenso winziges Bleistiftkreuz bezeichnet wird. Und es mag dann sechzig, achtzig oder noch mehr Kreuze auf der Route eines Schiffes von Land zu Land geben. Die größte Anzahl, die ich während meiner Fahrenszeit erlebte, waren einhundertdreißig solcher Kreuze von der Lotsenstation bei den Sand Heads im Golf von Bengalen bis zu den Scyllis im Englischen Kanal. Eine schlechte Reise...

Der Abfahrtsort, der mit dem letzten beruflichen Blick auf das Land bestimmt wird, ist immer gut, oder zumindest gut genug; denn selbst wenn es unsichtig ist, spielt das keine große Rolle für ein Schiff, das die offene See vor sich hat. Das Insichtkommen des Landes kann hingegen gut oder schlecht sein. Da wird die ganze Erde umsegelt mit einem bestimmten kleinen Fleck als Ziel. Bei all den gewundenen Aufzeichnungen, die der Kurs eines Segelschiffes auf der weißen Fläche einer Seekarte hinterlässt, strebt es doch immer diesem winzigen Fleck zu – vielleicht einer kleinen Insel im Ozean, einer markanten Landspitze an der lang gestreckten Küste eines Kontinents, einem Leuchtturm auf dem Vorland oder einfach der spitzen Form eines Berges, der wie ein Ameisenhaufen auf der See schwimmt. Kommt dieser Fleck in der erwarteten Richtung in Sicht, dann war die Ansteuerung gut. Nebel, Schneestürme, Orkane mit dicken Wolken und Regen – das sind die Feinde des Seemannes beim Ansteuern seines Zieles.

II

Manche Schiffsführer sind immer in gedrückter Stimmung, vergrämt und unzufrieden, wenn sie von der heimatlichen Küste fort auf die Reise gehen. Sie haben eine Frau und vielleicht Kinder, irgendeine Zuneigung jedenfalls oder vielleicht nur eine Schwäche, eine besondere Neigung, der sie nun ein Jahr oder noch länger entsagen müssen. Ich erinnere mich nur an einen Einzigen, der mit federnden Schritten an Deck auf und ab ging und mit freudig erregter Stimme den ersten Kurs der Ausreise bestimmte. Aber wie ich später erfuhr, ließ er denn auch nichts weiter als einen Haufen Schulden und die Androhung von gerichtlichen Verfahren hinter sich.

Andrerseits kannte ich viele Kapitäne, die, unmittelbar nachdem ihr Schiff das enge Fahrwasser des Kanals passiert hatte, drei Tage lang oder noch länger für die ganze Besatzung unsichtbar blieben. Sie tauchten gewissermaßen in ihrer Kajüte unter und kamen erst nach einigen Tagen mit mehr oder weniger heiterer Miene wieder zum Vorschein. Mit diesen Männern hatte man es leicht. Überdies mochte eine so vollständige Zurückgezogenheit restloses Vertrauen zu den Steuerleuten bedeuten; und dass man ihm vertraut, missfällt keinem Seemann, der diesen Namen verdient.

So erinnere ich mich, dass ich mich auf meiner ersten Reise als Erster Offizier bei dem guten Kapitän Mac W. ganz geschmeichelt fühlte und meinen Dienst so freudig versah, als ob ich praktisch selbst der Kommandant wäre. Dennoch blieb trotz aller Illusion die Tatsache bestehen, dass der wirkliche Befehlshaber noch da war und mein Selbstvertrauen stärkte, wenn er auch für mich hinter einer ahornfurnierten Kammertür mit einem weißen Porzellangriff unsichtbar blieb. Das ist die Zeit nach dem Beginn der Reise, in der sich der Geist deines Kapitäns mit gedämpfter Stimme mitteilt, als käme sie aus dem Allerheiligsten eines Tempels: denn man nenne sie einen Tempel oder eine »schwimmende Hölle« – wie manche Schiffe genannt wurden – die Kajüte des Kapitäns ist zweifellos der erhabenste Platz auf jedem Schiff.

Der gute Mac W. pflegte nicht einmal zu den Mahlzeiten herauszukommen. Einsam speiste er in seinem Allerheiligsten von einem Tablett, das mit einer weißen Serviette bedeckt war. Unser Steward warf gewöhnlich einen spöttischen Blick auf die vollkommen leeren Schüsseln, die er von dort wieder herausbrachte. Dieser Kummer um sein Zuhause, der so viele verheiratete Seeleute überkommt, nahm Kapitän Mac W. nicht seinen normalen Appetit. Und tatsächlich trat der Steward fast immer an mich heran, um mir, der ich am Kopfende des Tisches auf dem Stuhl des Kapitäns saß, mit feierlichem Ernst zuzumurmeln: »Der Kapitän wünscht noch ein Stück Fleisch und zwei Kartoffeln.« Wir, seine Offiziere, konnten hören, wie er sich in der Koje hin und her bewegte, wie er leicht schnarchte oder tief seufzte, wie er in seinem Bad planschte und schnaubte, und wir machten ihm unsere Meldungen sozusagen durchs Schlüsselloch. Dass die Antworten, die wir bekamen, in ganz sanftem und freundlichem Ton gehalten waren, setzte seinem liebenswürdigen Charakter die Krone der Vollkommenheit auf. Einige Kapitäne sind in diesen Perioden ihrer Zurückgezogenheit ständig in gereizter Stimmung und scheinen sich schon über den bloßen Klang deiner Stimme zu ärgern, den sie wie ein Unrecht und eine Beleidigung empfinden.

Aber ein mürrischer Einsiedler kann seine Untergebenen nicht dauernd quälen, während ein Mann mit ausgeprägtem Pflichtgefühl (oder vielleicht nur ausgeprägter Selbstüberschätzung), der seine Verdrießlichkeit unbedingt den ganzen Tag lang – und vielleicht noch die halbe Nacht – an Deck auslüften muss, zu einem bedrückenden Verhängnis wird. Mit finsteren Blicken läuft er auf der Poop hin und her, als wolle er die See vergiften, und frisst einen vor Wut beinah auf, wenn man zufällig in seiner Nähe etwas falsch macht. Und diese Launen sind für die Leute vorn im Logis wie auch für die Offiziere umso schwerer zu ertragen, als kein Seemann während der ersten paar Tage auf See wirklich in guter Stimmung ist. Die Leute sind bekümmert und voller Erinnerungen, hinzu kommt das instinktive Verlangen nach der verlorenen Muße, der instinktive Hass gegen jede Arbeit. Überdies haben alle Dinge am Anfang die Neigung, schief zu gehen, besonders die aufreizenden Kleinigkeiten. Und unablässig steht vor einem der Gedanke an ein ganzes Jahr mehr oder weniger harter Arbeit; denn in früheren Tagen gab es kaum eine Reise in der Großen Fahrt, die weniger als zwölf Monate dauerte. Ja, auf der Ausreise vergingen immer erst ein paar Tage, bis sich die Besatzung eingelebt hatte und die beschwichtigende Segelschiffsroutine ihren wohltätigen Einfluss ausüben konnte.

Diese Schiffsroutine ist für wunde Herzen und auch für wehe Gedanken eine große Trösterin. Ich habe sie die ungestümsten Geister besänftigen sehen – wenigstens eine Zeit lang. Sie heilt, bringt Frieden und Zufriedenheit mit dem vollbrachten Kreislauf; denn jeder Tag des Lebens an Bord scheint im weiten Ring des Horizontes einen Kreis zu schließen. Die majestätische Monotonie des Meeres verleiht dieser Einförmigkeit der Schiffsroutine einen gewissen inneren Wert, und wer die See liebt, liebt auch sie.

Nirgends sinken die Tage, Wochen und Monate schneller hinab in die Vergangenheit als auf See. Sie scheinen so leicht wie die hellen Luftblasen im wirbelnden Kielwasser achteraus zu bleiben und in der großen Stille zu verschwinden, in der sich das Schiff wie auf zauberhafte Weise fortbewegt. Sie gehen dahin, die Tage, die Wochen, die Monate. Nur ein Sturm kann das geregelte Leben an Bord stören; und der Zauber unerschütterlicher Monotonie, der selbst in den Stimmen der Männer mitschwingt, weicht erst bei der nahenden Aussicht, dass Land in Sicht kommt.

Dann wird der Geist des Schiffsführers erneut tief beunruhigt. Aber jetzt drängt es ihn nicht, die Einsamkeit zu suchen und sich verborgen und untätig in einer kleinen Kammer abzuschließen und Trost in dem leiblichen Verlangen nach Speise und Trank zu suchen. Wenn nach einer langen Reise Land angesteuert wird, ist der Geist des Schiffsführers von unbezähmbarer Unruhe geplagt. Er scheint dann nicht einmal imstande zu sein, sich mehr als einige Sekunden hintereinander im Allerheiligsten des Salons aufzuhalten; er muss hinaus an Deck und angespannten Blickes nach vorne starren, indes der vorgesehene Moment immer näher rückt. Während dieser Druck übermäßiger, angespannter Wachsamkeit auf ihm lastet, wird sein Körper durch Appetitlosigkeit geschwächt; wenigstens nach meiner Erfahrung, obschon »geschwächt« vielleicht nicht das richtige Wort dafür ist. Ich möchte eher sagen, dass er durch das Außerachtlassen von Essen, Schlaf und all den übrigen Annehmlichkeiten des Bordlebens, wie sie auch sein mögen, vergeistigt wird. Nur was das Trinken anbetrifft, habe ich in ein oder zwei Fällen erlebt, dass die Loslösung von den Bedürfnissen des Lebens bedauerlich unvollkommen blieb. Aber diese zwei Fälle waren genau gesagt pathologischer Art und die beiden einzigen, die ich während meiner ganzen Fahrenszeit erlebt habe. Bei einem dieser beiden Beispiele für das aus reiner Angst entstehende Verlangen nach stimulierendem Alkohol kann ich

[…] Eines Abends verholten wir an die Bojen bei den Dockschleusen, klar zum Auslaufen und mit ziemlich sicherer Aussicht, am nächsten Tag die Reise antreten zu können. Mrs. Beard sollte mit einem Nachtzug nach Hause fahren. Als das Schiff festgemacht war, setzten wir uns zum Tee. Wir waren während der Mahlzeit alle ziemlich still – Mahon, das alte Ehepaar und ich. Ich war als erster fertig und schlich mich hinaus, um zu rauchen. Meine Kammer lag in einem Deckshaus unmittelbar vor der Poop. Es war Hochwasser; eine frische Brise wehte und es nieselte. Beide Schleusentore standen offen, und die Kohlenpötte dampften in der Dunkelheit ein und aus, mit hellbrennenden Lampen, laut schlagenden Schrauben, ratternden Winden und viel Gerufe von den Molenköpfen her. Ich beobachtete diese Prozession der Topplichter, die hoch oben, und der grünen Lichter, die tief unten in der Nacht dahinglitten, als plötzlich ein roter Schein vor mir aufblinkte, verschwand, wieder in Sicht kam und sichtbar blieb. Das Vorderteil eines Dampfers tauchte dicht vor mir auf. Ich rief in die Kajüte hinunter: »Kommt herauf, schnell!« und hörte dann eine erstaunte Stimme, die in der Ferne sagte: »Lassen Sie stoppen!« Eine Glocke schrillte. Eine andere Stimme rief warnend: »Wir laufen genau auf die Bark zu, Sir.« Die Antwort hierauf war ein mürrisches: »Schon gut«, und unmittelbar danach kam es zu einem schweren Zusammenstoß, als uns der Dampfer mit seinem breiten Bug etwa in Höhe der Fockwanten streifte. Einen Augenblick lang herrschte Verwirrung, Geschrei und Gerenne. Dampf wurde brüllend abgelassen. Dann hörte man jemand sagen: »Alles klar, Sir.« … »Bei Ihnen alles in Ordnung?« fragte die mürrische Stimme. Ich war nach vorn gesprungen, um den Schaden zu besehen und rief zurück: »Ich denke schon.« »Langsam zurück«, sagte die mürrische Stimme. Eine Glocke schrillte. »Was für ein Dampfer ist das?« schrie Mahon. Da war das Schiff aber bereits nurmehr ein unförmiger Schatten, der ein wenig weiter von uns ab manövrierte. Sie riefen uns irgendeinen Namen zu – eine Frauennamen, Miranda oder Melissa – oder so ähnlich. »Das bedeutet einen weiteren Monat in diesem verflixten Nest«, sagte Mahon zu mir, als wir uns mit Lampen das zersplitterte Schanzkleid und die gebrochenen Brassen besahen. […]

Aus: Joseph Conrad, »Jugend«, S. Fischer Verlag, Frankfurt am Main 1968

nicht einmal behaupten, dass die seemännischen Fähigkeiten des Mannes auch nur im Geringsten beeinträchtigt waren. Dazu war es noch eine sehr beängstigende Situation, da das Land ganz plötzlich bei unsichtigem Wetter und steifer auflandiger Brise dicht bei und in einer völlig unerwarteten Richtung in Sicht kam. Als ich bald darauf nach unten ging, um dem Kapitän Meldung zu machen, überraschte ich ihn unglücklicherweise gerade in dem Augenblick, als er hastig eine Flasche entkorkte. Ich kann wohl sagen, dass mir dieser Anblick einen furchtbaren Schrecken einjagte. Mir war die überempfindliche Natur des Mannes ganz genau bekannt. Zum Glück gelang es mir, mich ungesehen zurückzuziehen, und dann trat ich zum zweiten Mal ein, wobei ich erst einmal am Fuße der Treppe kräftig mit den Seestiefeln stampfte. Ohne diesen flüchtigen Blick hätte keine seiner Handlungen in den nächsten vierundzwanzig Stunden auch nur den leisesten Verdacht in mir erweckt, dass mit seinen Nerven nicht alles in Ordnung sei.

III

Ein ganz anderer Fall, der nichts mit Trinken zu tun hatte, war der des armen Kapitäns B. In seinen jungen Jahren litt er jedes Mal unter üblen Kopfschmerzen, wenn er sich mit seinem Schiff der Küste näherte. Als ich ihn kennen lernte, war er weit über fünfzig, klein, stämmig, sehr würdevoll und vielleicht ein bisschen großspurig. Ein ungewöhnlich gebildeter Mann, der in seinem Äußeren überhaupt nichts Seemännisches aufwies, aber bestimmt einer der besten Seeleute war, unter denen zu fahren ich das Glück hatte. Ich glaube, er war aus Plymouth, Sohn eines Landarztes, seine beiden ältesten Söhne studierten Medizin. Er führte ein großes Londoner Schiff, das damals ziemlich bekannt war. Ich hielt sehr viel von ihm, darum erinnere ich mich mit besonderer Genugtuung der letzten Worte, die er mir an Bord seines Schiffes nach einer achtzehn Monate langen Reise sagte. Es war im Hafen von Dundee, wohin wir eine volle Ladung Jute aus Kalkutta gebracht hatten. Wir waren an diesem Morgen abgemustert worden, und ich kam an Bord, um meine Seekiste abzuholen und mich zu verabschieden. In seiner etwas hochmütigen, aber doch höflichen Art fragte er mich nach meinen Plänen. Ich erwiderte, dass ich mit dem Nachmittagszug nach London fahren wollte und die Absicht hätte, mich auf mein Kapitänsexamen vorzubereiten. Die dazu notwendige Fahrtzeit hätte ich jetzt gerade. Er empfahl mir, keine Zeit zu verlieren, und zeigte dabei so viel Interesse für mich, dass ich ganz überrascht war. Dann erhob er sich von seinem Stuhl und sagte:

»Haben Sie schon ein Schiff in Aussicht, wenn Sie Ihr Patent haben?«

Ich sagte, dass ich noch gar nichts in Aussicht hätte, worauf er mir die Hand gab und die denkwürdigen Worte sprach: »Wenn Sie mal ohne Stellung sein sollten, denken Sie daran, dass, solange ich ein Schiff habe, auch Sie eins haben werden.«

Es gibt wohl nichts, was dieses Kompliment übertreffen könnte, das der Kapitän eines Schiffes seinem Zweiten Offizier am Ende einer Reise macht, wenn die Arbeit getan und das Abhängigkeitsverhältnis gelöst ist. Aber es liegt auch eine gewisse Tragik in dieser Erinnerung, denn der arme Mann war nachdem nie wieder auf See. Er kränkelte schon, als wir St. Helena passierten, und musste sich eine Zeit lang hinlegen, als wir die Kapverdischen Inseln querab hatten; aber er kam wieder aus der Koje, als wir Land ansteuerten. Bis zu den Downs brachte er es fertig, sich an Deck zu halten, wo er, mit erschöpfter Stimme seine Befehle gebend, für einige Stunden zu Anker ging, um seiner Frau ein Telegramm zu schicken und den Nordseelotsen an Bord zu nehmen. Der sollte ihm helfen, das Schiff die Ostküste hinaufzusegeln. Eine Aufgabe, der er sich selbst nicht mehr gewachsen fühlte, denn das ist eine Sache, die einen Mann auf der Großen Fahrt so ziemlich Tag und Nacht auf den Beinen hält.

Als wir in Dundee ankamen, war seine Frau schon da, um ihn abzuholen. Wir fuhren im selben Zug nach London; aber als ich dann meine Prüfung bestanden hatte, war das Schiff ohne ihn zur nächsten Reise ausgelaufen; und anstatt wieder anzumustern, folgte ich der Aufforderung meines alten Kapitäns, ihn zu Hause aufzusuchen. Er ist der Einzige von allen meinen Kapitänen, den ich auf diese Weise besucht habe. Er war gerade außer Bett, »ganz auf dem Wege der Genesung«, wie er erklärte, wobei er einige schwankende Schritte machte, um mich an der Tür zum Wohnzimmer zu begrüßen. Augenscheinlich widerstrebte es ihm, die letzte Kreuzpeilung von dieser Welt zu nehmen, um auf die einzige Reise mit unbekanntem Ziel zu gehen, die ein Seemann jemals unternimmt. Und es war alles sehr nett: der große sonnige Raum, im Bogenfenster sein tiefer Lehnstuhl mit den Kissen und einer Fußbank; die ruhige wachsame Fürsorge der ältlichen, freundlichen Dame, die ihm fünf Kinder geboren und in den dreißig Jahren ihrer Ehe vielleicht nicht mehr als ganze fünf Jahre mit ihm zusammen gelebt hatte. Es war noch eine andere Frau da, sie trug ein einfaches schwarzes Kleid, hatte ganz graues Haar und saß sehr gerade mit irgendeiner Näharbeit auf ihrem Stuhl. Ab und zu warf sie einen Blick auf den Kranken; sie sprach während meines ganzen Besuches nicht ein einziges Wort. Selbst als ich ihr zur Teezeit eine Tasse brachte, nickte sie mir nur mit dem Anflug eines Lächelns um die fest geschlossenen Lippen stumm zu. Ich nehme an, es wird eine unverheiratete Schwester von Frau B. gewesen sein, die hergekommen war, um bei der Pflege ihres Schwagers behilflich zu sein. Sein jüngster Sohn, ein Nachkömmling, der ungefähr zwölf Jahre alt und offenbar ein großer Kricketspieler war, plauderte voller Begeisterung von den Heldentaten seines Idols W. G. Grace. Ich erinnere mich auch seines ältesten Sohnes, eines frisch gebackenen Doktors. Wir gingen zusammen in den Garten, um zu rauchen. Er schüttelte mit beruflicher Gewichtigkeit, aber auch ehrlich besorgt den Kopf und sagte: »Ja, aber sein Appetit kommt nicht wieder. Das gefällt mir nicht – das gefällt mir ganz und gar nicht.« Das letzte Mal sah ich Kapitän B., wie er mir durchs Fenster zunickte, als ich mich beim Schließen der Gartentür umdrehte.

Ich hatte einen ganz bestimmten, vollen Eindruck dabei, von dem ich aber nicht sagen kann, ob ich ihn Heimkehr oder Ausreise nennen soll. Gewiss, zeitweise hatte er mit dem wachsamen Blick wie beim Insichtkommen des Landes vor sich hin gestarrt, dieser Schiffskapitän, der dort so gar nicht seiner Art gemäß in einem tiefen Sessel saß. Jetzt sprach er nicht mehr mit mir über eine Stellung, über Schiffe, über seine Bereitschaft, ein neues Kommando zu übernehmen; dafür erzählte er in dem wortreichen und doch schwachen Redestrom eines eigenwilligen Invaliden von seiner Jugend. Die Frauen sahen besorgt drein, saßen aber still da, und ich erfuhr in diesem Gespräch mehr von ihm als in den ganzen achtzehn Monaten, die wir zusammen gefahren hatten. Es stellte sich dabei heraus, dass er in der Kupfererzfahrt groß geworden war, der berühmten Erzfahrt jener Tage zwischen Swansea und der chilenischen Küste; mit Kohle hin und Erz zurück. Auf beiden Reisen, wie zur mutwilligen Herausforderung der mächtigen See bei der Hoorn, tief weggeladen – eine Aufgabe für starke und feste Schiffe und eine großartige Schule für Standhaftigkeit für die Seeleute der Westküste. Eine ganze Flotte kupferbeschlagener Barken war in dieser längst verklungenen Fahrt beschäftigt gewesen; Schiffe, so stark in den Spanten und in der Beplankung, so vorzüglich ausgerüstet, wie sie jemals auf See geschickt worden sind, mit einer eisenharten Mannschaft und geführt von jungen Kapitänen. »Das war die Schule, in der ich erzogen wurde«, sagte er beinahe prahlerisch zu mir und lehnte sich mit einer Decke über den Beinen in seinen Kissen zurück. In dieser Fahrt hatte er schon in ganz jungen Jahren sein erstes Kommando erhalten. Und damals, das erwähnte er jetzt, war ihm als jungem Kapitän immer ein paar Tage übel, wenn er nach einer langen Reise Land ansteuerte. Aber schon wenn die erste bekannte Landmarke in Sicht kam, sei diese Übelkeit wieder verschwunden. Später, mit zunehmendem Alter, fügte er hinzu, habe sich diese Nervosität ganz gelegt; und ich sah seine müden Augen, wie sie stetig voraus-starrten, als gäbe es nichts zwischen ihm und der geraden Linie der See und des Himmels, wo alles, auf das ein Seemann wartet, zuerst erscheinen muss. Aber ich sah auch seine Augen zärtlich auf den Gesichtern im Zimmer ruhen, auf den Bildern an der Wand, auf all den vertrauten Dingen dieses Hauses, dessen unvergängliches, klares Bild in Sturm und Drang auf See oft in seiner Erinnerung aufgeleuchtet sein muss. Hielt er jetzt nach einem unbekannten Land Ausschau; oder nahm er ungetrübten Sinnes die Peilungen für seine letzte Ausreise?

Es ist schwer zu sagen, denn auf dieser Reise, von der niemand zurückkehrt, sind Anfang und Ende eins. In einem Augenblick höchster und letzter Erwartung verschmelzen sie ineinander. Ich erinnere mich aber mit Gewissheit, dass in dem unbeweglichen Ausdruck seines verfallenen Gesichts kein Zeichen des Schwankens zu beobachten war, und auch keine Spur der nervösen Besorgnis eines jungen Kapitäns, der im Begriff ist, eine auf keiner Karte verzeichnete Küste anzusteuern. Er hatte zu viel Erfahrung in solchen Dingen! Und war er nicht in der berühmten Erzfahrt vom Bristolkanal aus groß geworden, bei diesem Werk der seetüchtigsten Schiffe von einst, in der Schule harter, beherzter Seeleute?

Sinnbilder der Hoffnung

IV

Bevor ein Anker aufgeholt werden kann, muss er erst einmal gefallen sein. Diese Binsenweisheit bringt mich sogleich auf das Thema: die Entwürdigung der Seemannssprache in der Tagespresse dieses Landes. Ob sich ein Journalist mit einem Schiff oder einer ganzen Flotte befasst, fast immer »wirft« er seinen Anker. Nun, ein Anker wird niemals geworfen, und wer mit einer Berufssprache so willkürlich umgeht, versündigt sich an der Klarheit, Genauigkeit und Schönheit einer vollkommenen Sprachform.

Ein Anker ist ein geschmiedetes Stück Eisen, das für seinen Zweck in geradezu bewundernswerter Weise geeignet ist, und die Berufssprache ist ein Mittel, das, durch die Erfahrung von Generationen zur Vollkommenheit gebracht, seinen Zweck gleichfalls fehlerlos erfüllt. Ein Anker von gestern (heute hat man dafür Vorrichtungen, die wie Pilze aussehen und krallenähnliche Dinge ohne Form und ohne Ausdruck – ganz einfach Haken) – der alte Stockanker, wie gesagt, war auf seine Art ein außerordentlich wirksames Instrument. Seine Maße zeugen für seine Vollkommenheit, denn es gibt kein anderes Gerät, das im Vergleich zu der gewaltigen Leistung, die es vollbringt, so klein wäre. Schaut die Anker an, die an den Kranbalken eines großen Segelschiffes hängen! Wie winzig sind sie im Verhältnis zur Größe des Schiffsrumpfes! Wären sie aus Gold, könnte man sie für Schmuckstücke halten, für zierenden Tand, nicht größer im Verhältnis als ein mit Juwelen verziertes Gehänge am Ohr einer Frau. Und doch hängt von ihm mehr als einmal die ganze Existenz des Schiffes ab.

Alles, wofür ein Anker geschmiedet und geformt wird, gilt der Zuverlässigkeit. Gib ihm einen Grund, in den er sich verbeißen kann, und er wird halten, bis die Kette bricht, und dann ist dieser Anker »verloren«, was auch immer hinterher seinem Schiff widerfahren mag. So schlicht dieses ehrliche, rohe Stück Eisen aussieht, es besteht doch aus mehr Teilen als der menschliche Körper Glieder hat, nämlich aus Röhring, Stock, Schaft, Flunken, Händen. Und alles das wird den Journalisten zufolge »ausgeworfen«, wenn ein Schiff seinen Ankerplatz erreicht hat und zu Anker geht.

Die Beharrlichkeit, mit der dieses abscheuliche Wort gebraucht wird, rührt daher, dass ein mit besonderer Unwissenheit geschlagener Binnenländer sich den Vorgang des Ankerns wohl so vorstellen muss, als ob dabei etwas über Bord geworfen würde, während in Wirklichkeit der betriebsklare Anker schon außenbords hängt und nicht über die Reling geworfen, sondern einfach fallen gelassen wird. Er hängt vorne an der Bordwand am Ende eines hervorspringenden schweren Balkens, des so genannten Kranbalkens, in der Bucht einer kurzen starken Kette, deren Endglied durch einen Schlag mit einem schweren Hammer oder durch Hebelzug auf Befehl gelöst wird. Und der Befehl hierzu lautet nicht etwa »Wirf über!«, wie es sich der Artikelschreiber vorstellt, sondern »Lass fallen!«

In der Tat wird an Bord in diesem Sinne überhaupt nichts geworfen außer dem Lot, das man auswirft, um die Tiefe des Wassers festzustellen, in dem das Schiff schwimmt. Ein gelaschtes Boot, eine Reservespiere, ein Fass oder was sonst an Deck nicht gesichert sein mag, kann »über Bord gehen«, wenn es sich losgerissen hat. Auch das Schiff selbst »wirft los«, wenn es ablegt, aber es wirft niemals seinen Anker.

Um mit fachmännischer Genauigkeit zu sprechen: Ein Schiff oder eine Flotte wird »zu Anker gebracht«, weniger präzis, aber nicht weniger richtig ist das Wort »ankert«, das mit seinem resoluten Klang und seiner Treffsicherheit doch gut genug für die Zeitungen des größten Schifffahrt treibenden Landes der Welt sein sollte. »Die Flotte ankerte bei Spithead«: Kann man sich, was Kürze und seemännischen Klang betrifft, einen besseren Satz wünschen? Dieser Trick jedoch, »den Anker auszuwerfen« mit dem falschen Anschein eines seemännischen Ausdruckes, ist dem Ohr des Seemannes unausstehlich zuwider – warum sollte man dann nicht ebenso gut schreiben »den Anker über Bord schleudern« oder ihn »wegschmeißen«? Ich erinnere mich eines Küstenlotsen aus meinem früheren Bekanntenkreis (er war ein eifriger Zeitungsleser), der, wenn er den äußersten Grad seemännischer Unerfahrenheit bei einem Binnenländer bezeichnen wollte, zu sagen pflegte: »Ist ja nur einer von diesen elenden, armseligen Ankerwerfern!«

V

Von Anfang bis Ende beschäftigen sich die Gedanken des Seemannes eingehend mit seinen Ankern. Weniger weil der Anker ein Symbol der Hoffnung ist, vielmehr weil er zu den schwersten Gegenständen gehört, mit denen er es im normalen Arbeitsablauf an Bord seines Schiffes zu tun hat. Anfang und Ende jeder Reise werden deutlich durch die Arbeit an den Ankern gekennzeichnet. Im Kanal, wo das Land ständig in Sicht ist, sind die Anker immer klar und die Ketten eingeschäkelt. Anker und Land sind im Denken des Seemannes unzertrennlich miteinander verbunden. Aber sobald das Schiff aus dem engen Fahrwasser heraus ist und in die Welt hinaussteuert, wo es zwischen ihm und dem Südpol nichts Festes mehr gibt, was der Rede wert wäre, werden die Anker eingeholt, und die Ketten verschwinden von Deck. Die Anker verschwinden jedoch nicht. Sie werden »binnenbords gesichert«, wie es seemännisch heißt, und auf der Back mit Tampen und Ketten an Augbolzen fest gelascht. Unter den steif angeholten Schoten der Vorsegel sehen sie dann sehr unnütz und wie verschlafen aus. So gefesselt und sorgfältig überwacht, leisten die untätigen, mächtigen Sinnbilder der Hoffnung dem Ausgucksmann während der Nachtwache Gesellschaft. Dabei gleiten die Tage vorüber, eine lange Rast für die so unverkennbar geformten Stücke Eisen, die vorn im Schiff, wo sie fast von jeder Stelle des Decks aus sichtbar sind, ausruhen und auf ihre Arbeit irgendwo am anderen Ende der Welt warten, indessen sie das Schiff über die anstürmende, brausende Bugsee hinwegträgt und die Gischt der offenen See ihre schweren Glieder braun färbt.

Die erste Annäherung an das Land, wenn es den Augen der Besatzung noch unsichtbar ist, wird durch den knappen Befehl des Ersten Offiziers an den Bootsmann angekündigt: »Heute Nachmittag wollen wir die Anker aussetzen«, oder je nachdem: »als Erstes morgen früh!« Denn der Erste Offizier betreut die Anker und überwacht ihre Ketten. Es gibt gute Schiffe und schlechte Schiffe, auf denen vom ersten bis zum letzten Tage der Reise weder der Leib noch die Seele des Ersten Offiziers zur Ruhe kommen. Schiffe sind das, was Menschen aus ihnen machen. Das ist eine Seemannsweisheit, und im Großen und Ganzen trifft es zweifellos auch zu.

Es gibt aber auch Schiffe, wie mir ein alter, grauhaariger Steuermann einmal sagte, auf denen »nichts klarzugehen scheint«. Und indem er von der Poop, auf der wir standen (ich hatte ihm im Hafen einen nachbarlichen Besuch gemacht), einen Blick hinunter aufs Deck warf, fügte er hinzu: »Dieses ist so eines.« Dann richtete er seinen Blick flüchtig auf mein Gesicht, das entsprechendes berufliches Mitgefühl ausdrückte, und berichtigte meine naheliegende Vermutung: »O nein, der Alte ist ganz in Ordnung. Er mischt sich nie ein. Die Hauptsache ist ihm, dass alles seemännisch richtig gemacht wird, das genügt ihm vollkommen. Und dennoch scheint irgendwie nichts auf diesem Schiff klarzugehen. Ich will Ihnen was sagen: Es ist ein von Natur aus unhandliches Schiff.«

Mit dem »Alten« meinte er natürlich seinen Kapitän, der im selben Augenblick mit einem Zylinder und einem braunen Mantel an Deck kam und uns freundlich zunickend an Land ging. Er war bestimmt nicht älter als dreißig, und nachdem mir der viel ältere Steuermann zugeraunt hatte: »Das ist der Alte«, fuhr er fort, Beispiele für die Unhandlichkeit des Schiffes anzuführen, und zwar gewissermaßen entschuldigend, als wollte er sagen: »Sie dürfen nicht glauben, dass ich deswegen etwas gegen das Schiff hätte.«

Die Beispiele sind in diesem Zusammenhang bedeutungslos. Das Entscheidende ist, dass es Schiffe gibt, auf denen wirklich alles schief geht. Aber was für ein Schiff es auch sein mag, ein gutes oder ein schlechtes, ein glückliches oder unglückliches – immer ist es das Vorschiff, auf dem sich der Erste Offizier besonders heimisch fühlt. Es ist entschieden sein Schiffsende, obgleich er natürlich die Aufsicht über alles führt. Aber vorn sind seine Anker, sein Vorgeschirr, sein Fockmast, seine Manöverstation, wenn der Kapitän von der Brücke seine Befehle gibt. Und dort vorn wohnen auch die Leute, die Männer vor dem Mast, und es ist die Pflicht des Ersten, sie bei gutem und auch bei schlechtem Wetter in Gang zu halten.

Der Erste Offizier ist der Einzige von den Achtergästen, der beim Ruf »Alle Mann an Deck!« geschäftig nach vorn eilt. Innerhalb der Autokratie des

Schiffes ist er der Statthalter dieser Provinz und für alles, was dort geschieht, gewissermaßen persönlich verantwortlich.

Dort lässt er dann auch beim Ansteuern des Landes mithilfe des Bootsmannes und des Zimmermannes durch die Männer seiner eigenen Wache, die er besser als die andern kennt, »die Anker aussetzen«. Dort werden unter seiner Aufsicht die Ankerketten klargemacht, wird das Ankerspill ausgeschiftet, werden die Stopper gelöst, und nachdem er den letzten eigenen Befehl »Klar beim Anker!« gegeben hat, wartet er dort vorn auf dem schweigenden Schiff, das langsam dem gewählten Ankerplatz zutreibt, aufmerksam auf den durchdringenden Ruf von achtern: »Fallen Anker!« Im selben Augenblick beugt er sich über die Reling und sieht das zuverlässige Eisen mit einem schweren Aufschlag unter seinen Augen wegfallen, die alles beobachten und überwachen, damit das Ankern klargeht. Denn dass der Anker »klargeht«, bedeutet, dass er von seiner eigenen Kette klarläuft. Der Anker muss so vom Bug des Schiffes fallen, dass sich kein Törn der Kette um eines seiner Glieder legt; man läge dann vor einem unklaren Anker. Selbst bei bestem Ankergrund kann man sich nicht auf den Anker verlassen, wenn der Zug der Kette nicht direkt am Röhring angreift. Auch bei größter Beanspruchung muss er diesen Zug aushalten, denn sowohl das Gerät wie der Mensch müssen richtig behandelt werden, damit sie alle »Tugenden« entwickeln, die in ihnen stecken.

Der Anker ist ein Sinnbild der Hoffnung, aber ein unklarer Anker ist schlimmer als die trügerischste aller falschen Hoffnungen, die jemals Menschen oder Völker im Gefühl der Sicherheit gewiegt hat. Und sei dieses Sicherheitsgefühl noch so gerechtfertigt, es ist ein schlechter Ratgeber. Gerade diesem Gefühl folgt das Unglück auf dem Fuße, wie dem nahenden Wahnsinn übertriebenes Wohlbehagen vorausgeht. Ein Seemann, der an einem ungebührenden Sicherheitsgefühl krankt, ist nur noch die Hälfte seines Lohnes wert. Aus diesem Grunde war von allen meinen Ersten Offizieren ein Mann namens B. derjenige, dem ich am meisten vertraute. Er hatte einen roten Schnurrbart, ein ebenso rotes, schmales Gesicht und unstete Augen. Er war seines ganzen Lohnes wert.

Wenn ich jetzt nach vielen Jahren die Gefühle untersuche, die mir von unserer Bekanntschaft geblieben sind, dann überrascht mich nicht, dass ich noch eine gewisse Abneigung empfinde. Alles in allem war er, glaube ich, einer der unbequemsten Steuerleute, die ein junger Kapitän haben kann. Wenn es erlaubt ist, den Abwesenden zu kritisieren, dann möchte ich sagen, er hatte etwas zu viel von dem Unsicherheitsgefühl, das für einen Seemann so unschätzbar ist. Er hatte eine außerordentlich störende Art – selbst bei Tisch, wenn er zu meiner Rechten vor seinem Teller Salzfleisch saß –, die darin bestand, dass er immer während bereit war, sich mit irgendeinem drohenden Unheil auseinander zu setzen. Ich muss allerdings hinzufügen, dass er auch die andere Eigenschaft besaß, die einen zuverlässigen Seemann ausmacht, nämlich unbedingtes Selbstvertrauen. Wirklich verkehrt war an ihm nur, dass er diese Fähigkeiten in einem beunruhigenden Ausmaß besaß. Sein ewig wachsames Wesen, seine abgehackte nervöse Sprechweise und selbst die Art, wie er sozusagen entschlossen schwieg, schien zu besagen – und ich glaube, das besagte es auch wirklich –, dass nach seiner Meinung das Schiff in meinen Händen keinen Augenblick sicher war. So war der Mann beschaffen, der sich um die Anker meines ersten Kommandos, einer nicht ganz fünfhundert Tonnen großen Bark, zu kümmern hatte. Das Schiff ist jetzt von der Bildfläche verschwunden; aber solange ich lebe, wird es mir in zärtlicher Erinnerung bleiben. Kein Anker hätte unter B.'s durchdringendem Blick unklar zu Wasser gehen können. Es war angenehm, das zu wissen, wenn man auf offener Reede lag und in der Kammer den Wind aufheulen hörte; aber dennoch gab es Augenblicke, in denen mir mein Erster Offizier geradezu verhasst war. Aus der Art, wie er mich zuweilen anstarrte, glaubte ich mehr als einmal herauszulesen, dass er mir das mit Zinsen heimzahlte. Und dies alles geschah nur, weil wir beide die kleine Bark sehr liebten. Und es war B.'s großes Manko, dass er bei all seinen unschätzbaren Fähigkeiten sich niemals zu dem Glauben durchringen konnte, das Schiff sei in meinen Händen sicher.

Ich muss vorausschicken, dass er fünf Jahre älter war als ich, und das in einem Alter, in dem fünf Jahre wirklich zählen: Ich war neunundzwanzig und er vierunddreißig. Dann hatte ich ihm gleich nach dem Verlassen des Hafens – ich sehe nicht ein, warum ich ein Geheimnis daraus machen sollte, dass es Bangkok war – durch mein Hin- und Herkreuzen zwischen den Inseln im Golf von Siam einen unvergesslichen Schrecken eingejagt. Seitdem hatte er insgeheim die bittere Vorstellung von mir, dass ich bodenlos leichtsinnig sei. Aber im Ganzen gesehen darf ich, sofern der feste Druck einer Männerhand beim Auseinandergehen noch etwas gilt, wohl annehmen, dass wir uns am Ende der zwei Jahre und drei Monate doch ganz gerne mochten.

Was uns verband, war das Schiff; und darin ist ein Schiff, wenn es auch weibliche Eigenschaften hat und sehr vernunftwidrig geliebt wird, von einer Frau grundsätzlich verschieden. Dass ich in mein erstes Kommando ganz verschossen war, ist nicht verwunderlich; aber ich muss zugeben, dass B.'s Gefühle von höherer Art waren. Jeder von uns war selbstverständlich um das gute Aussehen des geliebten Gegenstandes äußerst besorgt, und wenn ich auch an Land die Komplimente dafür einheimste, so beruhte B.'s Stolz doch auf einem vertrauteren Verhältnis, das dem einer ergebenen Dienerin glich. Und diese treue und stolze Hingabe ging bei ihm so weit, dass er die gelackte Teakholzreling des kleinen Fahrzeugs mit einem seidenen Taschentuch, vermutlich einem Geschenk von Frau B., abstaubte.

So wirkte sich seine Liebe zu der Bark aus. Sein bewundernswerter Mangel an Sorglosigkeit ging einmal so weit, dass er zu mir sagte: »Ja, Herr Kapitän, Sie sind ein Glückspilz!«

Er sagte das in sehr bedeutungsvollem, wenn auch nicht gerade beleidigendem Tone, und es war vermutlich mein angeborener Takt, der mich davon abhielt, ihn zu fragen: »Was wollen Sie eigentlich damit sagen?«

Was er damit sagen wollte, wurde später deutlicher, als wir in einer dunklen Nacht bei schwerem, auflandigem Sturm in eine sehr brenzlige Situation gerieten. Ich hatte ihn an Deck rufen lassen, um mich mit ihm in dieser außerordentlich unangenehmen Lage zu beraten. Viel Zeit zum Nachdenken war nicht, und so fasste er seine Meinung kurz zusammen: »Es sieht verdammt schlecht aus, was wir auch anfangen mögen, aber schließlich kommen Sie doch immer irgendwie aus der Klemme heraus.«

VI

Es ist schwierig, sich eine Vorstellung von den Ankern eines Schiffes zu machen, ohne zugleich an den Ersten Offizier zu denken – an den Mann, der sie klar fallen und manchmal unklar wieder heraufkommen sieht. Selbst die größte Sorgfalt kann nicht immer verhindern, dass sich bei einem vor Wind und Strom schwojenden Schiff die Ankerkette in übler Weise um den Stock oder eine Flunke des Ankers vertörnt. Dadurch wird die ganze Arbeit mit dem Anker, das Einholen und Katten, übermäßig in die Länge gezogen und zu einer Geduldsprobe für den Ersten Offizier. Er ist es auch, der genau beobachtet, »wie die Ankerkette zeigt« – ein Seemannsausdruck, der die ganze Kraft, Genauigkeit und Bildhaftigkeit der Berufssprache hat, die von einfachen Menschen mit einem scharfen Blick für das wahre Aussehen der Dinge ihres Fachs erschaffen worden ist. Eine Sprache, die genau das erfüllt, was der Ehrgeiz aller Sprachkünstler anstrebt: das Wesentliche mit dem richtigen Ausdruck zu erfassen. Deshalb wird der Seemann niemals von »Ankerwerfen« sprechen, und der Führer des Schiffes achtern wird dem Ersten Offizier auf der Back mit den Worten »Wie zeigt die Kette?« geradezu impressionistisch nach der Richtung der unter Druck stehenden Kette fragen. Das ist genau der richtige Ausdruck für die lang gestreckte

Kette, die schräg von unten aus dem Wasser kommt und darüber wie eine Bogensehne gestrafft ist. Und die Stimme des Mannes, der die Anker betreut, wird wiederum zur Antwort geben: »Kette zeigt recht voraus!« oder »Querab!« oder was sonst für ein kurzer, respektvoller Ruf der Lage entsprechen mag.

Keine Order wird an Bord eines auf die Heimreise gehenden Schiffes lauter gegeben oder mit lebhafteren Rufen aufgenommen als der Befehl »Klar zum Ankerhieven!« Erwartungsvoll stürzen die Leute aus dem Logis und greifen hastig nach den Handspaken. Die aufstampfenden Füße beim Hieven und das Klirren der Pallen am Spill sind eine erregende Begleitung zu dem wehmütigen Ankershanty eines brüllenden Chors. Und dieser Ausbruch lärmender Aktivität einer ganzen Schiffsbesatzung wirkt wie ein vielstimmiges Aufwecken des Schiffes selbst, das bis dahin, wie der malerische Ausdruck der holländischen Seeleute lautet, »schlafend auf seinem Eisen lag«.

Denn ein Schiff, dessen Segel auf den vierkant gebrassten Rahen festgemacht sind und das sich vom Flaggenknopf bis zur Wasserlinie in der glatten schimmernden Wasserfläche eines landumschlossenen Hafens spiegelt, erscheint dem Seemann in der Tat als das vollkommenste Bild schlummernder Ruhe. Früher war das Ankerhieven an Bord eines Handelsschiffes ein geräuschvoller Vorgang – ein begeisterter, freudiger Lärm, als erwarte die ganze Besatzung, dass mit dem Sinnbild der Hoffnung auch die persönlichen Hoffnungen des Einzelnen aus der Tiefe in den Bereich einer schützenden Hand gezogen würden – die Hoffnung auf die Heimat, die Hoffnung auf eine Rast, auf Freiheit, Zerstreuung und auf die derben Freuden, die der ausgestandenen Mühsal vieler Tage zwischen Himmel und Wasser folgen werden.

Und dieses Lärmen und Jubeln beim Auslaufen des Schiffes bildet einen ungeheuren Gegensatz zu den schweigenden Minuten bei der Ankunft auf einer fremden Reede – den schweigsamen Minuten, wenn das Schiff mit aufgegeiten Segeln seinem Ankerplatz zutreibt, während der Kapitän achtern auf der Poop angestrengt nach vorn Ausschau hält und über den Köpfen der stumm an Deck stehenden Männer das Tuch in der Takelage unruhig hin und her schlägt. Langsam verliert das Schiff seine Fahrt, bis es fast still steht und die drei Gestalten auf der Back beim Kranbalken aufmerksam auf den letzten Befehl nach vielleicht vollen neunzig Tagen auf See warten, auf den Befehl: »Fallen Anker!«

Mit diesem Schlusswort endet die Reise eines Schiffes, und alle mühselige Arbeit ist damit vollbracht. In einem Leben, dessen Wert nach den Reisen von Hafen zu Hafen zählt, ist das Aufklatschen des fallenden Ankers und das donnernde Rumpeln der auslaufenden Kette gleichsam der Abschluss eines Lebensabschnittes, dessen sich das Schiff selbst mit kaum merklichem inneren Erbeben seines Rumpfes bewusst zu sein scheint. Es ist seinem vorbestimmten Tode um ein Stück näher gerückt, denn weder die Jahre noch die Reisen dauern ewig, und wie beim Glockenschlag der Uhr scheint es die Stunden der vergehenden Zeit zu zählen.

»Fallen Anker« ist der letzte wichtige Befehl, die übrigen sind nur routinemäßige Anordnungen. Einmal noch ist des Kapitäns Stimme zu hören: »Fünfundvierzig Faden zu Wasser!«, und dann ist auch für ihn eine Zeit lang Ruhe. Tagelang überlässt er die Arbeit im Hafen seinem Ersten Offizier, dem Betreuer der Anker und Wächter der Schiffsroutine. Tagelang ist der knappe, harte Tonfall der dienstlichen Stimme des Kapitäns nicht mehr zu hören, bis die Luken wieder angelegt sind und über das schweigend wartende Schiff hinweg seine Kommandostimme von achtern mit dem Ruf ertönt: »Klar zum Ankerhieven!«

Die hohe Kunst

VII

Als ich voriges Jahr in einer Zeitung blätterte, die eine vernünftige Richtung hat, deren Mitarbeiter jedoch hartnäckig darauf bestehen, Anker »auszuwerfen« und mit einem Schiff »in See zu stechen«, stieß ich auf einen Artikel über die vergangene Jachtsaison. Und siehe da, es war ein guter Artikel. Für einen Mann, der in seinem Leben kaum etwas mit der Segelei auf Lustfahrzeugen zu tun hatte (obwohl jegliches Segeln eine Lust ist) und schon gar nichts mit Hochseeregatten, waren die kritischen Bemerkungen des Artikelschreibers über Ausgleichsrennen gerade noch verständlich, mehr nicht. Ich will nicht behaupten, dass mich die Aufzählung der großen Regatten jenes Jahres sehr interessiert hätte; was indessen die Jachten der 52-Fuß-Klasse betrifft, die der Autor so sehr rühmte, so war ich doch sehr von dem Lob eingenommen, mit dem er ihre Vorzüge hervorhob. Jedoch bei allem Verständnis und so deutlich die Ausführungen auch für einen Jachtsegler sein mochten, mir vermittelten sie kein klares Bild.

Der Verfasser ist des Lobes voll für diese Bootsklasse, und ich will ihm gern beipflichten, wie es jeder tun würde, der alles liebt, was auf der See an Fahrzeugen herumschwimmt. Ich bin auch geneigt, auf das Wort eines Mannes hin, der so mitfühlend und verständnisvoll den bedrohlichen Verfall der Seemannschaft auf Jachten bedauert, die 52-Fuß-Klasse zu bewundern und zu schätzen.

Das Regattasegeln ist natürlich ein organisierter Zeitvertreib, ein geselliges Vergnügen, das der Eitelkeit gewisser wohlhabender Bewohner dieser Insel beinah ebenso sehr entgegenkommt wie ihrer eingeborenen Liebe zur See. Aber der Verfasser des fraglichen Artikels führt weiterhin mit Recht sehr einsichtsvoll aus, dass sich damit sehr viele Leute (ich glaube, er sprach von zwanzigtausend) ihren Lebensunterhalt verdienen – so dass, wie er sagt, ein Gewerbe daraus geworden ist. Die moralische Seite eines Gewerbes, sei es nun produktiv oder unproduktiv – der versöhnliche und ideale Aspekt dieses Brotverdienens liegt nun darin, dass er den Ausübenden dieses Handwerks die Möglichkeit bietet, sich die denkbar größte Fachkenntnis anzueignen und zu bewahren. Solche Fachkenntnis, technisches Geschick, hat eine größere Bedeutung als Redlichkeit allein; sie ist etwas Umfassenderes, das Redlichkeit, Begnadung und Ordnung in einem höheren und reineren Sinne in sich schließt und nicht nur dem Nutzen dient – man könnte es die Ehre der Arbeit nennen. Es besteht aus langer und reicher Tradition, wird vom individuellen Stolz am Leben erhalten, von sachkundigem Urteil geschliffen und wie jede Kunstfertigkeit durch kritisches Lob angespornt und gestärkt.

Darum ist es von lebenswichtiger Bedeutung, diese Tüchtigkeit zu erlangen und deine Fertigkeiten mit aller Energie bis zu den feinsten Schattierungen vollkommener Leistung zu entwickeln. Eine praktisch unfehlbare Fähigkeit lässt sich im Kampf ums tägliche Brot ganz natürlich erreichen. Aber es gibt etwas, das darüber hinausgeht – ein höheres Ziel, jenseits bloßer Handfertigkeit, dem ein unverkennbarer Hauch von Liebe und Stolz anhaftet, eine fast göttliche Eingebung, die aller Arbeit jenen Grad von Vollkommenheit verleiht, der an Kunst grenzt – der Kunst ist.

Wie Männer von großem Ehrgefühl, über den Durchschnitt einer rechtschaffenen Gemeinschaft hinausgehend, höhere Maßstäbe des öffentlichen Gewissens setzen, so heben die Männer, deren Können durch unermüdliches Streben zur Kunst geworden ist, das Niveau der üblichen praktischen Tätigkeit in den Berufen an Land und auf See. Man sollte die Voraussetzungen, die dem Wachstum dieser überragenden und wirksamen Leistung sowohl in der Arbeit als auch im Spiele förderlich sind, mit größter Sorgfalt beachten und erhalten, damit nicht das Handwerk oder das Spiel durch einen schleichenden inneren Verfall zugrunde gehe. Darum habe ich in dem Artikel über die Jachtsaison eines bestimmten Jahres mit tiefem Bedauern gelesen, dass das Seemannstum an Bord der Rennjachten jetzt nicht mehr das ist, was es vor wenigen, sehr wenigen Jahren noch war.

Denn das war der Kernpunkt des Artikels, den ein Mann geschrieben hat, der offenbar nicht nur zu erkennen, sondern auch zu *verstehen* weiß – und das ist etwas viel Selteneres, wie ich nebenbei bemerken möchte, als man erwarten sollte. Zum Verstehen nämlich, wie ich es meine, gehört die Liebe, und wenn man von der Liebe auch sagen kann, sie sei in gewisser Hinsicht stärker als der Tod, so ist sie doch keineswegs selbstverständlich und allgemein. Liebe ist in der Tat selten – die Liebe zu Menschen, zu Dingen, zu Ideen und auch die Liebe zu vollendetem Können. Liebe ist der Feind der Hast. Sie wägt die vergehenden Tage wie die vergänglichen Menschen und die im Laufe der Jahre langsam gereifte Kunst, die gleichermaßen dazu verurteilt ist, schon nach kurzer Zeit zu vergehen und nicht mehr zu sein. In dieser Welt, die sich schneller wandelt als Wolken im Spiegel der See, gehen Liebe und Trauer Hand in Hand.

Eine Jacht entsprechend der Vortrefflichkeit ihrer Leistungen zu benachteiligen, ist ungerecht gegen das Fahrzeug und seine Mannschaft. Es ist eine Ungerechtigkeit gegen die Vollkommenheit ihrer Linien und das Können ihrer Diener. Und Diener unserer Geschöpfe sind wir Menschen in der Tat. Wir bleiben den Erzeugnissen unseres Geistes und der Arbeit unserer Hände als Sklaven verfallen. Der Mensch wird geboren, um seine Zeit auf dieser Erde zu dienen, und dieser Dienst wird durch die Arbeit geadelt, die nicht des Nutzens wegen getan wird. Kunst verpflichtet! Und, wie der Verfasser des Artikels, der diesen Gedankengang auslöste, mit liebenswerter Wärme ausführt, ist das Jachtsegeln eine hohe Kunst.

Sein Argument ist, dass das Wettsegeln ohne irgendwelche Zeitvorgabe, außer zum Ausgleich von Unterschieden in der Tonnage, das heißt, in der Größe der Fahrzeuge, die hohe Kunst des Segelns zur höchsten Vollkommenheit gebracht habe. An den Führer einer Segeljacht werden die größten Anforderungen gestellt. Dass er nun im Verhältnis zu seinen Erfolgen benachteiligt wird, mag dem Sport vielleicht zum Vorteil gereichen, auf die Seemannschaft aber hat es offenbar eine sehr verderbliche Wirkung. Die hohe Kunst geht dabei verloren.

VIII

Der Segelsport hat einen Seemannstyp entwickelt, der sich aus Schonerleuten zusammensetzt, aus Männern, die an der Küste geboren und aufgewachsen sind, die im Winter fischen und im Sommer auf Jachten fahren und für die es bei der Bedienung dieser besonderen Takelung keinerlei Geheimnisse gibt. Ihr Wetteifern um den Sieg hat das Segeln mit Lustfahrzeugen erst zu einer Kunst in diesem besonderen Sinne erhoben. Ich sagte schon, dass ich nichts von der Rennsegelei und nur wenig von der Schonertakelung verstehe, aber die Vorzüge dieser Takelung liegen auf der Hand. Ihre Bedienung ist einfacher, die Segel können rasch und hart an den Wind getrimmt werden, die kaum unterteilte Segelfläche bietet ungeheure Vorteile, und bei einer möglichst geringen Anzahl von Spieren kann die größtmögliche Fläche Segeltuch gefahren werden. Leichtigkeit und konzentrierte Kraft – das sind die großen Vorzüge der Schonertakelung.

Eine Flotte von Schonern vor Anker besitzt ihre eigene feingliedrige Anmut. Das Setzen ihrer Segel gleicht mehr als alles andere dem Entfalten von Vogelschwingen. Die Leichtigkeit, mit der dies geschieht, ist eine wahre Augenfreude. Die Schoner sind die Vögel der See, deren Schwimmen wie Fliegen ist und mehr einem natürlichen Vorgang gleicht als die Bewegung von Vorrichtungen, die von Menschen erdacht worden sind. Die Schonertakelung ist in ihrer Einfachheit und Schönheit wohl unvergleichlich, unter welchen Gesichtspunkten man sie auch betrachtet. Wie von selbst scheinen sich Schoner, Yawl oder Kutter unter der Führung eines tüchtigen Mannes zu bewegen, so als könnten diese Fahrzeuge denken und ihre Gedanken auch rasch ausführen. Das Herz lacht einem vor Freude beim Anblick eines solchen Manövers, das überlegt und anmutig ist wie die Bewegungen eines lebenden Wesens.

Von den drei verschiedenen Schonertakelungen macht der Kutter als die Renntakelung *par excellence* den imposantesten Eindruck, weil seine ganze Besegelung praktisch aus einem Stück besteht. Das riesige Großsegel verleiht ihm, wenn er langsam hinter einer Landspitze oder einem Molenkopf vorüberzieht,

ein Aussehen von stiller und dabei geradezu majestätischer Würde. Vor Anker sieht die Schonerjacht besser aus. Durch ihre beiden Masten, die im eleganten Fall nach achtern geneigt über dem Deck emporragen, erscheint sie dem Auge kraftvoller und ausgewogener. Wohl am leichtesten ist die Yawltakelung zu bedienen, die man deswegen erst mit der Zeit schätzen und lieben lernt.

Sei es der Kutter beim Regattasegeln, der Schoner auf langer Fahrt oder die Yawl beim Kreuzen in engen Gewässern – jedes dieser Fahrzeuge richtig zu segeln, ist in der Tat eine hohe Kunst. Sie erfordert mehr als bloße Kenntnis der seglerischen Grundregeln, eine besondere Vertrautheit nämlich mit der Eigenart des Bootes. Theoretisch werden alle Fahrzeuge auf gleiche Art bedient, so wie man auch mit Menschen nach allgemeinen, starren Regeln umgehen kann. Erwartet man jedoch im Leben den Erfolg, der aus der Zuneigung und dem Vertrauen der Mitmenschen entsteht, dann darf man nicht zwei Menschen, so sehr sie sich ihrer Natur nach auch ähnlich sein mögen, auf gleiche Weise behandeln. Es gibt zwar gewisse Verhaltensregeln, menschliche Gemeinschaft aber lässt sich nicht durch Regel und Vorschrift erzwingen. Mit Menschen richtig umzugehen, ist eine ebenso große Kunst wie der Umgang mit Schiffen. Beide leben sie in einem unsicheren Element, beide sind ungewissen und mächtigen Einflüssen ausgesetzt und mögen es lieber, dass man ihre Vorzüge erkennt, als dass man ihre Fehler entdeckt.

So kommt es nicht darauf an, dass man weiß, was ein Schiff *nicht* kann, vielmehr sollte man, um ein gutes Verhältnis zu ihm zu gewinnen und, um erfolgreich zu sein, genau wissen, was in ihm steckt und was es zu leisten imstande ist, wenn es hierzu in verständnisvoll feinfühliger Berührung aufgefordert wird. Der Unterschied zwischen diesen beiden Auffassungen scheint auf den ersten Blick nicht sehr groß zu sein. Er ist es aber doch, und er liegt einzig und allein in dem Geist, in dem man an dieses Problem herangeht. So ist es am Ende vielleicht doch eine größere Kunst, ein Schiff zu führen, als mit Menschen umzugehen.

Und wie allen großen Künsten muss auch dieser uneingeschränkte Aufrichtigkeit zugrunde liegen, die wie ein Naturgesetz über unendlich viele der erstaunlichsten Erscheinungsformen verfügt. Dein Streben muss ohne Falsch sein. Zwar würde man mit einem Kohlenträger anders sprechen als mit einem Professor – aber ist das Doppelzüngigkeit? Ich bestreite es. Die Wahrhaftigkeit liegt in der Echtheit des Gefühls, in der Ehrlichkeit, mit der man diese beiden Männer, so ähnlich und so verschieden sie sind, als Partner im Glücksspiel des Lebens anerkennt. Natürlich wäre es hierbei einem Aufschneider, der nur sein Schäfchen ins Trockene bringen will, ein Leichtes, seine Tricks zu seinem Vorteil zu verwenden. Die Menschen, ob Kohlenträger oder Professor, sind leicht zu betrügen; sie haben sogar ein außerordentliches Geschick, auf Täuschungen hereinzufallen; eine merkwürdige und unerklärliche Neigung, sich mit offenen Augen an der Nase herumführen zu lassen. Aber ein Schiff ist ein Geschöpf, das wir gewissermaßen zu dem Zweck in die Welt gesetzt haben, an ihm unsere Fähigkeiten zu beweisen. Es wird sich niemals mit einem bloßen Scharlatan abfinden, wie es zum Beispiel die Öffentlichkeit mit Herrn X tut, dem bekannten Staatsmann, oder Herrn Y, dem bekannten Wissenschaftler, oder Herrn Z, dem bekannten – was soll man sagen? – die Skala reicht vom Moral predigenden Lehrer bis zum Hausierer an der Tür, die allesamt ihr Schäfchen ins Trockene gebracht haben. Aber ich möchte doch wetten, obgleich ich das sonst nicht tue, dass es unter den wenigen erstklassigen Führern von Rennjachten niemals einen Scharlatan gegeben hat. Es wäre zu schwierig für ihn gewesen, und zwar deswegen, weil man es nie mit Schiffen in Massen, sondern immer nur mit einem Schiff als Individuum zu tun hat. So mag es auch mit Menschen gehen. Aber in jedem von uns steckt etwas vom Geist und Naturell der Masse. So erbittert wir einander auch bekämpfen, an der niedrigsten Stelle unseres Verstandes und in der Wankelmütigkeit unserer Gefühle bleiben wir doch Brüder. Mit Schiffen ist es anders. So viel sie uns auch bedeuten, einander bedeuten sie gar nichts. Diese empfindsamen Geschöpfe hören nicht auf unsere Schmeicheleien. Es braucht mehr als bloß gutes Zureden, um sie unserem Willen gefügig zu machen und mit ihnen Ruhm zu erwerben. Zum Glück! Denn sonst wäre mit dem Ruf erstklassiger Seemannschaft schon mehr Schindluder getrieben worden. Ich wiederhole: Schiffe haben keine Ohren, obgleich ich schon Schiffe gekannt habe, die scheinbar Augen hatten. Wie wäre es sonst zu verstehen, dass eine gewisse Tausend-Tonnen-Bark, die ich gut kannte, sich einmal weigerte, dem Ruder zu gehorchen, wodurch sie zwei Schiffe vor einem furchtbaren Zusammenstoß und einen ordentlichen Mann vor dem Verlust seines guten Rufes rettete? Zwei Jahre lang stand ich mit dem Schiff auf sehr vertrautem Fuße, aber bei keiner Gelegenheit, weder vorher noch nachher, sah ich es etwas Ähnliches fertig bringen. Noch viel länger kannte ich den Mann, dem die Bark diesen großen Dienst erwies (vielleicht ahnte sie etwas von seiner großen Liebe zu ihr), und aus purer Gerechtigkeit ihm gegenüber muss ich sagen, dass dieses Erlebnis, das, wenn auch alles glücklich ablief, jedes Vertrauen erschüttern musste, sein Vertrauen zu diesem Schiff nur noch vertiefte. Ja, unsere Schiffe haben keine Ohren, und somit können sie auch nicht betrogen werden. Ich möchte meine Auffassung von der Treue, die zwischen einem Mann und seinem Schiff wie zwischen einem Meister und seiner Kunst herrscht, durch eine Behauptung erläutern, die ganz einfach ist, wenn sie auch überspitzt klingt. Und zwar möchte ich behaupten, dass der Führer einer Rennjacht, der nur des Ruhmes wegen an seinen Sieg denkt, niemals einen großen Ruf erlangen wird. Die wahren Meister ihres Berufs – ich sage das aus meiner Erfahrung mit Schiffen in voller Überzeugung – hatten mit dem Schiff, das sie führten, immer nur das eine Ziel im Auge, ihr Bestes zu geben. Nicht an sich selbst zu denken und sich mit seinem ganzen Denken und Fühlen dieser großen Kunst hinzugeben, das ist für einen Seemann der einzige Weg zu getreuer Pflichterfüllung.

So dient man einer hohen Kunst und den Schiffen, die auf den Meeren segeln. Und dabei kann ich wohl auch auf den Unterschied hinweisen, der zwischen den Seeleuten von gestern, die noch unter uns weilen, und den Seeleuten von morgen besteht, die schon ihr Erbe angetreten haben. Die Geschichte wiederholt sich, aber diese besondere Anziehungskraft einer Kunst, die dahin ist, lässt sich nie wieder herstellen. Sie ist aus der Welt verschwunden wie das Lied eines wilden Vogels, den man ausgerottet hat. Nichts mehr wird einen solchen Widerhall von Lustempfindung oder gewissenhafter Bemühung wachrufen. Das Segeln ist eine Kunst, die, von ihrer Höchstform schon entfernt, den Weg ins schattenüberlagerte Tal des Vergessens anzutreten scheint. Einen modernen Dampfer zu führen, bedarf es nicht der gleichen engen Vertrautheit mit der Natur (obgleich die Verantwortlichkeit hierbei nicht unterschätzt werden soll), die eine unerlässliche Voraussetzung für die Entstehung einer Kunst ist. Die moderne Seefahrt ist unpersönlicher und methodischer in ihren Ansprüchen, die nicht so mühlselig, aber auch nicht so befriedigend sind, weil diesem Dienst der enge Kontakt fehlt, der den Künstler mit dem Medium seiner Kunst verbindet. Kurz, sie ist nicht mehr so sehr eine Sache der Liebe. Ihre Leistungen werden genau nach Zeit und Raum gemessen, wie es bei keiner künstlerischen Leistung möglich ist. Sie ist eine Beschäftigung, die wohl von einem Mann, der nicht gerade hoffnungslos unter Seekrankheit leidet, zufrieden, aber ohne jegliche Begeisterung, fleißig, aber ohne einen Funken Liebe ausgeführt werden kann. Pünktlichkeit ist dabei Trumpf! Die Ungewissheit jedoch, die das Wesen jedes künstlerischen Bemühens ausmacht, fehlt diesem geregelten Unternehmen ganz und gar. Ihm fehlen auch die großen Augenblicke des Selbstvertrauens und die nicht weniger bedeutungsvollen Augenblicke der schwankenden Ungewissheit und inneren Nöte. Sie ist ein Gewerbe, das wie jedes andere seine Romantik, seine Ehre und seinen Lohn hat, seine bitteren Sorgen und seine Mußestunden. Aber diese Art Seefahrt hat nicht den künstlerischen Wert eines Kampfes, der einsam gegen eine übermenschliche Kraft ausgetragen wird; sie ist nicht die mühselige, verzehrende Ausübung einer Kunst, deren Erfolg letztlich im Schoße der Götter liegt. Sie ist keine persönliche, eigenwillige Leistung, sondern einfach die geschickte Ausnutzung einer gebändigten Kraft, bloß ein Schritt weiter vorwärts auf dem Wege zur Eroberung der Welt.

IX

Jede Reise mit einem der Schiffe von gestern, deren Rahen sofort rundgebrasst wurden, wenn der Lotse mit den Taschen voll Briefe über die Reling geklettert kam, war wie ein Wettlauf mit der Zeit – ein Rennen um die Idealreise, die alle gewohnten Erwartungen übertrifft. Und wie bei jeder wahren Kunst gab es für die Führung eines Schiffes im Allgemeinen und für seine Handhabung in besonderen Lagen eine Technik, über welche die Männer, die in ihrer Arbeit nicht nur ihr Brot, sondern auch ein Ventil für die Besonderheiten ihrer Natur fanden, gerne und freudig diskutieren konnten. Sie alle fühlten sich berufen, aus den so unendlich wechselvollen Launen des Himmels und der See die besten und echtesten Wirkungen herauszuholen – nicht malerisch, sondern im Geiste ihres Berufes. Sie waren sich dessen so klar bewusst, dass sie sich daran ebenso begeistern konnten, wie andere, die mit Pinsel und Leinwand umgehen. So war auch die Mannigfaltigkeit der Temperamente unter diesen Meistern der hohen Kunst unermesslich.

Einige ähnelten gewissen Mitgliedern der Royal Academy. Sie überraschten einen nie durch etwas schöpferisch Neues oder eine kühne Eingebung. Sie fühlten sich einfach sicher, sehr sicher, und schritten im Vollgefühl ihres geheiligten, hohlen Ruhmes feierlich einher. Es wäre hässlich, Namen zu nennen, aber ich erinnere mich an einen von ihnen, der sogar ihr Präsident gewesen sein könnte, Präsident der Königlichen Akademie der Seefahrt. Sein wetterhartes, schönes Antlitz, seine stattliche Figur, seine gestärkte Hemdbrust, seine breiten Manschetten mit den goldenen Knöpfen, sein prahlerisches Auftreten, all dies machte einen großartigen Eindruck auf die Stauer,

Tallyleute und Zollbeamte, die ihm demütig nachblickten, wenn er am Circular Quay in Sydney über die Gangway seines Schiffes an Land ging. Er hatte eine kräftige, tiefe, befehlerische Stimme – die Stimme eines wahren Fürsten unter Seeleuten. Er tat alles in einer Haltung und mit einer Gebärde, die einen aufmerksam werden und gespannt der kommenden Dinge harren ließ. Aber irgendwie kam dabei immer etwas Alltägliches heraus, nichts Anregendes oder Belehrendes, das zu beherzigen gewesen wäre. Sein Schiff hielt er immer in bester Ordnung, was bestimmt sehr seemännisch gewesen wäre, hätte er dabei nicht im Einzelnen so sehr übertrieben. Seine Offiziere fühlten sich über uns andere sehr erhaben. Die Art jedoch, in der sie sich den Schrullen ihres Kommandanten unterwarfen, verriet, wie leer ihre Seelen waren. Nur die jungen, noch ungebändigten Offiziersanwärter ließen sich nicht durch die wichtig tuende Mittelmäßigkeit dieses Künstlers beeinflussen. Es waren vier davon auf seinem Schiff: Einer war der Sohn eines Arztes, ein anderer Sohn eines Obersten, der dritte hatte einen Juwelier zum Vater, und der vierte hieß Twentyman, das ist alles, was ich über seine Herkunft noch weiß. Keiner von ihnen schien auch nur einen Funken Dankbarkeit für die wohlgemeinten Anordnungen seines Kapitäns zu empfinden. Obgleich er auf seine Art ein freundlicher Mann war, der es sich zur Aufgabe gemacht hatte, sie in den besten Familien der Stadt einzuführen, damit sie nicht in die schlechte Gesellschaft der Jungen anderer Schiffe gerieten, muss ich leider feststellen, dass sie ihm hinter seinem Rücken Gesichter schnitten und ganz unverhohlen seine würdevolle Kopfhaltung nachahmten.

Dieser Meister der hohen Kunst war eine originelle Persönlichkeit und nicht mehr; doch unter den Meistern, die ich kannte, gab es, wie ich schon sagte, unendlich viel verschiedene Temperamente. Einige waren große Impressionisten, die einem die Impression der Furcht vor Gott und der Unendlichkeit oder, mit anderen Worten, die Furcht vor dem Ertrinken mit all seinen erschreckend großartigen Begleitumständen einprägten. Man könnte vielleicht denken, es sei im Grunde gar nicht so wichtig, wo man im Wasser den Tod durch Ersticken erleidet. Aber dessen bin ich mir nicht sicher. Vielleicht ist es übermäßige Empfindlichkeit; ich muss jedoch bekennen, dass mich die Vorstellung, mitten in dunkler Nacht in den Aufruhr einer tobenden See gespült zu werden, schon immer mit Schaudern und einem Gefühl der Abscheu erfüllt hat. In einem Tümpel zu ertrinken ist dagegen, obgleich Dummköpfe das vielleicht für ein schmähliches Schicksal halten, ein heiteres, friedvolles Ende im Vergleich zu einigen anderen Arten, die irdische Laufbahn zu beenden. Todesarten, meine ich, vor denen ich innerlich immer wieder und sogar auf dem Höhepunkt leidenschaftlichster Anstrengungen gezittert habe.

Aber reden wir nicht mehr davon. Einige der Meister, deren Einfluss bis auf den heutigen Tag Spuren in meinem Charakter hinterlassen hat, vereinigten in ihrem Wesen kühnen Unternehmungsgeist und selbstbewusste Aktivität, wobei sie Zweck und Mittel richtig einzuschätzen wussten, alles Eigenschaften, die den Mann der Tat auszeichnen. Und ein Künstler ist ein Mann der Tat, sei es, dass er eine Gestalt erschafft, etwas Nützliches erfindet oder den Ausweg aus einer verwickelten Lage findet.

Bei den anderen Meistern, die ich noch kannte, bestand die ganze Kunst darin, jede nur denkbare dramatische Situation zu vermeiden. Unnötig zu sagen, dass sie es in ihrem Beruf nie zu großen Leistungen gebracht haben; aber deswegen sollte man sie nicht gering schätzen. Sie waren bescheiden, sie kannten ihre Grenzen. Ihre eigenen Lehrmeister hatten das heilige Feuer nicht der Obhut ihrer nüchternen Fingerfertigkeit anvertraut. Ich erinnere mich noch besonders gut an einen von ihnen. Inzwischen hat er sich ganz von der See zurückgezogen, die sein Temperament zum Schauplatz einer ziemlich friedsamen Beschäftigung gemacht hatte. Nur ein einziges Mal hat er einen verwegenen Streich gewagt. Das war an einem frühen Morgen, als wir mit stetigem Wind eine von Schiffen wimmelnde Reede ansteuerten. Was er hierbei zeigte, war nicht echt, obgleich das Manöver ein Meisterstück hätte werden können. Er dachte dabei nur an sich und wollte den verführerischen Ruhm einer auffallenden Leistung ernten.

Bei klarem Wetter hatten wir eine in Sonnenschein getauchte, dunkle bewaldete Landspitze umrundet, als etwa eine halbe Meile voraus eine Menge vor Anker liegende Schiffe in Sicht kam. Er rief mich von meiner Station vorn auf der Back nach achtern, und während er fortgesetzt mit seinen braunen Händen an seinem Kieker hin- und herdrehte, sagte er: »Sehen Sie das große schwere Schiff dort mit den weißen Untermasten? Zwischen ihm und der Küste will ich zu Anker gehen. Sorgen Sie dafür, dass die Leute fix in Gang kommen, wenn es soweit ist.«

Ich antwortete »Jawohl, Kapitän«, und glaubte wirklich, es würde ein glänzendes Manöver werden. In einem großartigen Stil brausten wir drauflos und mitten durch die Flotte hindurch. Es muss allerhand offen stehende Mäuler und hinter uns her starrende Augen an Bord dieser Schiffe gegeben haben – es waren Holländer, Engländer, darunter ein paar Amerikaner und ein oder zwei Deutsche –, die alle um acht Uhr, als geschähe es unsrer Ankunft zu Ehren, ihre Flaggen gesetzt hatten. Es hätte eine großartige Vorstellung werden können, wenn alles klar gegangen wäre. Aber das tat es nicht. Durch eine selbstsüchtige Regung war dieser bescheidene Künstler, der gewiss seine Verdienste hatte, seinem eigentlichen Wesen untreu geworden. Er übte die Kunst nicht der Kunst wegen, sondern um seiner selbst willen aus, und ein bedrückender Fehlschlag war die Strafe, mit der er für die größte aller Sünden büßen musste. Es hätte sogar noch weit schlimmer ausgehen können, und nur dem Zufall war es zu verdanken, dass wir weder unser Schiff auf Strand setzten noch dem großen Schiff mit den weißen Untermasten ein stattliches Loch in die Seite rammten. Und ein Wunder war es, dass wir nicht beide Anker und Ketten verloren, denn man kann sich vorstellen, dass ich keine Sekunde zögerte, als er mir mit bebenden Lippen und einer zitternden, ganz fremden Stimme den Befehl zurief: »Fallen Anker!« Ich ließ sie beide mit einer Geschwindigkeit fallen, die mich heute noch in Erstaunen versetzt. Noch nie sind die Anker eines normalen Handelsschiffes mit solch wunderbarer Eleganz zu Wasser gegangen. Und beide hielten sie. Aus Dankbarkeit hätte ich ihre rauen, kalten Eisenflunken küssen mögen, wenn sie nicht in zehn Faden Wasser unter schleimigem Schlick begraben gewesen wären. In letzter Minute drehte das Schiff vor beiden Ankern auf, wobei der Klüverbaum einer holländischen Brigg unsern Besan durchbohrte – schlimmer kam es nicht. Und mit knapper Not entrinnen ist immerhin entrinnen!

Aber nicht in der Kunst. Hinterher meinte der Meister kleinlaut: »Sie wollte nicht rechtzeitig anluven. Was war bloß mit dem Schiff los?« Ich antwortete ihm nicht.

Doch die Antwort war klar. Das Schiff hatte die flüchtige Schwäche seines Herrn gespürt. Von allen lebenden Geschöpfen an Land und auf See lassen sich nur die Schiffe nicht vom leeren Schein betrügen, lassen sie allein sich keine minderwertige Kunst von ihren Meistern gefallen.

Spinnweben und Marienfäden

X

Vom Großtopp eines Schiffes durchschnittlicher Größe aus gesehen, beschreibt der Horizont einen Kreis von vielen Meilen, in dem jedes andere Schiff bis zu seiner Wasserlinie sichtbar ist; und es waren dieselben Augen, die diesen Schriftzeichen folgen, die früher einmal bei den Azoren über einhundert mehr oder weniger große Segelschiffe zählten; innerhalb dieses Kreises wie von einem Zauber gebannt in völliger Windstille treibend. Kaum zwei von ihnen lagen auf gleichem Kurs; es war, als ob ein jedes die Absicht hätte, in einer anderen Kompassrichtung aus diesem Bannkreis auszubrechen. Doch die Bannkraft einer Windstille ist von magischer Gewalt. Auch der folgende Tag sah die Schiffe immer noch in Sichtweite voneinander verstreut auf verschiedenen Kursen daliegen. Aber als schließlich Brise aufkam und die dunkle Kräuselung des Wassers wie ein blauer Schimmer über die fahle See hinlief, steuerten sie allesamt denselben Kurs. Sie kamen aus den entferntesten Gegenden der Welt und befanden sich jetzt auf der Heimreise. Ein Fruchtschoner aus Falmouth, es war das kleinste Schiff von allen, führte den Schwarm an.

Man konnte sich vorstellen, dass es ein sehr schönes, wenn auch nicht imponierend großes Schiff war, über dessen Kielwasser ein Duft von Zitronen und Orangen schwebte.

Am nächsten Tag konnten wir von unseren Toppen aus nur noch sehr wenige Schiffe sehen; mit einigen weiter entfernten, deren Rumpf schon jenseits des magischen Ringes unter dem Horizont lag, waren es zusammen höchstens sieben. Der Zauber einer frischen Brise hat die Macht, eine ganze Gesellschaft weißbeschwingter Schiffe, die mit einem Stirnband aus quirlendem Schaum unterm Bug in gleicher Richtung dahinstürmen, mit sanfter Ge-

walt auseinander zu treiben. Die Windstille führt die Schiffe auf geheimnisvolle Weise zusammen; der Wind ist der große Trennende.

Je größer das Schiff, umso weiter ist es sichtbar. Zuerst künden seine vom Wind geschwellten weißen Segel von seinen Maßen. Die hohen Masten halten das weiße Segeltuch empor, das, weit ausgespannt, die unsichtbare Kraft der Lüfte wie eine Schlinge einfängt. Stück für Stück taucht es über dem Wasser auf, Segel um Segel, Rah um Rah, immer größer werdend, bis unter dem turmhohen Aufbau dieses Triebwerks der Schiffsrumpf wie ein nichtssagender, winziger Fleck zum Vorschein kommt.

Die hochaufragenden Masten sind die Stützen der ausgewogenen Flächen, die regungslos und stumm aus der Luft die Antriebskraft für das Schiff schöpfen, als sei es eine Gabe des Himmels, die kühnen Männern gewährt wird. Und es sind dieselben Masten und Rahen, die ihrer weißen Pracht entblößt und beraubt, sich tief vor dem Zorn des bewölkten Himmels neigen.

Wenn sie so, mager und nackt, in Ergebenheit einer Sturmbö ausgeliefert sind, dann wird sich sogar der Seemann am eindringlichsten ihrer Höhe bewusst. Wer es einmal gesehen hat, wie sich sein Schiff zu weit überlegte, der weiß, wie widernatürlich groß Masten und Rahen sind. Es erscheint einem ausgeschlossen, dass diese vergoldeten Flaggenknöpfe, die man sonst nur mit zurückgelehntem Kopf sehen konnte, dann, wenn sie in die Ebene unseres Gesichtsfeldes geraten, nicht mit Gewalt auf die Kante des Horizonts schlagen. Solch ein Erlebnis vermittelt einen besseren Eindruck von der Höhe der Takelage, als es durch noch so vieles Aufentern möglich wäre. Dabei waren zu meiner Zeit die Royalrahen eines durchschnittlichen Handelsschiffes ein gehöriges Ende über dem Deck.

Zweifellos gibt es auch auf den eisernen Leitern im Maschinenraum eines Schiffes allerhand zu klettern, dennoch erinnere ich mich gewisser Augenblicke, in denen mir das Triebwerk eines Segelschiffes trotz meiner körperlichen Behändigkeit bis zu den Sternen hinaufzureichen schien.

Denn ein Triebwerk ist es in der Tat, ein Triebwerk, das seine Arbeit in vollkommener Stille mit regungsloser Anmut verrichtet und in dem eine launenhafte, nicht immer zu zügelnde Kraft verborgen ist, die nichts von den stofflichen Vorräten der Erde verbraucht. Es besitzt zwar nicht die unfehlbare Präzision des Stahls, der, vom weißen Dampf getrieben, vom roten Feuer lebt und mit schwarzer Kohle genährt wird. Jenes Triebwerk gewinnt seine Kraft aus dem eigentlichen Innern der Welt, von seinem mächtigsten Verbündeten, der nur durch schwächste Bande unter Gehorsam gehalten wird, wie ein stürmischer Geist, der in einer Schlinge, feiner als gesponnene Seide, gefangen ist. Was sonst wäre dieses Aufgebot der stärksten Trossen, der höchsten Masten und des kräftigsten Segeltuches gegen den mächtigen Atem des Unendlichen anderes als Distelstiele, Spinnweben und Sommerfäden?

XI

Ja, es ist tatsächlich weniger als nichts, und so sah ich einmal, als sich die große Weltseele mit einem tiefen Seufzer umdrehte, wie eine nagelneue Fock aus extrastarkem Tuch dahinschwand, als wär es hauchdünner Stoff, leichter noch als Sommerfäden. Hierauf war es an den hohen Masten, in diesem großartigen Aufruhr standzuhalten. Das Triebwerk muss seine Arbeit verrichten, selbst wenn die Weltseele toll geworden ist.

Mit vibrierenden Spanten verfolgt das moderne Dampfschiff in der ruhigen, düsteren See seinen Kurs; ein metallischer Ton klingt hin und wieder aus der Tiefe seines Inneren auf, als hätte es ein eisernes Herz in seinem eisernen Leibe; der dumpf dröhnende Rhythmus seiner Fahrt und der gleichmäßige Schlag seiner Schraube sind weithin in der Nacht mit ehernem, unverdrossen pochendem Schall wie der Lauf einer unentrinnbaren Zukunft vernehmbar. Das stumme Triebwerk eines Segelschiffs hingegen fängt im Sturm nicht nur die Kraft, sondern auch die wilde, triumphierende Stimme der Weltseele ein. Gleich, ob sich seine hohen Masten beim Dahinstürmen hin- und herschwangen oder ob sie hart überliegend dem Sturm Trotz boten – immer war dabei dieser wilde Gesang, inbrünstig wie Kirchenmusik, denn zum schrillen Pfeifen des Windes spielte die See den Bass, der hin und wieder vom Krachen einer Sturzsee bekräftigt wurde. Die schicksalhaften Auswirkungen dieses unsichtbaren Orchesters gingen einem mitunter so auf die Nerven, dass man sich wünschte, taub zu sein.

Diese Erinnerung an einen persönlichen Wunsch, den ich auf verschiedenen Ozeanen verspürte, wo die Weltseele Raum genug hat, sich mit einem mächtigen Aufseufzen umzudrehen, veranlasst mich zu der Bemerkung, ein Seemann brauche schon gute Ohren, um auf alles aufzupassen, was in der Takelage vor sich geht. Der Seemann lebte früher so vertraut mit seinem Schiff, dass seine Sinne gleichsam auch die seines Schiffes waren, dass er an der Beanspruchung, der sein Körper ausgesetzt war, die Belastung der Masten zu beurteilen vermochte.

Ich fuhr schon eine ganze Zeit zur See, ehe ich gewahr wurde, dass das Gehör eine besondere Rolle bei der Beurteilung der Windstärke spielt. Es geschah eines Nachts. Das Schiff war einer der eisernen Wollklipper, die im siebten Jahrzehnt des letzten Jahrhunderts in Schwärmen von der Clyde hinaus in die Welt gingen. Eine großartige Periode des Schiffbaus war das, und ich kann wohl sagen, auch eine Zeit der übertakelten Schiffe. Es waren wirklich unglaublich große Masten, die man damals auf die schmalen Schiffsrümpfe setzte, und das Schiff, an das ich jetzt denke, dessen bunt verglastes Oberlicht den Wahlspruch trug: »Glasgow blühe«, war bestimmt eines der am schwersten übertakelten Exemplare. Es war für hartes Segeln gebaut, und man hatte fraglos alles aus ihm herausgeholt, was es vertragen konnte. Unser Kapitän war ein Mann, der für seine raschen Reisen bekannt war, die er mit der alten TWEED gemacht hatte, einem Schiff, das wegen seiner Schnelligkeit in der ganzen Welt berühmt war. Die TWEED war ein Holzschiff gewesen, und er brachte nun die Tradition der schnellen Reisen mit auf den Eisenklipper.

Ich war der jüngste Offizier an Bord und ging als Dritter Steuermann zusammen mit dem Ersten Offizier Wache. Während einer der Nachtwachen, wir segelten mit hartem, auffrischendem Wind, hörte ich, wie zwei Leute in einer geschützten Ecke an Oberdeck folgende aufschlussreichen Worte wechselten. Sagte der eine:

»Glaub', es ist Zeit, paar von den leichten Segeln wegzunehmen.« Mürrisch gab der andere, ein älterer Mann, von sich: »Keine Angst, nicht so lange der Erste an Deck ist. Der ist so taub, dass er gar nicht merkt, wie es weht.« Und tatsächlich, der arme P. hörte sehr schlecht, obwohl er noch ganz jung und ein tüchtiger Seemann war. Gleichzeitig hatte er den Ruf, geradezu ein Draufgänger zu sein, wenn es um das Stehenlassen von Segeln ging. Er verstand es, sehr geschickt seine Schwerhörigkeit zu verheimlichen, und wenn er auch ein Mann ohne Furcht war, so glaube ich doch nicht, dass er je die Absicht hatte, unnötige Risiken einzugehen. Niemals werde ich sein treuherziges Erstaunen vergessen, als er einmal wegen einer Sache zur Rede gestellt wurde, die sehr waghalsig ausgesehen hatte. Natürlich konnte das mit durchschlagender Wirkung nur unser Kapitän tun, der selbst ein Mann waghalsiger Tradition war. Für mich, der ich wusste, unter wem ich fuhr, waren das eindrucksvolle Szenen. Kapitän S. war wegen seiner außerordentlichen seemännischen Befähigung sehr berühmt – eine Berühmtheit, die meine ganze jugendliche Bewunderung erregte. Das Andenken an ihn habe ich mir bis zum heutigen Tage bewahrt, weil er es tatsächlich war, der im gewissen Sinne meine Ausbildung erst vervollständigte. Das war oft eine sehr stürmische Methode, aber reden wir nicht mehr davon. Ich bin sicher, er meinte es gut, und ich bin davon überzeugt, dass ich ihm niemals, nicht einmal zur damaligen Zeit, seine schneidende Kritik übel genommen habe. Und ihn, gerade ihn, Lärm schlagen hören, weil man zu viel Segel stehen ließ, dies schien ein so unglaubliches Erlebnis, wie es sonst nur in Träumen vorkommt. Gewöhnlich ging das so vor sich: Am nächtlichen Himmel fegen über uns die Wolken hinweg, der Wind heult, die Royals sind gesetzt, und das Schiff stürmt in der Dunkelheit dahin, eine ungeheuere weiße Schaumfläche in gleicher Höhe mit der Leereling. Steuermann P., der die Wache hat, steht seelenruhig in Luv, die Arme im Kreuzwant eingehakt, ich selbst, der Dritte Steuermann, habe mich auch irgendwo in Luv der schräg liegenden Poop festgeklammert, aufs

Äußerste gespannt, um beim ersten Anzeichen irgendeines Befehls sofort loszujagen; im Übrigen bin ich innerlich jedoch ganz ruhig und ergeben. Plötzlich erscheint im Niedergang eine große, dunkle Gestalt, sie ist barhäuptig und hat einen rechtwinklig geschnittenen, weißen Bart, der in der Dunkelheit sehr gut zu erkennen ist – Kapitän S. –, der unten in seiner Kammer durch das furchtbare Stampfen und schwere Schlingern des Schiffes beim Lesen gestört worden ist. Er hält den Körper stark gegen das schräg liegende Deck geneigt, geht gewöhnlich ein- oder zweimal stumm auf und ab, bleibt eine Zeit lang beim Kompass stehen, geht noch ein paar Mal hin und her, und dann bricht es aus ihm heraus: »Was haben Sie denn mit dem Schiff vor?«

Und der Erste, der nicht verstanden hat, was in den Wind gerufen wurde, antwortet fragend: »Ja, Herr Kapitän?«

Hierauf beginnt in dem zunehmenden Sturm ein kleiner privater Schiffssturm, in dem einige in leidenschaftlichem Ton fallende raue Worte zu hören sind, sowie Rechtfertigungsversuche, die in jeder nur denkbaren Klangfarbe beleidigter Unschuld vorgebracht werden.

»Du lieber Himmel, Herr P.! Ich habe früher auch Segel stehen lassen, aber –«

Und der Rest geht für mich in einer Sturmbö verloren. Dann lässt sich während eines vorübergehenden Abflauens des Windes die protestierende Unschuld wieder hören:

»Das Schiff kann es anscheinend recht gut vertragen.«

Darauf ein erneuter Ausbruch der wütenden Stimme:

»Jeder Idiot kann Segel stehen lassen –«

Und so weiter, und so weiter, während das Schiff mit noch größerer Schlagseite, noch lauterem Getöse und noch bedrohlicherem Zischen der weißen, beinah blendenden Schaumfläche in Lee weiterstürmt. Denn das Beste an der ganzen Sache war, dass Kapitän S. seiner ganzen Veranlagung nach anscheinend gar nicht imstande war, seinen Offizieren den eindeutigen Befehl zum Segelbergen zu geben, sodass dieses seltsame Hin und Her so lange weiterging, bis es schließlich beiden in einer besonders alarmierenden Bö klar wurde, dass es nun an der Zeit sei, etwas zu unternehmen. Es gibt nichts, was einen tauben Mann und einen zornigen eher zur Vernunft bringt als der Furcht erregende Neigungswinkel ihrer mit Segeltuch überladenen Masten.

XII

So wurden sogar auf diesem Schiff meist noch zur rechten Zeit Segel weggenommen, und solange ich dort war, sind seine hohen Masten nicht einmal über Bord gegangen. Indes kamen Kapitän S. und Steuermann P. während der ganzen Zeit, die ich mit ihnen fuhr, nicht gerade gut miteinander aus. Wenn P. »wie der wahre Teufel« drauflossegelte, weil er zu schwerhörig war, um zu merken, wie sehr es wehte, ärgerte sich Kapitän S. (der, wie ich schon sagte, seiner ganzen Veranlagung nach außerstande schien, einem seiner Offiziere den Befehl zum Segelbergen zu geben) über die Zwangslage, in der er immer wieder durch das tollkühne Treiben seines Ersten geriet. Zu Kapitän S.'s überlieferten Grundsätzen passte es eher, seinen Offizieren Vorwürfe zu machen, wenn sie nicht genug Segel stehen ließen oder, um mit seinen Worten zu sprechen: »wenn sie nicht jede, auch noch so kleine Chance eines günstigen Windes« ausnutzten! Aber es gab auch noch einen psychologischen Grund, warum es so außerordentlich schwierig war, mit ihm an Bord dieses eisernen Klippers gut auszukommen. Sein letztes Schiff war die wunderbare TWEED gewesen, die, wie ich hörte, sehr schwerfällig aussah, aber unglaublich schnell war. Um die Mitte der sechziger Jahre hatte sie den Postdampfer von Hongkong nach Singapur um anderthalb Tage geschlagen. Vielleicht war es eine besonders glückliche Verteilung ihrer Masten – wer weiß? Immer wieder kamen Offiziere der Kriegsmarine an Bord, um sich die genauen Maße ihres Segelrisses zu holen. Vielleicht hat so etwas wie Genialität oder viel Glück bei der Gestaltung der Bug- und Hecklinien seine Hand im Spiel gehabt. Niemand kann es sagen. Sie war irgendwo in Indien gebaut worden, und zwar bis auf das Deck ganz aus Teakholz. Das Schiff hatte einen starken Sprung, ein hohes Vorschiff und ein plumpes Heck. Leute, die es gesehen hatten, beschrieben es mir als ein Schiff, »an dem nicht viel zu sehen ist«. Aber in der großen indischen Hungersnot der siebziger Jahre machte es, obwohl damals schon sehr alt, einige erstaunlich schnelle Reisen im Golf von Bengalen mit Reisladungen von Rangun nach Madras.

Die TWEED hat das Geheimnis ihrer Schnelligkeit für sich behalten, und wie unansehnlich das Schiff auch war, so hat sein Bild doch seinen ruhmreichen Platz im Spiegel der alten See.

Wie dem auch sei, der springende Punkt war, dass Kapitän S., dessen stehende Redensart war, »seit ich nicht mehr an Bord bin, hat sie keine anständige Reise mehr gemacht«, jedenfalls zu glauben schien, das ganze Geheimnis ihrer Schnelligkeit liege in ihrem berühmten Kommandanten. Zweifellos liegt das Geheimnis so manchen vortrefflichen Schiffes wirklich nur in dem Mann, der es führt; aber für Kapitän S. war es ein hoffnungsloses Unterfangen, mit seinem neuen eisernen Klipper ähnliche Bravourstücke zu vollbringen, wie mit der alten TWEED, deren Name im Munde aller Englisch sprechenden Seeleute war. Es lag etwas Rührendes in diesem Unterfangen, das dem Bemühen eines Künstlers glich, der noch im hohen Alter die Meisterleistungen seiner Jugend zu erreichen versucht, denn Meisterleistungen waren es tatsächlich, diese berühmten Reisen der TWEED unter Kapitän S. Es war in der Tat rührend, was er jetzt noch versuchte, aber auch nicht ganz ungefährlich. Auf jeden Fall bin ich froh, durch Kapitän S.'s Sucht nach alten Triumphen und durch P.'s Schwerhörigkeit allerlei denkwürdige Erfahrungen im Segelpressen gemacht zu haben. Und ich habe dann selbst oft genug alle Segel an den hohen Masten dieses Meisterwerks der Schiffbauer vom Clyde so lange stehen lassen, wie ich es weder vorher noch nachher jemals auf einem anderen Schiff getan habe.

Weil der Zweite Offizier während der Reise erkrankte, wurde ich zum Wachoffizier befördert und durfte meine Wache alleine gehen. So wurde die ungeheure Hebelkraft der hohen Masten dieses Schiffes zu einer sehr persönlichen Angelegenheit für mich. Für einen jungen Mann war es wohl so etwas wie ein Kompliment, dass ihm offenbar ohne jegliche Beaufsichtigung von einem Kommandanten wie Kapitän S. dieses Vertrauen geschenkt wurde; obgleich, soweit ich mich erinnern kann, weder der Ton noch die Art und ebenso wenig die Tendenz seiner Äußerungen mir gegenüber auch nur im Mindesten auf eine günstige Meinung von meinen Fähigkeiten schließen ließen. Und ich muss sagen, er war schon ein recht unbequemer Kapitän, wenn man sich nachts seine Befehle von ihm holen musste. Wenn ich die Wache von acht bis Mitternacht hatte, verließ er gewöhnlich gegen neun Uhr das Deck mit den Worten: »Nehmen Sie keine Segel weg«, und ehe er ganz im Niedergang verschwand, pflegte er dann noch kurz hinzuzufügen: »Aber lassen Sie nichts wegfliegen.« Zu meiner Freude kann ich sagen, dass mir das nie passiert ist; aber eines Nachts wurde ich ziemlich unvorbereitet vom plötzlichen Umspringen des Windes überrascht.

Dabei gab es natürlich viel Lärm an Deck. Das Umherrennen und Aussingen der Leute, das Schlagen der Segel hätten genügt, einen Toten aufzuwecken. Doch der Alte kam nicht an Deck. Als ich aber eine Stunde später vom Ersten abgelöst wurde, ließ er mich rufen. Ich ging zu ihm in den Salon, wo er in eine Decke gehüllt mit einem Kissen unterm Kopf auf dem Sofa lag.

»Was war denn eben mit Ihnen da oben los?« fragte er.

»Der Wind sprang um und kam plötzlich von Lee achtern ein«, sagte ich.

»Konnten Sie das nicht rechtzeitig merken?«

»Doch, Herr Kapitän, ich dachte nur, es würde noch etwas dauern.«

»Warum haben Sie dann nicht sofort die Untersegel aufgeien lassen?« fragte er mich hierauf in einem Ton, der einem das Blut in den Adern erstarren lassen konnte.

Aber ich sah meine Chance, und ich ließ sie mir nicht entgehen. »Jawohl«, sagte ich wie zu meiner Rechtfertigung, »wir liefen gut elf Knoten, und ich dachte, eine halbe Stunde etwa könnte ich noch alles stehen lassen.«

Einen Augenblick lag er wie erstarrt auf seinem weißen Kissen, dann warf er mir einen finsteren Blick zu: »So, so, noch eine halbe Stunde. Auf diese Weise werden Schiffe entmastet.« Das war die ganze Standpauke, die er mir hielt. Ich wartete noch eine Weile, dann ging ich hinaus und machte die Salontür ganz vorsichtig hinter mir zu.

Nun, ich habe die See geliebt, ich habe lange mit ihr gelebt, und schließlich habe ich sie verlassen, ohne jemals erlebt zu haben, wie dieses hoch aufragende Gefüge eines Segelschiffes, das aus Reisern, Spinnweben und Sommerfäden besteht, über Bord ging. Reine Glücksache, ohne Zweifel. Doch was den armen P. betrifft, so bin ich sicher, dass er nicht unbeschadet davongekommen wäre, wenn ihn der Gott der Stürme nicht so früh von dieser Welt abberufen hätte, von dieser Welt, die zu drei Vierteln aus Meeren besteht und daher eine so passende Stätte für Seeleute ist. Ich traf einige Jahre später in einem indischen Hafen einen Mann, der auf Schiffen derselben Reederei gefahren hatte. In unserm Gespräch kamen wir auch auf verschiedene Namen zu sprechen, Namen und Kollegen im gleichen Dienstverhältnis, und so erkundigte ich mich natürlich auch nach P. Hatte er schon ein Schiff als Kapitän? Die Antwort des andern klang sehr unbekümmert: »Nein, aber er ist gut versorgt. Eine schwere See holte ihn auf der Reise zwischen Neuseeland und der Hoorn von der Poop.«

So verschwand P. aus der Mitte der hohen Schiffsmasten, die er bei so manchem stürmischen Wetter bis zum Äußersten überlastet hatte. Mir hatte er gezeigt, was Knüppeln heißt, aber er war nicht der Mann, von dem man Besonnenheit lernen konnte. Er war nicht schuld an seiner Schwerhörigkeit. Nun blieb uns die Erinnerung an sein heiteres Gemüt, an seine Bewunderung für die Witze im ›Punch‹, an seine kleinen Eigenarten wie die merkwürdige Leidenschaft, sich Spiegel auszuleihen. Jede Kammer hatte ihren eigenen Spiegel, der am Schott festgeschraubt war. Was er mit mehr als einem wollte, haben wir nie herausbekommen. Er tat immer sehr geheimnisvoll dabei. Warum? Ein Rätsel. Wir stellten die verschiedensten Vermutungen an.

Nun wird es niemand mehr erfahren. Auf jeden Fall war es eine harmlose Absonderlichkeit, und der Gott der Stürme, der ihn so jäh zwischen Neuseeland und der Hoorn von Bord holte, möge seine Seele in ein Paradies wahrer Seeleute eingehen lassen, wo kein noch so hartes Knüppeln jemals ein Schiff entmasten kann!

Die Bürde der Ladung

XIII

Es hat Zeiten gegeben, in denen der Erste Offizier mit dem Notizbuch in der Hand und dem Bleistift hinterm Ohr die richtige Beladung seines Schiffes überwachte, wobei er weder die Takler oben in den Riggen noch die Schauerleute unten in der Luke aus den Augen ließ, weil er wusste, dass er damit schon vor dem Auslaufen des Schiffes sein Möglichstes für eine sichere und schnelle Reise getan hatte.

In der Hast der heutigen Zeit steht der Seemann nicht mehr auf dem gleichen vertrauten Fuß mit seinem Schiff; die Lade- und Löscharbeiten in den Häfen werden von Unternehmen ausgeführt, dazu noch mithilfe maschineller Vorrichtungen, und die Forderung nach prompter Abfertigung wie auch die zunehmende Größe der Schiffe haben dieses vertraute Verhältnis gestört.

Es gibt rentable und unrentable Schiffe. Das rentable Schiff befördert eine große Ladung sicher durch alle Fährnisse des Wetters und benötigt keinen Ballast, wenn es leer ist und von einem Liegeplatz zum andern verholt wird. Geradezu vollkommen muss jedoch ein Schiff genannt werden, wenn es auch noch ohne Ballast segeln kann. Einem solchen Muster an Vollkommenheit bin ich selbst zwar noch nicht begegnet, aber ich habe es schon unter den Schiffen angezeigt gesehen, die zum Verkauf angeboten werden. Ein derartiges Übermaß an guten Eigenschaften hat mich bei einem Schiff schon immer mit Misstrauen erfüllt. Jeder kann sich damit brüsten, dass sein Schiff ohne Ballast segelt, und besonders diejenigen werden das mit Nachdruck und aus vollster Überzeugung tun, die nicht selbst mit ihm in See gehen. Das Risiko einer solchen Anzeige ist nicht groß, weil damit keinerlei Garantie dafür übernommen wird, dass das Schiff auch irgendwo ankommt. Überdies entspricht es wirklich den Tatsachen, dass die meisten Schiffe eine kurze Zeit lang ohne Ballast segeln, ehe sie mit ihrer Besatzung kentern.

Der Reeder freut sich über das gewinnbringende Schiff, der Seemann ist stolz darauf, und irgendwelche Zweifel an dessen gutem Aussehen gibt es bei ihm wohl kaum; doch wenn er sich auch noch der nützlichen Eigenschaften seines Schiffes rühmen kann, dann ist er doppelt glücklich.

Früher erforderte das Beladen eines Schiffes sehr viel Geschick, Urteilsvermögen und Erfahrung. Darüber sind dicke Bücher geschrieben worden. Stevens' ›Über das Stauen‹ ist ein stattliches Werk, das weltweiten Ruf hat. Es ist gefällig geschrieben, und wie es nun einmal talentierten Menschen ergeht, kommt die Begabung des Verfassers der Gründlichkeit des Buches zugute. Er vermittelt darin nicht nur den offiziellen Lehrstoff über das gesamte Gebiet und alle gesetzlichen Bestimmungen, sondern führt auch anschauliche Beispiele und Gerichtsverfahren an, deren Urteilssprüche sich um das Stauen drehen. Dabei ist Stevens niemals pedantisch, und wenn er sich auch an die allgemeinen Grundsätze hält, so gibt er doch zu, dass nicht zwei Schiffe gleich behandelt werden können.

Das ehemals viel Fachkenntnis erfordernde Stauen der Ladung wird immer mehr zu einer Arbeit, die nicht viel seemännische Erfahrung verlangt. Der moderne Dampfer mit seinen vielen Laderäumen wird nicht mehr im eigentlichen seemännischen Sinne des Wortes beladen, sondern einfach voll gepackt. Seine Ladung wird, so gesehen, überhaupt nicht mehr gestaut, vielmehr mithilfe von einem guten Dutzend Winschen mit viel Geratter und Spektakel in einer Wolke von Dampf und Kohlenstaub durch sechs oder noch mehr Luken auf schnellstem Wege in das Schiff geschafft. Solange man dafür sorgt, dass die Schraube unter Wasser bleibt und dass nicht gerade Ölfässer auf Seidenballen zu liegen kommen oder dass ein eiserner, fünf Tonnen schwerer Brückenträger auf einen Stapel Kaffeesäcke abgesetzt wird, hat man alles in allem seine Pflicht getan, soweit dies bei der allgemeinen Forderung nach prompter Abfertigung noch möglich ist.

XIV

Das Segelschiff in seiner Vollendung, so wie ich es noch gekannt habe, war ein feinfühliges Geschöpf. Wenn ich in seiner Vollendung sage, so meine ich vollendet hinsichtlich seiner Bauart und Takelage, seiner Seetüchtigkeit und leichten Bedienbarkeit, aber nicht hinsichtlich seiner Geschwindigkeit. Diese Eigenschaft ist mit dem veränderten Schiffbaumaterial verloren gegangen. Kein Eisenschiff hat jemals diese unglaublichen Geschwindigkeiten erreicht, die das seemännische Können berühmter Männer aus seinen kupferbeschlagenen Vorgängern aus Holz herausgeholt hat. Es ist alles getan worden, um das Eisenschiff vollkommen zu machen, aber dem menschlichen Geist ist es nicht gelungen, einen wirksam zusammengesetzten Anstrich zu erfinden, der den Schiffsboden ebenso rein erhält, wie es ein Kupferbeschlag ist. Ein Eisenschiff beginnt schon nach wenigen Wochen auf See langsamer zu werden, als sei es vorzeitig erschöpft. Das liegt aber nur am Boden des Schiffes, der rau wird, weil sich dort Anwuchs festsetzt. Schon eine geringe Menge beeinträchtigt die Geschwindigkeit eines Eisenschiffes, wenn es nicht von einer unbarmherzigen Schraube angetrieben wird. Oft kann man gar nicht genau sagen, welch unbedachte Geringfügigkeit die Fahrt des Schiffes hemmt. Es ist etwas Geheimnisvolles um die Schnelligkeit der alten Segelschiffe, die von tüchtigen Seeleuten geführt wurden. In jenen Tagen hing es noch ganz vom Seemann selbst ab, wie sein Schiff lief, deshalb achtete er, von den gesetzlichen Vorschriften und allgemeinen Regeln für die richtige Behandlung der Ladung abgesehen, ganz besonders auf die Verteilung der Ladung oder, seemännisch ausgedrückt, auf den Trimm seines Schiffes. So segelten einige Schiffe am besten auf ebenem Kiel, andere mussten achtern oft einen ganzen Fuß tiefer getrimmt werden, und von einem Schiff hörte ich, dass es erst dann seine Höchstgeschwindigkeit hart am Wind herausholte, wenn es ein paar Zoll kopflastig war.

In meiner Erinnerung steigt das Bild einer Winterlandschaft bei Amsterdam herauf – im Vordergrund flaches, ödes Land mit einigen Holzstapeln hier und da, die wie Lagerhütten eines armseligen Stammes aussahen; die lange Handelskade, nüchterne Kaimauern, oben schneebedeckter Erdboden und unten das hart gefrorene Wasser des Kanals, in dem ein Schiff hinter dem andern lag. Ihre vereisten Festmacheleinen hingen schlaff durch, ihre Decks waren öde und verlassen, weil, wie

mir der Stauervize (ein freundlicher, blasser Mann mit ein paar goldblonden Haaren am Kinn und einer rot gefärbten Nase) sagte, ihre Ladung landeinwärts eingefroren war. In der Ferne, jenseits des öden Flachlandes, stand parallel zu der Reihe von Schiffen eine Reihe warm getönter Häuser, die sich unter der Last ihrer schneebedeckten Dächer zu ducken schienen. Vom fernen Ende der Tsar-Peter-Straat erklang in der frostigen Luft das Schellengeklingel der Pferdebahnen. Sie tauchten zwischen den Häusern auf und verschwanden wieder. Sie sahen wie Kinderspielzeug aus, das von Spielzeugpferden gezogen wird und mit dem Leute, nicht größer als Kinder, spielten.

Ich biss mir, wie die Franzosen sagen, aus Wut in die Faust, aus Wut über die landeinwärts festgefrorene Ladung und über den Zustand des vereisten Kanals und den winterlichen Anblick all dieser verlassen daliegenden Schiffe, die in ihrer Sehnsucht nach der offenen See vor Niederschlagenheit richtig zu verfallen schienen. Ich war Erster Offizier und sehr viel allein. Gleich nachdem ich an Bord gekommen war, erhielt ich von meinem Reeder Anweisung, alle Kadetten, die noch an Bord waren, auf Urlaub zu schicken, da es bei diesem Wetter für niemand etwas zu tun gab, außer den Ofen im Salon zu heizen. Und das besorgte ein schnupfender, struwweliger und unvorstellbar schmutziger, mit seinem zahnlosen Mund geradezu unheimlich aussehender holländischer Wachmann, der kaum drei Worte Englisch sprechen konnte. Er muss aber doch eine beträchtliche Kenntnis dieser Sprache gehabt haben, da er es ganz regelmäßig fertig brachte, alles, was man ihm sagte, im genau entgegengesetzten Sinne auszulegen.

Trotz des kleinen Eisenofens fror die Tinte auf dem Schlingertisch im Salon ein, und ich fand es angenehmer, an Land zu gehen, über die arktische Einöde zu stolpern und zitternd vor Kälte in der vereisten Pferdebahn zu sitzen, um meinen täglichen Bericht an die Reederei in einem prächtigen Café im Zentrum der Stadt zu schreiben. Es war ein riesiges Lokal, sehr vornehm mit viel Vergoldung und roten Plüschmöbeln, dazu strahlendem elektrischen Licht, und so gut geheizt, dass sich sogar die Marmortische lauwarm anfühlten. Der Kellner, der meine Tasse Kaffee brachte, kam mir in meiner völligen Vereinsamung wie ein vertrauter Freund vor. Dort, allein, inmitten einer sehr lauten Menge, pflegte ich langsam meinen Brief nach Glasgow zu schreiben, dessen Kehrreim war: Noch keine Ladung, und es besteht auch keine Aussicht, dass irgendwelche vor Frühlingsende kommen wird. Und während der ganzen Zeit, die ich dort saß, bedrückte meine schon halb erstarrten Lebensgeister die Aussicht, wieder zurück an Bord gehen zu müssen, zitternd vor Kälte in der Pferdebahn zu sitzen, über die verschneite Einöde zu stolpern und wieder den Anblick der in einer Reihe im Eis liegenden Schiffe vor Augen zu haben, die beinah wie die Leichname schwarzer Schiffe in einer weißen Welt aussahen, so stumm, so unlebendig, so seelenlos wirkten sie.

Mit besonderer Vorsicht ging ich dann immer an Bord meines speziellen Leichnams, der sich unter meinen Fußen so kalt und glatt wie Eis anfühlte. Mein vor Kälte schauernder Körper und mein erregtes Gemüt fanden in meiner kalten Koje einen Unterschlupf wie in einer frostigen Grabnische. Es war ein grausamer Winter. Selbst die Luft schien so hart und schneidend wie Stahl, aber es hätte noch viel schlimmer kommen müssen, um die heilige Flamme der Pflichterfüllung für mein Schiff in mir auszulöschen. Kein junger Mann im Alter von vierundzwanzig Jahren, der zum ersten Mal in seinem Leben Erster Offizier ist, hätte sich im Innersten seines Herzens von diesem hartnäckigen holländischen Winter erschüttern lassen. Ich glaube, ich habe in diesen Tagen keine fünf Minuten die Tatsache meiner Beförderung vergessen. Wahrscheinlich hat sie mich sogar im Schlaf erwärmt, besser jedenfalls als der hohe Berg Wolldecken, der vor Frost richtig knisterte, wenn ich ihn morgens zur Seite warf. Und ich stand immer sehr früh auf, aus dem einzigen Grunde, dass ich allein die Verantwortung für das Schiff trug. Der neue Kapitän war noch nicht ernannt worden.

Gewöhnlich kam fast jeden Morgen ein Brief meines Reeders an, in dem ich die Anweisung erhielt, zu den Befrachtern zu gehen und die Ladung für das Schiff zu reklamieren, ihnen die schwersten Strafen wegen der Überliegezeit anzudrohen und zu verlangen, dass die verschiedenen Verschiffungsgüter, die irgendwo binnenlands in einer von Eis und Windmühlen übersäten Landschaft festlagen, sofort auf die Bahn verladen und jeden Tag in regelmäßigen Mengen an das Schiff angeliefert werden.

Nachdem ich erst einmal wie ein Polarforscher, der eine Schlittenreise zum Nordpol antritt, etwas heißen Kaffee getrunken hatte, ging ich dann auch an Land und fuhr frostbebend mit der Pferdebahn ins Zentrum der Stadt, vorüber an sauber blitzenden Häuserfronten mit Tausenden von Messingklopfern, die an Tausenden von sorgfältig bemalten Türen hinter Reihen von Bäumen hervorglitzerten, von Bäumen, die so kahl und hager aussahen, als sei für alle Zeiten das Leben in ihnen erloschen.

Dieser Teil meiner Expedition war noch sehr einfach, obgleich die Pferde voll schmerzhafter Eiszapfen glitzerten und das Gesicht des Trambahnschaffners einen abstoßenden Anblick von hochroten und purpurnen Farbtönen bot. Ganz anders wurde es erst, wenn es darum ging, Herrn Hudig Angst einzujagen und ihn einzuschüchtern oder überhaupt zu irgendeiner Antwort zu bewegen. Er war ein großer, dunkelhäutiger Niederländer mit einem schwarzen Schnurrbart und einem Paar unverschämt blickender Augen. Ehe ich noch dazu kam, meinen Mund aufzumachen, schob er mich stets in einen Sessel, bot mir mit größter Herzlichkeit eine dicke Zigarre an und begann in ausgezeichnetem Englisch ein endloses Gespräch über das ungewöhnlich strenge Winterwetter. Es war einfach unmöglich, diesem Mann mit Drohungen zu kommen, denn obwohl er die englische Sprache vollkommen beherrschte, schien er nicht imstande zu sein, einen in vorwurfsvollem oder unzufriedenem Ton gesprochenen Satz überhaupt zu verstehen. Es wäre unsinnig gewesen, sich mit ihm zu streiten. Dafür war das Wetter draußen zu unfreundlich und sein Büro so mollig warm, das Feuer im Ofen so hell, und er hielt sich die Seiten so vor herzhaftem Lachen, dass es mich jedes Mal viel Überwindung kostete, nach meinem Hut zu langen.

Aber schließlich kam die Ladung dann doch noch. Zuerst in kleinen Mengen, waggonweise mit der Bahn, bis das Tauwetter einsetzte und mit der Flut des wieder freien Wassers die Ladung in zahllosen Leichtern herbeiströmte. Der freundliche Stauervize hatte endlich wieder alle Hände voll zu tun, und der Erste Offizier machte sich besorgte Gedanken über die richtige Verteilung der Ladung in ein Schiff, das er selbst noch gar nicht so recht kannte.

Schiffen muss man ihren Willen lassen. Sie wollen verständnisvoll behandelt werden, und sie gut behandeln heißt, ihnen schon bei der Verteilung des Gewichts ihrer Last entgegenkommen, jener Last, die sie in guten und schlechten Zeiten während der Reise zu tragen haben. Schiffe sind empfindliche Geschöpfe, deren charakteristische Eigenarten sorgsame Beachtung erfordern, wenn sie im rauen Kampf ihres Lebens für sich und einen selbst Ehre einlegen sollen.

XV

So schien auch der neue Kapitän zu denken, der am folgenden Tage, nachdem die Ladung an Bord war, kurz vor der Abreise an Bord kam. Ich sah ihn zuerst am Kai. Für mich war er ein völlig Fremder, augenscheinlich kein Holländer, der in seinem steifen, schwarzen Hut und kurzen, grauen Mantel einen lächerlichen Widerspruch zu dem winterlichen Anblick des öden Landes bot, das die braunen Häuserfronten mit ihren von den Dächern schmelzenden Schneedecken begrenzten.

Ganz in die Betrachtung der Trimmlage des Schiffes versunken, ging der Fremde am Kai hin und her; aber als ich sah, wie er sich dicht an der Kante des Kais im Matsch niederhockte, um den achteren Tiefgang abzulesen, sagte ich mir: »Das ist der Kapitän.« Und kurz darauf gewahrte ich auch sein Gepäck – eine richtige Seekiste mit zwei Taustroppen, die zwei Männer zwischen sich trugen. Oben auf dem Deckel waren mehrere Lederkoffer und eine in Segeltuch eingeschlagene Rolle Seekarten gestapelt. Die Behändigkeit, mit der er plötzlich, ganz unerwartet, von der Reling herunter an Deck sprang, vermittelte mir einen ersten flüchtigen Eindruck von seinem Charakter.

Ohne weitere Einleitung als ein freundliches Kopfnicken, richtete er die Worte an mich: »Das Schiff haben Sie ganz gut hingetrimmt, und wie sieht's mit der Gewichtsverteilung aus?«

Ich sagte ihm, dass die Ladung nach meiner Meinung gut verteilt sei, ein Drittel des Gesamtgewichts in den oberen Räumen, »über den Zwischendecksbalken«, wie der Fachausdruck lautet. Er stieß einen

Pfiff durch die Zähne aus: »Hui!« Dabei wurde in seinem frischen, geröteten Gesicht ein ärgerliches Lächeln sichtbar, während er mich prüfend von oben bis unten musterte. »Na, dann können wir uns ja auf eine ganz lebhafte Reise gefasst machen«, meinte er.

Er war im Bilde. Es stellte sich jetzt heraus, dass er die beiden letzten Reisen als Erster Offizier an Bord war. Seine Handschrift war mir schon aus den alten Logbüchern vertraut, die ich aus angeborener Wissbegier in meiner Kammer durchgesehen hatte, um mich aus den Eintragungen über das bisherige Schicksal meines neuen Schiffes zu informieren, über sein allgemeines Verhalten und über seine guten Zeiten, wie auch über die Gefahren, denen es schon entgangen war.

Er behielt Recht mit seiner Prophezeiung. Auf unserer Reise von Amsterdam nach Samarang mit einer Stückgutladung, von der leider nur ein Drittel des Gewichts »oberhalb der Zwischendecksbalken« verstaut war, ging es wirklich sehr lebhaft zu – lebhaft, aber nicht erfreulich. Während der ganzen Reise hatten wir nicht eine einzige ruhige Minute, denn kein Seemann fühlt sich wohl in seiner Haut, wenn er sein Schiff durch falsches Beladen unstetig gemacht hat.

Es ist zweifellos schon ein nervenaufreibendes Erlebnis, mit einem ranken Schiff an die neunzig Tage auf See zu sein; was jedoch in diesem Falle mit unserm Schiff nicht stimmte, war Folgendes: So, wie ich das Gewicht der Ladung verteilt hatte, war das Schiff viel zu steif geworden.

Weder vorher noch nachher habe ich ein Schiff so abrupt, so wild, so schwer schlingern sehen. Wenn es einmal im Gange war und rollte, hatte man das Gefühl, es würde nie wieder aufhören, und dieser hoffnungslose Eindruck, der typisch für die Bewegungen eines Schiffes ist, dessen Schwerpunkt zu tief liegt, nahm die Menschen an Bord derartig mit, dass sie sich kaum mehr auf den Beinen halten konnten. Ich erinnere mich, wie ich einmal einen der Leute sagen hörte: »Bei Gott, Jack! Mir ist zumute, als wäre es mir bald einerlei, wann ich hinfliege und mir von dem verdammten Huker den Schädel einschlagen lasse, wenn er es absolut will!« Und vom Kapitän war des Öfteren zu hören: »Oh ja, ich glaub' schon, dass ein Drittel des Gewichtes ›über den Zwischendecksbalken‹ für die meisten Schiffe vollkommen genug wäre. Aber, wissen Sie, es gibt nicht zwei Schiffe, die einander genau gleichen, und bei unserem ist das Beladen eine besonders kitzlige Sache.«

Als wir dann unten im Süden vor den Stürmen der hohen Breiten lenzten, machte uns das Schiff das Leben zur Qual. Es gab Tage, an denen selbst auf den Schlingertischen nichts mehr zu halten war und es keine Lage gab, in der man ohne dauernde Muskelanspannung auch nur einen Augenblick verbleiben konnte. Das Schiff rollte und rollte mit schrecklichen, ruckartigen Stößen, und bei jeder Schwingung fegten die Masten mit Schwindel erregender Geschwindigkeit von einer Seite zu anderen. Es war geradezu ein Wunder, dass die Leute in den Toppen nicht von den Rahen, die Rahen nicht von den Masten und die Masten nicht über Bord geschleudert wurden. Wenn sich dann die Suppenterrine nach der einen Seite des Salons in Bewegung setzte und der Steward auf der anderen Seite sich krampfhaft danach ausreckte, pflegte der am Kopfende des Tisches in seinem Sessel sitzende Kapitän mich anzusehen und, während er sich gewaltsam festhielt, zu bemerken: »Das ist Ihr Drittel, das über den Decksbalken liegt. Mich wundert nur, dass die Masten das so lange aushalten.«

Schließlich kamen dann auch einige kleine Spieren von oben – nichts Bedeutendes: der Besanbaum und noch so etwas –, denn manchmal war die Stoßkraft bei diesem schrecklichen Schlingern so stark, dass eine vierschäftige Talje aus neuem dreizölligen Manilagut wie ein Bindfaden riss.

Es war nur dichterische Gerechtigkeit, die Böses bestraft und Gutes belohnt, dass der Erste Offizier, dem dieses – vielleicht halb entschuldbare – Versehen bei der Beladung des Schiffes unterlaufen war, auch dafür büßen musste. Ein Stück der kleinen Spier, die von oben kam, flog ihm in den Rücken, dass er vornüber am Großdeck hinstürzte und eine beträchtliche Strecke längs Deck geschleudert wurde. Das hatte einige sehr unangenehme Folgen. »Merkwürdige Symptome«, wie der Kapitän, der sie behandelte, es nannte. Unerklärliche Schwächeperioden und ganz plötzliche Anfälle mysteriöser Schmerzen brachten den Patienten dahin, dass er mit dem fürsorglichen Kapitän einer Meinung war: Ein richtig gebrochenes Bein wäre weit besser gewesen. Sogar der holländische Arzt, der sich des Falles in Samarang annahm, wusste keine Erklärung dafür. Alles was er sagte, war: »Lieber Freund, Sie sind noch jung; es kann sehr ernste Folgen für Ihr ganzes Leben haben. Sie müssen von Bord und drei Monate lang ganz schweigsam sein, ganz schweigsam!«

Damit war natürlich gemeint, der Erste Offizier solle sich ganz still, ganz ruhig verhalten, mit anderen Worten: sich hinlegen. Das Auftreten des Arztes war sehr eindrucksvoll, wenn sein Englisch auch kindlich unvollkommen war im Vergleich zu dem Redefluss des Herrn Hudig, jener Gestalt, der ich am Anfang der Reise begegnet war; aber auf seine Art war er doch sehr merkwürdig. Ich musste im großen luftigen Saal eines fernöstlichen Hospitals auf dem Rücken liegen und hatte Zeit genug, mich an die Kälte und den Schnee von Amsterdam zu erinnern, während vor meinen Augen die Palmwedel in Höhe der Fenster hin und her wogten. Ich entsann mich der freudigen Erregung und der schneidenden Kälte auf den Bahnfahrten in die Stadt, wo ich auf den guten Hudig, wie es in der Diplomatensprache heißt, Druck auszuüben versuchte. Auf den guten Hudig mit seinem warmen Ofen, seinem Lehnstuhl, der dicken Zigarre und den nie ausbleibenden suggestiven Worten seiner wohlklingenden Stimme: »Ich nehme doch an, dass Sie es am Ende sind, den man zum Kapitän ernennt, ehe das Schiff ausläuft.« Vielleicht war es nur seine äußerst gutmütige Natur, das ernsthafte freundliche Wesen eines dicken, dunkelhäutigen Mannes mit einem kohlschwarzen Schnurrbart und stetig blickenden Augen; aber vielleicht war es auch ein bisschen Diplomatie. Gewöhnlich wies ich seine verlockenden Andeutungen bescheiden mit der Versicherung zurück, dass dies äußerst unwahrscheinlich sei, da ich noch nicht genug Erfahrung hätte. »Sie verstehen sich aber recht gut auf geschäftliche Dinge«, antwortete er dann meist, wobei über sein heiteres, rundes Gesicht ein Schatten gespielten Unmuts flog. Ich möchte gerne wissen, ob er sich hinterher nicht doch immer ins Fäustchen gelacht hat, wenn ich sein Büro verlassen hatte. Ich glaube, er tat es nie, weil ich voraussetze, dass die Diplomaten auch außerhalb ihres Berufs sich selbst und ihre Winkelzüge vorbildlich ernst nehmen.

Beinah hätte er mich davon überzeugt, dass ich in jeder Hinsicht für ein Kommando geeignet sei, bis dann drei Monate kamen, die mir mit ihren seelischen Qualen, dem schweren Schlingern, mit Gewissensbissen und körperlichem Schmerz eine Lektion über meine ungenügende Erfahrung erteilten.

Ja, Schiffe wollen verständnisvoll und mit Erfahrung behandelt werden. Man muss die Geheimnisse ihrer weiblichen Natur begreifen und ihnen rücksichtsvoll entgegenkommen, dann werden sie in dem endlosen Kampf gegen die Gewalten, in dem Niederlage keine Schande ist, treu zu dir stehen. Es ist ein sehr ernstes Verhältnis, das den Mann mit seinem Schiff verbindet. Auch das Schiff hat seine Rechte, so als ob es atmen und sprechen könnte, und es gibt in der Tat Schiffe, die, wie es heißt, für den rechten Mann alles tun, nur nicht sprechen.

Ein Schiff ist kein Sklave. Du musst es ihm auch im Seegang leicht machen und darfst nie vergessen, dass du ihm seinen vollen Anteil an deinen Gedanken, deinem Können und deiner Eigenliebe schuldest. Bist du dir dieser Verpflichtung als etwas Selbstverständlichem bewusst, so mühelos, als wäre es ein instinktives Gefühl, dann wird dein Schiff für dich segeln, über Stag gehen und laufen, solange es kann; es wird sich wie ein Seevogel auf der stürmischen See zur Ruhe begeben, und es wird den schwersten Sturm abwettern, der dich je daran zweifeln ließ, noch einen Sonnenaufgang zu erleben.

Überfällig und verschollen

XVI

Oft wende ich mich in schwermütiger Spannung den Spalten der Zeitungen zu, die den »Schiffsnachrichten« vorbehalten sind. Dort stoße ich immer wieder auf Namen von Schiffen, die ich kenne. Und jedes Jahr verschwinden einige von diesen Namen – Namen alter Freunde. *Tempi passati!*

Die verschiedenen Abschnitte, die unter dieser allgemeinen Überschrift stehen, erscheinen gewöhnlich mit ihren Untertiteln in einer gewissen Reihenfolge, die sich kaum ändert. Zuerst kommen die »Schiffsmeldungen« – Nachrichten von Schiffen, die bei einer Begegnung auf See ihren Namen und Heimathafen, ihren Herkunfts- und Bestimmungsort sowie die Anzahl der bisher auf See verbrachten Tage signalisiert haben. Eine Meldung, die meistens mit den Worten »An Bord alles wohl« endet. Dann kommt der Abschnitt »Verluste und Unfälle« – der häufig eine lange Reihe kurzer Absätze bringt, es sei denn, das Wetter war schön und klar und hatte sich gegenüber den Schiffen in aller Welt von seiner freundlichen Seite gezeigt.

Zuweilen erscheint dort auch die Überschrift »Überfällig« – eine schicksalsschwere Androhung von Tod und Leid, noch schwankend das Zünglein an der Waage des Schicksals. Es liegt etwas Unheilvolles für den Seemann schon in der Buchstabenzusammensetzung dieses Wortes, dessen Sinn so klar und dessen Drohung so selten leer ist.

Vielleicht schon nach wenigen Tagen – erschreckend wenigen Tagen für alle Herzen, die tapfer noch eine Hoffnung hegten –, vielleicht nach drei Wochen oder einem Monat erscheint dann der Name dieses Schiffes, über den sich der Gifthauch des »Überfällig« gelegt hat, noch einmal in den Spalten der »Schiffsnachrichten«; jetzt aber endgültig zum letzten Mal, und zwar in der Rubrik »Verschollen«.

»Das Schiff, die Bark oder die Brigg Soundso, die dann und dann mit der und der Ladung von diesem Hafen nach jenem Bestimmungsort in See ging und zuletzt an dem und dem Tage und seither nicht mehr gesichtet worden ist, wurde heute, nachdem es soundsoviel Tage überfällig ist, für verschollen erklärt.« In dieser exakten Amtssprache werden die Grabreden auf Schiffe verfasst, die sich vielleicht erschöpft nach einem langen Kampf oder in einem unbewachten Augenblick, der auch den Besten von uns überfallen kann, durch einen plötzlichen Schlag des Feindes hatten überwältigen lassen.

Wer kann es sagen? Vielleicht hatten die Männer an Bord zu viel von ihm verlangt und die Ausdauer und Zuverlässigkeit des Schiffes über das Maß seiner Kräfte hinaus beansprucht; diese Zuverlässigkeit, die in die Menge eiserner Spanten und Platten, in Holz und Stahl, Segeltuch und Tauwerk hineingearbeitet und gehämmert worden ist, in dies alles, was zum Bau eines Schiffes gehört – eines vollkommenen Geschöpfes, das die Männer, die es zu Wasser brachten, mit Charakter und Individualität, mit Vorzügen und Schwächen ausstatteten. Ihr Geschöpf, das andern Männern vertrauter als ein Mensch werden sollte und das sie lieben sollten mit einer Liebe fast so stark wie die Liebe eines Mannes zu einer Frau – und oftmals auch ebenso verhängnisvoll blind gegenüber Fehlern.

Es gibt Schiffe, die einen schlechten Ruf haben; aber die Mannschaft muss ich erst noch kennen lernen, die es auch hier nicht fertig brächte, sich wütend gegen jede Art von Kritik an ihrem Schiff zu wehren. Ich denke dabei jetzt an ein Schiff, das im Ruf stand, auf jeder Reise, die es machte, jemanden zu töten. Das war keine Verleumdung, und doch erinnere ich mich genau – es liegt schon sehr lange zurück, Ende der siebziger Jahre war es –, dass die Mannschaft dieses Schiffes eher sogar noch stolz auf seinen schlechten Ruf war, als wäre sie eine vollkommen verderbte Bande Desperados, die noch stolz darauf ist, mit einem solchen abscheulichen Geschöpf in Gemeinschaft zu leben. Wir von den anderen Schiffen, die überall am Circular Quay in Sydney festgemacht hatten, konnten im Bewusstsein der makellosen Tugend unserer eigenen geliebten Schiffe darüber nur den Kopf schütteln.

Den Namen dieses Schiffes werde ich hier nicht nennen. Es gilt jetzt als verschollen, nach einer unheilvollen, vom Standpunkt des Reeders allerdings sehr einträglichen Laufbahn, einer Laufbahn, die sich über viele Jahre und ich kann wohl sagen fast über alle Meere unseres Erdballs erstreckte. Nachdem es auf jeder Reise einen Mann umgebracht hatte, war es durch die Schwächen, von denen auch ein Schiff mit den Jahren heimgesucht wird, vielleicht noch menschenfeindlicher geworden und hatte beschlossen, alle Mann auf einmal umzubringen, ehe es vom Schauplatz seiner Heldentaten abtreten würde. Wahrlich ein passendes Ende für ein Leben, das nur aus Zweckmäßigkeit und Verbrechen bestand – der letzte Ausbruch einer üblen Leidenschaft, die in irgendeiner stürmischen Nacht möglicherweise unter dem tobenden Beifall von Wind und See ihre höchste Befriedigung fand.

Wie hat das Schiff das fertig gebracht? Hinter dem Wort »verschollen« verbirgt sich ein Abgrund von Zweifeln und Vermutungen. Sackte es schnell unter den Füßen der Männer weg, oder leistete es Widerstand bis zum Letzten, bis die See es in Stücke geschlagen, seine Decksplanken aufgerissen, die Spanten verbogen, seinen Rumpf mit der zunehmenden Last Salzwasser beladen hatte, bis es dann schließlich, entmastet und manövrierunfähig, in der schweren See rollend, die Decks leer gefegt, die Boote verloren, mit seiner vom endlosen Pumpen erschöpften Mannschaft wie ein Stein gesunken ist?

Wie dem auch sei, solch ein Fall ist selten. Ich meine, ein Floß oder etwas Ähnliches ließe sich immer zustande bringen, und selbst wenn es niemanden rettete, so würde es doch flott bleiben und irgendwann einmal aufgefischt werden und vielleicht einen Hinweis auf das verschwundene Schiff vermitteln. Dann wäre es streng genommen kein verschollenes Schiff mehr, sondern ein Schiff, das »mit seiner ganzen Besatzung untergegangen ist«. Und zwischen diesen beiden Vermerken liegt ein feiner Unterschied – nicht mehr dieses Grauen, nicht mehr dieses entsetzliche Dunkel.

XVII

Der Gedanke an die letzten Augenblicke eines Schiffes, das in den Spalten der *Shipping Gazette* als »verschollen« gemeldet wird, ist von grauenhaften Vorstellungen erfüllt, die einen nicht mehr loslassen. Nichts kommt von dem Schiff wieder ans Tageslicht – keine Gräting, kein Rettungsring, nicht das kleinste Stück von einem Boot oder gemarkten Riemen, nichts, das einen Fingerzeig auf Ort und Zeit dieses plötzlichen Endes geben könnte. Die Zeitungen schreiben nicht einmal von einem »Untergang mit der ganzen Besatzung«. Das Schiff bleibt einfach verschollen, auf rätselhafte Weise verschwunden, einem geheimnisvollen Schicksal verfallen, so weit wie die Welt, in der unsere Gedanken an den Bruder und Kameraden von der See, an den Leidensgefährten und an alle, die ihre Schiffe liebten, ziellos umherwandern.

Und doch erfährt man manchmal eine Andeutung von dem, was zur letzten Szene im Leben eines Schiffes und seiner Mannschaft geführt haben mag, diesem Leben, das einem Drama gleicht in seinem Kampf gegen eine gewaltige Macht, von der es getragen und flott gehalten wird und die so formlos, ungreifbar, chaotisch und geheimnisvoll ist wie das Verhängnis.

Es war an einem grauen Nachmittag nach einem dreitägigen Sturm, der aus dem Südatlantik heraufgezogen kam und mit aller Macht über das Schiff hergefallen war. Unter einem Himmel voll Wolkenfetzen, die von dem messerscharfen Südwest wie zerschnitten und zerhackt zu sein schienen, rollte unser Schiff, eine am Clyde erbaute Bark von tausend Tonnen, so schwer, dass irgendetwas oben in den Toppen brach. Was es auch war, der Schaden war jedenfalls so groß, dass ich selbst mit ein paar Leuten und dem Zimmermann nach oben ging, damit die provisorischen Ausbesserungsarbeiten ordentlich ausgeführt würden.

Zuweilen mussten wir einfach alles liegen lassen und uns mit beiden Händen in der schwankenden Takelage festklammern, wobei uns jedes Mal, wenn das Schiff zu dem furchtbaren Überholen ansetzte, vor Angst der Atem stockte. Es rollte, als hätte es die Absicht, sich mit uns rundum zu drehen. Das Deck voll gischtendem Wasser, das laufende Gut in prallen Buchten unter dem Winddruck bebend, so stürmten wir an die zehn Seemeilen die Stunde dahin.

Wir waren weit nach dem Süden vertrieben und viel südlicher gekommen, als wir wollten. Und plötzlich, mitten in unserer Arbeit oben am Hanger der Fockrah, fühlte ich, wie mich die mächtige Pranke des Zimmermanns an der Schulter packte, und zwar so kräftig, dass ich vor unerwartetem Schmerz laut aufschrie. Ich sah die Augen des Mannes dicht vor meinem Gesicht, als er brüllte: »Sehen Sie, sehen Sie, dort! Was ist das?«, wobei er mit der anderen Hand nach vorne wies.

Zuerst sah ich gar nichts. Die See war eine einzige verlassene Wildnis schwarzer und weißer Hügel, und dann konnte ich etwas in dem Tumult der schäumenden Brecher ausmachen, das halb versteckt auf dem Wasser trieb, etwas Riesiges, das sich hob und senkte – etwas, das wie ein hervorquellender breiter Schaumstreifen aussah, aber etwas bläulicher und fester wirkte.

Es war ein Stück Treibeis, schon sehr zusammengeschmolzen, aber immer noch groß genug, um ein Schiff zum Sinken zu bringen. Es lag noch niedriger als ein Floß im Wasser und genau auf unserm Kurs, als wollte es uns, zwischen den Seen versteckt, in mörderischer Absicht aus dem Hinterhalt überfallen. Es war zu spät, um noch rechtzeitig an Deck zu kommen, ich schrie daher aus Leibeskräften von oben herab, bis mir fast der Schädel platzte. Achtern hörte man mich, und so gelang es, von dem Treibeis freizukommen, das den weiten Weg vom Südlichen Eismeer bis zu uns zurückgelegt hatte, um auf unser argloses Dasein einen Anschlag zu verüben. Eine Stunde später wäre das Schiff nicht mehr zu retten gewesen, denn keiner von uns hätte in der Dunkelheit das von den weißen Kämmen der See überspülte fahle Eis erkennen können.

Als wir dann, der Kapitän und ich, nebeneinander an der Heckreling standen und dem achteraus treibenden Eisblock nachblickten, der jetzt schon kaum mehr auszumachen war, obgleich er noch dicht am Heck trieb, meinte der Kapitän nachdenklich: »Wäre das Ruder hier nicht rechtzeitig übergelegt worden, dann hätte es ein verschollenes Schiff mehr gegeben.«

Doch von einem verschollenen Schiff kommt nie einer zurück, um zu berichten, wie schwer der Tod des Schiffes und wie jäh die letzte überwältigende Qual seiner Männer war. Niemand weiß, mit welchen Gedanken, mit welchem Kummer, mit welchen Worten auf den Lippen sie starben. Aber es ist etwas Edles in diesem plötzlichen Dahinschwinden tapferer Herzen vom Höhepunkt des Kampfes, der Anspannung und des ungeheuren Aufruhrs, aus der gewaltigen, rastlosen Raserei der Meeresoberfläche in den unergründlichen Frieden der Tiefe, den seit Beginn der Zeiten ungestörten Schlaf.

XVIII

Aber wenn das Wort »verschollen« alle Hoffnungen zunichte macht und den Versicherern ihren Verlust bestätigt, dann bestärkt das Wort »überfällig« die Befürchtungen vieler Familien an Land und öffnet der Spekulation Tür und Tor.

Maritimer Spekulation, wohlverstanden. Es gibt Optimisten, die sogar noch ein überfälliges Schiff gegen eine hohe Prämie nachversichern. Aber nichts kann die Bangenden an Land gegen das bittere Warten auf das Schlimmste versichern.

Ein verschollenes Schiff ist, soweit sich die Seeleute meiner Generation erinnern können, niemals wieder aufgetaucht; aber es ist bekannt, dass der Name eines überfälligen Schiffes, der schon unter der verhängnisvollen Überschrift gestanden hat, dann schließlich doch noch als »angekommen« gemeldet wurde. Und wirklich, sogar die fühllose Druckerschwärze muss dann in hellem Glanz erstrahlen, wenn angstvoll flackernde Augen beim Überfliegen der Zeitungsseite die paar Buchstaben entdecken, die den Namen des Schiffes bilden. Es ist wie eine Begnadigung von dem Urteil, das so viel Leid über manches Heim gebracht hat, selbst dann noch, wenn einige Männer an Bord zu den heimatlosesten Sterblichen gehörten, die es unter den Wanderern auf See gibt.

Und der Rückversicherer, dieser Optimist im Unglück, klopft sich zufrieden auf die Tasche. Der Versicherer hingegen, der den bevorstehenden Verlust verringen wollte, bedauert seinen voreiligen Pessimismus. Das Schiff war seetüchtiger, der Himmel gnädiger, die See nicht so wütend, und die Männer an Bord waren vielleicht Menschen besseren Schlages, als er zugeben wollte.

»Das als ›überfällig‹ erklärte Schiff Soundso ist nach einer gestrigen Meldung wohlbehalten in seinem Bestimmungsort eingetroffen.« So etwa lautet der offizielle Text des Begnadigungsschreibens, das sich an die Herzen der Menschen an Land richtet, die unter dem schweren Urteilsspruch litten. Die Nachricht flog schnell von der anderen Seite der Erde zu ihnen her – über Drähte und Kabel –, denn die Telegrafie ist ein großer Tröster der Besorgten. Die Einzelheiten werden natürlich noch folgen. Und vielleicht werden sie eine Geschichte enthüllen, die von einem knappen Entrinnen, von fortgesetztem Unglück, von schweren Stürmen und schlechtem Wetter, von Eisbergen und anhaltender Flaute oder von nicht endenden Orkanen zu erzählen weiß; eine Geschichte überwundener Schwierigkeiten und einer Not, der sich ein kleiner Haufen Männer in der ungeheuren Einsamkeit der See widersetzte, eine Geschichte der eigenen Findigkeit und des Mutes – vielleicht auch der Hilflosigkeit.

Von allen auf See havarierten Schiffen ist der Dampfer, der seine Schraube verloren hat, am hilflosesten, und wenn er in einen wenig befahrenen Teil des Ozeans vertrieben wird, dann gilt er bald als überfällig. Die drohende Gefahr, als überfällig und schließlich zu einem verschollenen Schiff erklärt zu werden, trifft einen Dampfer, der von Kohle lebt, seinen schwarzen Atem in die Luft bläst und Wind und See unbeachtet lässt, meistens sehr schnell. Ein solches Schiff, es war dazu noch ein sehr großer Dampfer, dessen Lebensarbeit ungeachtet widriger Winde und hohen Seegangs einen Rekord an präziser Einhaltung seiner Reisezeiten darstellte, verlor einmal weit unten in den südlichen Breiten auf der Reise nach Neuseeland seine Schraube.

Es war in den trüben Wintermonaten mit ihren Schneestürmen und schwerem Seegang. Mit dem Bruch der Schraubenwelle schien das Leben plötzlich aus dem großen Leib des Schiffes gewichen zu sein, und seine eigenwillige hochmütige Existenz verwandelte sich mit einem Schlage in das untätige Dasein eines Stückes Treibholz. Ein Schiff, das an seiner eigenen Schwäche erkrankt, wirkt bei weitem nicht so ergreifend wie das im Kampf mit den Elementen unterliegende Schiff, weil dieser Kampf ja das eigentliche Drama seines Lebens ist. Kein Seemann wird einem havarierten Schiff ohne Mitgefühl begegnen, aber ein Segelschiff, das seine stattlichen Riggen verloren hat, wirkt auf ihn wie der Anblick eines geschlagenen, doch unbezähmbaren Kriegers. Seine stehen gebliebenen Maststümpfe recken sich wie verstümmelte Glieder in herausforderndem Trotz gegen den finster drohenden Sturmhimmel. Kühnheit verraten auch seine nach

dem Bug hin aufstrebenden Linien, und sobald am hastig aufgerichteten Notmast wieder ein Fetzen Segeltuch steht, der den Kopf des Schiffes an den Wind bringt, bietet es auch schon wieder mit ungebrochenem Mut der anstürmenden See die Stirn.

XIX

Die Leistungsfähigkeit eines Dampfers beruht weniger auf seinem Mut als vielmehr auf der Kraft, die er in sich birgt. Hinter seinen eisernen Rippen klopft und pocht es wie ein pulsierendes Herz, und wenn es stehen bleibt, ist auch die Kraft des Dampfers dahin. Sein Tod tritt dann mitten auf See ein, mit der er kaum ernsthaft gekämpft und die er nur wenig beachtet hat. Das Segelschiff führt hingegen mit seinem stummen Leib gewissermaßen auf geheimnisvolle Weise ein unirdisches Dasein, das unter dem Einfluss unsichtbarer Mächte steht und von den lebensspendenden und todbringenden Winden in Gang gehalten wird.

So trieb dieser große Dampfer von einem tödlichen Schlage getroffen wie ein schwerfälliger Leichnam immer weiter ab vom üblichen Dampfertreck und wäre tatsächlich bald als »überfällig« oder sogar als »verschollen« erklärt worden, wenn ihn nicht ein von seinen polaren Fanggründen heimkehrender Walfänger in einem Schneesturm undeutlich als merkwürdig rollende Insel gesichtet hätte.

Es war reichlich Proviant an Bord des Dampfers, und ich weiß nicht, ob die Nerven der Passagiere überhaupt von etwas anderem als dem Gefühl unendlicher Langeweile oder der unbestimmten Furcht vor dieser ungewohnten Situation beansprucht worden sind. Spürt ein Passagier überhaupt etwas vom Leben des Schiffes, das ihn wie ein besonders respektvoll zu behandelndes Stück empfindlichen Ladungsgutes über See befördert? Wer selbst nie Passagier gewesen ist, kann das unmöglich sagen. Aber ich weiß, dass es für einen Seemann keine härtere Prüfung geben kann, als ein totes Schiff unter den Füßen zu haben.

Dieses Gefühl ist nicht zu verkennen, so bedrückend und quälend ist es, so heimtückisch und voller Unglück und Unruhe. Ich könnte mir für bösartige Seeleute, die unbußfertigen Herzens auf der See starben, keine schlimmere ewige Strafe vorstellen, als dass ihre Seelen dazu verdammt würden, sich in eine Gespenstermannschaft havarierter Schiffe zu verwandeln und für ewige Zeiten auf einem geisterhaften stürmischen Ozean umherzutreiben.

Dieser hilflos im schweren Schneesturm rollende Dampfer, der im dichten Treiben der weißen Schneeflocken plötzlich wie eine düstere Erscheinung vor ihnen auftauchte, muss der Mannschaft des Walfängers ziemlich geisterhaft vorgekommen sein. Augenscheinlich glaubte sie aber nicht an Geister, denn als der Walfänger im Hafen einlief, berichtete sein Kapitän ganz unromantisch, dass er einen manövrierunfähigen Dampfer irgendwo etwa auf 50 Grad Südbreite und noch weniger bekannter Länge gesichtet habe. Hierauf liefen andere Dampfer auf Suche aus und schleppten das Schiff schließlich aus dieser kalten Ecke der Welt in einen Hafen mit Docks und Werkstätten, wo sein Stahlherz mit vielen Hammerschlägen wieder in Gang gesetzt wurde, damit es sogleich mit frischem Stolz auf seine Stärke wieder auslaufen konnte. Von Feuer und Wasser genährt und schwarze Rauchwolken ausstoßend, bahnte es sich dann, Wind und Wetter hochmütig gering schätzend, erneut mit pochendem und vibrierendem Leib seinen Weg durch die schweren Brecher der See.

Der Weg, den das Schiff, während sein Herz hinter den eisernen Rippen stillstand, treibend zurücklegte, sah auf dem weißen Papier der Seekarte wie ein verhedderter Bindfaden aus. Der Zweite Offizier, mit dem ich befreundet war, zeigte sie mir. In diesem erstaunlichen Wirrwarr standen in winzigen Buchstaben die Worte: »stürmisch«, »dichter Nebel«, »Eis«, die er hier und da als Anmerkung über das Wetter eingetragen hatte. Immer wieder hatte der Dampfer seinen eigenen vom Zufall bestimmten Pfad gekreuzt, es war ein endloser Richtungswechsel, bis es auf der Seekarte wie ein rätselhafter Irrgarten von Bleistiftstrichen aussah, die keinen Sinn hatten. Aber in diesem Irrgarten lauerte das ganze abenteuerliche Geschehen des »überfällig« und die drohende Andeutung: »verschollen«. »Drei Wochen trieben wir so«, sagte mein Freund. »Stell dir das vor!« »Wie war dir dabei zumute?« fragte ich. Er winkte ab, als wollte er sagen: Das gehört nun einmal dazu. Aber dann meinte er plötzlich, als sei er sich über etwas klar geworden: »Ich will dir sagen, zu guter Letzt war ich so weit, dass ich mich in meine Koje verkroch und heulte.« »Heulte?« »Ja, richtig Tränen vergoss«, erklärte er kurz und rollte die Karte zusammen.

Ich kann mich dafür verbürgen, dass er ein tüchtiger Kerl war – so tüchtig wie nur je einer, der an Deck eines Schiffes gestanden hat. Aber er konnte nicht das Gefühl ertragen, ein totes Schiff unter den Füßen zu haben: dieses Übelkeit hervorrufende, entmutigende Gefühl, das die Männer manch »überfälligen« Schiffes, das schließlich doch noch mit einer Nottakelung einen Hafen erreichte, oft genug empfunden und in treuer Pflichterfüllung überwunden haben.

Der Griff des Landes

XX

Es fällt einen Seemann schwer zu glauben, dass sich sein gestrandetes Schiff in der unnatürlichen misslichen Lage, kein Wasser unterm Kiel zu haben, nicht ebenso unglücklich fühlen sollte, wie er sich selbst bei der Strandung fühlt.

Stranden ist allerdings das Gegenteil von Sinken. Die See schließt sich dabei nicht mit sonnendurchflutetem Kräuseln über dem voll gelaufenen Rumpf, sie löscht seinen Namen nicht mit einer anstürmenden Sturzsee aus der Liste der lebenden Schiffe. Nein, es ist, als ob sich unbemerkt aus dem Meeresboden eine unsichtbare Hand erhoben hätte, um den durch das Wasser gleitenden Kiel festzuhalten.

Weit mehr als jedes andere Ereignis ruft eine Strandung in jedem Seemann ein Gefühl ausgesprochenen Versagens hervor. Es gibt Strandungen und Strandungen, aber ich kann ruhig sagen, dass ein Seemann dabei in neunzig von hundert Fällen am liebsten auf der Stelle tot wäre, und ich bezweifle nicht, dass neunzig von hundert Männern, die es erlebt haben, dass ihr Schiff auf Grund geriet, tatsächlich fünf Sekunden land den Tod herbeigesehnt haben.

Der Fachausdruck für eine Strandung unter mildernden Umständen heißt »Grundberührung«, aber man hat dabei mehr das Gefühl, dass der Grund das Schiff berührt hat. Die Leute an Deck fühlen sich völlig überrascht. Es ist, als wäre man mit den Füßen in eine unsichtbare Falle geraten, das körperliche Gleichgewicht ist bedroht und die seelische Ausgeglichenheit mit einem Schlage zerstört. Aber dieser Zustand dauert nur eine kurze Sekunde, denn während man noch taumelt, scheint sich im Gehirn etwas anzubahnen, was voller Bestürzung und Erregung den inneren Aufschrei auslöst: »Mein Gott! Wir sind aufgelaufen!«

Und das ist einfach fürchterlich. Denn schließlich besteht der eigentliche Lebenszweck des Seemanns darin, den Kiel des Schiffes frei vom Grund zu halten. Seine berufliche Existenz verliert daher im Augenblick des Strandens ihre Berechtigung. Es ist seine Aufgabe, das ihm anvertraute Schiff flottzuerhalten – und das ist die Grundformel all der unbestimmten Impulse, Träume und Illusionen, aus denen sich die berufliche Neigung eines Jungen entwickelt. Der Griff des Landes nach dem Kiel des Schiffes prägt sich im Gedächtnis des Seemanns unauslöschlich als Vorgeschmack einer Katastrophe ein, selbst wenn dabei nichts Schlimmeres herauskommt als Zeitverlust und Tauwerksverschleiß.

Eine »Strandung« in diesem Sinne ist ein mehr oder weniger verzeihlicher Irrtum. Eine Katastrophe und schwere Niederlage bedeutet es hingegen, wenn ein Schiff durch die Unbilden der Witterung »auf Strand getrieben wird«. Das »Auflaufen« schließlich hat die ganze Kleinheit, Bitternis und Schärfe menschlichen Irrens und menschlicher Fehler.

XXI

Darum gehen die meisten Strandungen so unerwartet vor sich. Unerwartet sind sie in der Tat alle, bis auf jene, denen eine blitzartige Ankündigung der Gefahr, voller Erschütterung und Erregung, wie das Erwachen aus einem unglaublich törichten Traum, vorausgeht.

Plötzlich taucht nachts unmittelbar vor dem Bug Land auf, oder vielleicht ruft jemand »Brandung voraus!« – und irgendein schon lange bestehender Irrtum, irgendein komplizierter Aufbau aus Selbsttäuschung, übermäßigem Selbstvertrauen und falscher Schlussfolgerung endet in einem vernichtenden Schock, der herzzerreißenden Feststellung, dass der Kiel des Schiffes über, sagen wir, ein Korallenriff knirschend hinwegscharrt. Es ist ein Geräusch, das sich im Verhältnis zu seiner Stärke noch weit fürchterlicher anhört als der gewaltsamste Weltuntergang. Aber aus diesem Chaos ringt sich von neuem der Glaube an die eigene Vernunft und Einsicht durch. Man fragt sich: »Wo um Himmels willen bin ich bloß hingeraten?« und ist davon überzeugt, dass es unmöglich eigenes Verschulden sein kann, dass es sich um ein mysteriöses Zusammenwirken von Zufälligkeiten handeln muss; dass die Seekarten allesamt nicht stimmen, und wenn sie stimmen, dass dann Land und See sich verändert haben; dass dies immer ein unerklärliches Unglück bleiben wird, weil man doch stets im Gefühl seiner Pflicht gelebt und gehandelt hat. Dieses Gefühl der Pflicht, das einen bis zum Einschlafen begleitet und das Erste ist, wenn man die Augen wieder öffnet, als ob man sich selbst während der Stunden des Schlafes seiner Verantwortung bewusst bliebe.

So betrachtet man im Geiste zuerst sein Missgeschick, bis dann allmählich die Stimmung umschlägt. Kalte Zweifel überkommen einen und stehlen sich einem bis ins Innerste; man beginnt die unerklärliche Tatsache langsam in einem anderen Licht zu sehen. Und dann ist es soweit, dass man sich fragt:

Mein Gott, wie konnte ich mich nur so täuschen, dass ich hierher kam? Man ist drauf und dran, allen Glauben an die eigene Vernunft, an sein Wissen und Können, an seine Pflichttreue, kurz an alles aufzugeben, was man bisher für das Beste an sich selbst gehalten hat, an all das, womit man sich sein tägliches Brot und das Vertrauen der Mitmenschen verdient.

Das Schiff ist verloren oder nicht verloren. Ist es erst einmal gestrandet, muss alles zu seiner Rettung versucht werden. Vielleicht gelingt sie, indem man sich bemüht, durch Anstrengung, Geschick und Standhaftigkeit die schwere Last der Schuld und des Versagens wieder aufzuwiegen. Es gibt auch entschuldbare Strandungen: im Nebel, auf unvermessenen Meeren, an gefährlichen Küsten oder durch tückische Strömungen. Aber gleich, ob das Schiff gerettet wird oder nicht, nie wird sein Kapitän wieder dieses deutliche Bewusstsein eines Verlustes, nie den bitteren Geschmack echter, ständiger Gefahr loswerden, die überall im menschlichen Leben auf der Lauer liegt.

Und auch dieses Gefühl ist ein Gewinn. Es mag einem helfen, man bleibt jedenfalls nicht der Gleiche. Damokles sah das Schwert an einem Haar über seinem Haupt hängen, und wenn ein tüchtiger Mann nach einer solchen Erfahrung auch nicht weniger wertvoll zu werden braucht, so wird ihm das Festmahl von nun an doch anders schmecken.

Vor Jahren war ich als Erster Steuermann in einen Strandungsfall verwickelt, der für das Schiff noch glimpflich ablief. Wir waren schon zehn Stunden lang ununterbrochen damit beschäftigt, Anker auszubringen, um das Schiff bei Hochwasser abzuhieven. Ich steckte noch mitten in der Arbeit vorn an Deck, als ich neben mir den Steward sagen hörte: »Der Kapitän lässt fragen, ob Sie nicht hereinkommen und heute noch etwas essen wollten?«

Ich ging in den Salon. Mein Kapitän saß wie eine Statue am Kopfende des Tisches. In dem hübschen kleinen Raum war alles zu einer seltsamen Leblosigkeit erstarrt. Der Schlingertisch, der an die siebzig Tage, wenn auch manchmal noch so wenig, ständig in Bewegung war, hing jetzt ganz unbeweglich über der Suppenterrine. Die vom Wind und der See gezeichnete kräftige Gesichtsfarbe meines Kommandanten hätte zwar nichts verändern können, aber zwischen den beiden üppigen Haarbüscheln an seinen Schläfen war die sonst vom durchströmenden Blut rot getönte Kopfhaut totenbleich wie eine Elfenbeinkuppel. Und er sah auch außergewöhnlich unordentlich aus. Mir fiel auf, dass er sich noch nicht rasiert hatte, was er bisher selbst in den stürmischsten Breiten, auch wenn das Schiff noch so stark arbeitete, an keinem Morgen versäumt hatte. Es muss wohl tatsächlich so sein, dass sich ein Schiffsführer einfach nicht rasieren kann, wenn sein Schiff auf Grund sitzt. Aber da kann ich nicht mitreden, obschon ich selbst Schiffe geführt haben, denn in meinem ganzen Leben habe ich mich noch nicht zu rasieren versucht.

Er bot mir bei Tisch nichts an und langte selbst auch nicht zu, bis ich mich einige Male hörbar geräuspert hatte. Ich sprach ganz aufgeräumt mit ihm über berufliche Dinge und schloss mit der zuversichtlichen Versicherung: »Wir bringen sie noch vor Mitternacht wieder ab, Kapitän!« Er lächelte schwach, und ohne aufzublicken murmelte er vor sich hin: »Ja, ja, der Kapitän setzt das Schiff auf, und wir bringen es wieder ab.«

Dann hob er den Kopf und fuhr den Steward, einen schlaksigen, ängstlichen jungen Mann mit einem blassen Gesicht und zwei großen Vorderzähnen, mürrisch an: »Wie kommt es, dass die Suppe so scharf ist? Mich wundert bloß, dass der Erste das widerliche Zeug herunterkriegt. Bestimmt hat der Koch aus Versehen Salzwasser hineingeschüttet!«

Die Beschuldigung war so unerhört, dass der Steward statt jeder Antwort verschämt die Augen senkte.

Der Suppe fehlte gar nichts. Ich langte zum zweiten Male zu. Die stundenlange harte Arbeit mit der willigen Mannschaft hatte mich froh gestimmt. Ich war stolz darauf, dass das Hantieren mit den schweren Ankern, Ketten und Booten ohne die geringste Störung vor sich gegangen war, und froh darüber, dass es mir gelungen war, Buganker, Stromanker und Warpanker genau und fachkundig dort auszulegen, wo sie nach meiner Meinung am wirksamsten sein würden. Bei dieser Gelegenheit spürte ich noch nicht den bitteren Geschmack im Munde, den eine Strandung sonst auslöst. Das kam erst später, und dann erst verstand ich, wie einsam der Mann ist, der die Verantwortung trägt.

Der Kapitän setzt das Schiff auf; *wir* bringen es wieder ab.

Das Wesen des Gegners

XXII

Mir scheint, kein wirklich aufrichtiger Mensch könnte behaupten, ihm sei die See jemals so jung erschienen wie die Erde im Frühling. Aber manchen von uns, die das Meer mit verstehender Liebe ansehen, ist es schon so alt vorgekommen, als wären aus seinem unberührten Schlammgrund die unvordenklichen Zeiten aufgewühlt worden. Denn es sind die Stürme, die das Meer alt aussehen lassen.

Wenn ich über den Abstand der Jahre hinweg die Erinnerungsbilder erlebter Stürme betrachte, dann löst sich dieser Eindruck ganz deutlich aus dem starken Gesamteindruck heraus, der in den vielen Jahren inniger Vertrautheit entstanden ist.

›Wer das Alter der Erde erfahren will, der schaue bei Sturm auf die See. Das Grau dieser unermesslichen Oberfläche, die Windfurchen auf dem Antlitz der Wogen, die riesigen Massen hin und her geschleuderter, wallender Gischt, die weißem Greisenhaar gleichen, lassen die See im Sturm ehrwürdig alt, glanzlos, matt und stumpf erscheinen, als wäre sie noch vor der Schöpfung des Lichtes erschaffen worden.‹

Rückblickend spürt man nach all der Liebe und all der Furcht, die man erfahren hat, wie im Innern noch einmal der Instinkt des Primitiven geweckt wird, der die Naturgewalten in seiner Zuneigung und seiner Furcht zu personifizieren versucht, obgleich man schon in seiner Kindheit über dieses Stadium hinaus war. Man glaubt Stürme zu Feinden gehabt zu haben, aber selbst als Feinde noch werden sie mit dem liebevollen Bedauern umfangen, das dem Vergangenen anhängt.

Stürme haben ihre persönliche Eigenart, und vielleicht ist das nach alledem gar nicht so sonderbar; denn letzten Endes sind es Gegner, deren Tücken man vereiteln und deren Ungestüm man widerstehen muss, und mit denen man dennoch Tag und Nacht eng vertraut zu leben hat.

Dies sagt ein Mann der Masten und Segel, dem die See nicht ein schiffbares Element, sondern ein vertrauter Gefährte ist. Die langen Reisen, das zunehmende Gefühl der Einsamkeit, die unmittelbare Abhängigkeit von den Mächten, die heute freundlich und

morgen, ohne ihr inneres Wesen zu ändern, allein durch das Spiel ihrer Kräfte gefährlich werden, all dies führt zu einem Gemeinschaftsgefühl, das der heutige Seemann bei aller Tüchtigkeit niemals erfahren wird.

Außerdem gehen die Reisen eines modernen Schiffes, eines Dampfschiffes also, nach anderen Prinzipien vor sich, die sich nicht nach Wind und Seegang richten. Der Dampfer muss zwar auch Schläge hinnehmen, doch er kommt dabei noch voran – es ist eine verbissene Schlägerei, aber kein systematischer Kampf mehr. Maschine, Stahl, Feuer und Dampf haben sich zwischen den Menschen und die See gestellt. Die moderne Handelsflotte bezwingt nicht die See, sie nutzt die Seestraßen aus. Das moderne Schiff ist nicht mehr der Spielball der Wellen. Mag auch jede seiner Reisen ein triumphaler Fortschritt sein, es bleibt trotzdem fraglich, ob es nicht ein menschlich höherer Triumph ist, Spielball der Wellen zu sein und dennoch zu überleben und sein Ziel zu erreichen.

Zu seiner Zeit ist jeder Mensch modern, aber niemand weiß, ob die Seeleute in dreihundert Jahren noch fähig sein werden, diese Seelenverwandtschaft zu empfinden. Mit zunehmender Vollkommenheit verhärtet sich das Herz einer unverbesserlichen Menschheit. Was wird in ihrem Herzen vor sich gehen, wenn sie die Illustrationen der Seegeschichten unserer oder vergangener Tage sehen wird? Man kann es sich nicht vorstellen. Aber der Seemann der letzten Generation, der sich mit den alten Karavellen durch das Segelschiff seiner Zeit, ihrem gradlinigen Nachkommen, immer noch verbunden fühlt, kann diese schwerfälligen Fahrzeuge, wie sie auf alten Holzschnitten abgebildet sind, nicht ohne ein Gefühl des Erstaunens, liebevollen Spottes, Neides und der Bewunderung betrachten. Denn auf diesen Schiffen, die schon auf dem Papier so unhandlich aussehen, dass man mit einem gewissen Horror nach Luft schnappen muss, fuhren Männer, die seine direkten beruflichen Vorfahren sind.

Nein, in dreihundert Jahren werden die Seeleute wahrscheinlich weder berührt sein noch sich zu Spott, Zuneigung oder Bewunderung hinreißen lassen. Sie werden die Abbildungen unserer so gut wie ausgestorbenen Segelschiffe mit einem kalten, neugierigen und doch gleichgültigen Blick flüchtig ansehen. Unsere alten Schiffe werden nicht die Vorfahren ihrer Schiffe sein, sondern ihre Vorgänger, deren Laufbahn zu Ende und deren Art ausgestorben ist. Und so wird auch der Seemann der Zukunft nicht unser Abkömmling, sondern, was für ein Fahrzeug auch immer er dann fachkundig führen wird, nur unser Nachfolger sein.

XXIII

Von dem Schiff, das der Mensch geschaffen und mit dem er eins geworden ist, hängt so viel ab, dass auch die See ihm jeweils einen anderen Anblick bietet. Ich erinnere mich, dass ich einmal den Führer – offiziell hieß er damals noch Schiffer, aus Höflichkeit wurde er Kapitän genannt – eines der schönen Eisenschiffe der alten Wollflotte den Kopf über eine sehr hübsche Brigantine schütteln sah. Sie lag auf entgegengesetztem Kurs. Es war ein gepflegtes, schmuckes kleines Fahrzeug in bestem Zustand, und als wir es an diesem klaren Abend dicht bei passierten, wirkte es auf uns wie die verkörperte Behaglichkeit auf See. Es war irgendwo in der Nähe des Kaps. Mit dem Kap ist natürlich das Kap der Guten Hoffnung gemeint, das Kap der Stürme seiner portugiesischen Entdecker. Und ob es nun das Wort Sturm ist, das man auf See nicht aussprechen soll, wo die Stürme so dicht beieinander hausen, oder ob sich die Menschen scheuen, ihre guten Hoffnungen einzugestehen, es ist jedenfalls das namenlose Kap geworden – das Kap *tout court*. Das andere Kap der Welt wird sonderbarerweise selten oder nie Kap genannt. Wir sagen »Eine Reise um die Hoorn« oder »Wir gingen um die Hoorn« und »Wir hatten furchtbares Wetter bei der Hoorn«, aber fast nie heißt es: »Kap Hoorn«. Und das mit gutem Grund, denn Kap Hoorn ist ebenso gut eine Insel wie ein Kap. Das dritte stürmische Kap der Welt, Leeuwin, wird gewöhnlich mit vollem Namen genannt, als sollte es damit über seine Zweitrangigkeit hinweggetröstet werden. Das sind die von Stürmen umwehten Kaps der Erde.

Die kleine Brigantine hatte damals also das Kap umrundet. Vielleicht kam sie von Port Elizabeth oder von East London – wer weiß? Es ist schon lange her, aber ich erinnere mich genau, wie der Kapitän des Wollklippers zu ihr hinnickte und dabei sagte: »Wenn man sich vorstellt, dass man mit einem solchen Ding zur See fahren soll!«

Er war auf großen Schiffen aufgewachsen, und seine Auffassung von der Seefahrt hing zu einem nicht geringen Teil von der Größe des Schiffes ab, das er unter seinen Füßen hatte: Sein eigenes Schiff gehörte bestimmt zu den größten, die man damals baute. Vielleicht hat er an die Größe seines Salons gedacht oder womöglich ganz unbewusst die Vision solch eines kleinen Schiffes heraufbeschworen, das in einer gewaltigen See hin- und hergeschleudert wird. Ich habe ihn nicht danach gefragt. Einem jungen Zweiten Steuermann musste der Kapitän der kleinen hübschen Brigantine wie ein kleiner König erscheinen: Rittlings saß er auf einem Klappstuhl, den Kopf auf die Hände gestützt, die er über der Reling gefaltet hatte. Wir passierten das Schiff in Hörweite, ohne einen Anruf, dabei konnte jeder des anderen Namen mit bloßem Auge lesen.

Einige Jahre später hätte der Zweite Steuermann, der dieses beinah unwillkürliche Gemurmel gehört hatte, seinem Kapitän sagen können, dass ein Mann, der nur auf großen Schiffen gefahren war, dennoch seine besondere Freude an dem, wie wir es beide damals nannten, kleinen Fahrzeug haben kann. Wahrscheinlich würde der Kapitän des großen Schiffes dies nicht ganz verstanden haben. Seine Antwort würde ein schroffes »Ich bin für große Schiffe« gewesen sein, wie ich es einmal von einem anderen Mann hörte, als man die Handlichkeit kleiner Schiffe pries. Und diese Ansicht vertrat er nicht etwa aus Neigung zur Großspurigkeit oder wegen des Ansehens, das das Kommando über ein Schiff von beachtlichem Tonnengehalt mit sich bringt, denn er fuhr voller Verachtung fort: »Und warum? Weil man dort dauernd aus der Koje geschleudert wird, wie selbst bei schlechtestem Wetter nirgends sonst.«

Ich weiß nicht recht!

Ich erinnere mich einiger Nächte in meinem Leben – es war auch an Bord eines großen Schiffes (so groß, wie man sie damals baute) –, in denen man nur deshalb nicht aus seiner Koje geschleudert wurde, weil man gar nicht erst dazu ansetzte, hineinzukommen. Man war einfach zu erschöpft und zu hoffnungslos, um

es überhaupt noch zu versuchen. Der Ausweg, das Bettzeug herauszunehmen und sich damit auf den feuchten Fußboden zu legen, hätte nicht den geringsten Nutzen gehabt, da man sich nirgendwo halten oder auch nur einen Augenblick in irgendeiner Lage zur Ruhe kommen konnte. Aber es steht außer Frage, dass es für denjenigen, der nicht mit seinem Herzen an Land ist, eine wahre Freude sein muss zu sehen, wie sich ein kleines Fahrzeug zwischen den gewaltigen Seen seinen Weg bahnt. So werde ich nie die dreitägige Fahrt vergessen, die ich mit einer kleinen Vierhundert-Tonnen-Bark in einem schweren, lang anhaltenden Sturm ungefähr zwischen den Inseln St. Paul und Amsterdam und Kap Otway an der australischen Küste erlebte. Der Himmel war grau, die See grün, also zweifellos schweres, wenn auch nach seemännischen Begriffen handliches Wetter. Die Bark schien vor beiden Untermarssegeln und gereffter Fock mit der langen gleichmäßigen See um die Wette zu laufen. Selbst in den Wellentälern verlor sie nicht den Wind aus den Segeln. Die mit feierlichem Donnern von achtern aufkommenden Brecher liefen in Relingshöhe an beiden Seiten des Schiffes mit wild kochender Gischt vorbei, zogen brüllend und zischend nach vorne, während das kleine Fahrzeug seinen Klüverbaum in den wirbelnden Schaum tauchte und dann in der glatten, gläsernen Senkung, dem tiefen Tal zwischen zwei Wellenbergen, die den Horizont nach vorn und achtern verdeckten, unentwegt weiterlief. Es lag so viel Zauber in dieser beherzten Gewandtheit, in dieser fortgesetzten Entfaltung makelloser Seetüchtigkeit, in diesem Abbild des Mutes und der Ausdauer, dass ich mich in den drei unvergesslichen Sturmtagen nicht von dem Anblick trennen konnte. Auch mein Steuermann war so hingerissen, dass er diese Fahrt als einen »großartigen Rutsch« pries.

Dies ist einer der Stürme, an die man in späteren Jahren noch mit ernster Genugtuung zurückdenkt, so wie man sich gern der edlen Züge eines Fremden erinnern würde, mit dem man einmal in einem ritterlichen Gefecht die Klingen gekreuzt hat und dem man nie wieder begegnen wird. So haben auch die Stürme ihre charakteristischen Züge, die in unserer Erinnerung haften bleiben, und jeder von ihnen prägt sich unserm Gefühl anders ein. Manche von ihnen hängen einem in vergrämtem Schmerz an; andere tauchen in der Erinnerung wild und schicksalhaft auf, wie Dämonen, die einem das Blut aus den Adern saugen wollen; andere wieder sind von katastrophaler Großartigkeit; einige sind nur ehrfurchtslose Erinnerungen, wie an boshafte Wildkatzen, die ihre Krallen in das mit dem Tode ringende Leben schlagen; wieder andere sind schonungslos, wie eine von Gott gesandte Strafe, und ein oder zwei kommen verhüllt und geheimnisvoll in Gestalt einer unheilverkündenden Drohung herauf. In jedem von ihnen liegt ein charakteristischer Zug, ein Kernpunkt, in dem alles Fühlen wie in einem einzigen Augenblick zusammengedrängt erscheint. So war es auch eines bestimmten Morgens um vier Uhr, als ich inmitten eines verwirrenden Gebrülls einer Welt, die nur aus Schwarz und Weiß bestand, an Deck kam, um die Wache zu übernehmen, wobei ich augenblicklich den Eindruck hatte, dass das Schiff keine weitere Stunde in dieser tobenden See überleben könnte.

Ich möchte nur wissen, was aus den Leuten geworden ist, die schweigend (man konnte sein eigenes Wort nicht verstehen) mit mir derselben Überzeugung waren. Es ist vielleicht nicht das beneidenswerteste Geschick, am Leben zu bleiben, um darüber zu schreiben, doch der springende Punkt hierbei ist, dass dieser Eindruck in seiner Intensität alle Erinnerungen an Tage und Tage hoffnungslos gefährlichen Wetters zusammenfasst. Wir waren damals aus Gründen, die näher zu erklären sich hier nicht lohnt, bei den Kerguelen sehr dicht unter Land gekommen, und wenn ich jetzt einen Atlas aufschlage und die kleinen Tupfen auf der Karte des Indischen Ozeans betrachte, dann sehe ich, als wäre es tief in das Papier eingeprägt, das wütende Antlitz dieses Sturmes.

Ein anderer Sturm erinnerte mich seltsamerweise an einen schweigsamen Menschen. Nichtsdestoweniger fehlte es auch hierbei nicht an Lärm und Getöse, denn es war schon ein furchtbarer Sturm, ein Sturm, der das Schiff überraschend wie ein Pampero überfiel, und das ist wirklich ein sehr plötzlicher Wind. Ehe wir noch recht wussten, was da ankam, waren alle Segel, die wir gesetzt hatten, weggeflogen, und die festgemachten Segel wehten los. Tauwerk brach, die See zischte – sie zischte fürchterlich –, der Wind heulte, und das Schiff lag so weit über, dass die Hälfte der Mannschaft im Wasser schwamm und die andere Hälfte sich verzweifelt irgendwo anklammerte, denn jeder war von der Katastrophe da, wo er gerade stand, entweder auf der Luv- oder auf der Leeseite, überrascht worden. Über das Rufen und Schreien brauche ich nicht weiter zu reden, es war nicht mehr als der kleinste Tropfen in diesem Meer von Lärm. Und doch liegt das Wesentliche dieses Sturms für mich in der Erinnerung an einen kleinen, nicht einmal besonders bemerkenswerten, blässlichen Mann, ohne Mütze und unbeweglichen Gesichts. Kapitän Jones – so wollen wir ihn hier nennen – war von dem Sturm völlig überrascht worden. Beim ersten Anzeichen des unvorhergesehenen Ansturms hatte er zwei Befehle gegeben, und hierauf schien ihn die Schwere seines Fehlers einfach überwältigt zu haben. Wir taten, was nötig und möglich war. Das Schiff hielt sich gut. Natürlich dauerte es eine ganze Weile, bis wir in unseren verbissenen, mühseligen Anstrengungen einmal innehalten konnten; aber während der ganzen Arbeit und Aufregung und inmitten des Aufruhrs und Schreckens hatten wir diesen kleinen, schweigenden Mann oben auf der Poop vor Augen, wie er dort reglos und stumm stand und die überkommenden Spritzseen ihn oft vor uns verbargen.

Als wir Offiziere dann schließlich auf die Poop kamen, schien er endlich aus seiner Erstarrung zu erwachen und rief uns mit dem Wind im Rücken zu: »Die Pumpen besetzen!« Hierauf verschwand er. Das Schiff wurde kurz darauf von einer der schwärzesten Nächte verschlungen, die ich je erlebt habe. Aber es verschwand nicht in der See. In Wirklichkeit kann ich mir auch nicht vorstellen, dass ihm diese große Gefahr drohte, aber es war bestimmt ein sehr geräuschvolles und verwirrendes Erlebnis – doch in Erinnerung behielt ich davon nur ein sehr tiefes Schweigen.

XXIV

Denn schließlich ist uns die Sprache des Sturmwindes trotz seiner mächtigen Lautstärke doch unverständlich. Es ist der Mensch, der in einer zufälligen Redewendung den elementaren Gefühlsausbruch seines Feindes interpretiert.

So habe ich einen anderen Sturm im Gedächtnis – ein endloses Brausen und Heulen, Mondlicht und ein gesprochenes Wort.

Es war bei dem anderen Kap, dem man gewöhnlich seinen Titel vorenthält, so wie man dem Kap der Guten Hoffnung seinen Namen raubt. Es war bei der Hoorn. Nichts kommt an zügelloser Wildheit einem Sturm beim hellen Mondlicht in den hohen Breiten gleich.

Das Schiff lag beigedreht und tauchte seinen Steven in die heranrollenden ungeheuren Seen. Vom Bug bis zu den Flaggenknöpfen glitzerte es vor Nässe. Das einzige stehende Segel ragte kohlschwarz in das düstere Blau des Himmels. Ich war damals ein Junge und litt unter Müdigkeit, Kälte und dem schlechten Ölzeug, das in allen Nähten undicht war. Ich sehnte mich nach menschlicher Nähe und stellte mich, als ich von der Poop herunterkam, neben dem Bootsmann (den ich nicht leiden konnte) an eine verhältnismäßig geschützte Stelle, wo uns das Wasser schlimmstenfalls nur bis an die Knie ging. Über unseren Köpfen zog eine Bö nach der anderen mit dumpfem Dröhnen vorüber, wie zur Rechtfertigung der Redensart »Es bläst wie Kanonen«. Und aus diesem Drang nach der Nähe eines Menschen sagte oder besser schrie ich zu dem dicht neben mir stehenden Bootsmann: »Das weht aber sehr hart, Bootsmann.«

Seine Antwort lautete: »Ja, und es braucht nur noch ein bisschen mehr zu wehen, dann kommt langsam alles von oben. Solange alles hält, macht mir das nichts aus, aber wenn alles von oben kommt, dann wird es übel.«

Die Furcht, die aus der brüllenden Stimme klang, und die aus langer Erfahrung gewonnene Wahrheit dieser Worte, die ich vor Jahren von einem Mann hörte, den ich nicht mochte, haben diesem Sturm sein besonderes Gepräge verliehen.

Ein Blick in die Augen des Nebenmannes, das leise Gemurmel der Wache, die sich in die geschützteste Ecke zusammengedrängt hat, ein bedeutungsvolles Stöhnen, das von einem zum anderen mit einem vielsagenden Blick nach dem

Himmel in Luv geht, ein Seufzer der Müdigkeit, eine Geste des Widerwillens, die der große Wind in sich aufnimmt, all dies gehört wie ein wesentlicher Bestandteil zu jedem Sturm. Einen besonders erschreckenden Anblick bieten dazu noch die olivfarbenen Wolken eines Hurrikans. Diese tiefschwarzen, zerfetzten Sinnbilder des Verderbens, die der Nordwest heranjagt, können einem durch ihre rasende Geschwindigkeit, die den Ansturm der unsichtbaren Luft geradezu greifbar macht, Schwindel verursachen. Im schweren Südweststurm ist es der niedrige, graue Himmel, der so erschreckend wirkt, als sei die Welt ein Kerker, worin weder Körper noch Seele Ruhe finden. Dann gibt es schwarze und weiße Böen, Gewitterböen und unerwartete Windstöße, die ohne die geringsten Anzeichen aus blauem Himmel kommen; und von all diesen Arten ähnelt nicht eine der anderen.

So ist die Vielfalt der Stürme groß, die es auf See gibt, und bis auf das eigenartige, furchtbare und geheimnisvolle Ächzen, das manchmal im Toben eines Hurrikans zu hören ist – bis auf diesen unvergesslichen Laut, der so klingt, als ob die Seele des Weltalls vor Qual aufseufzte –, ist es am Ende nur die menschliche Stimme, die dem Charakter eines Sturmes das Kennzeichen menschlichen Bewusstseins aufprägt.

Herrscher in Ost und West

XXV

In der Welt der Küsten, Kontinente und Ozeane, der Meerengen, Kaps und Inseln gibt es kein Gebiet, das nicht unter dem Zepter eines vorherrschenden Windes steht, eines Windes, der mit unumschränkter Gewalt die typische Wetterlage dieser Region bestimmt. Der Wind ist es, der das Aussehen des Himmels und die Bewegtheit der See entscheidend beeinflusst. Doch kein Wind herrscht unangefochten in seinem Reich von Land und Meer. Auch hier gibt es wie in den irdischen Königreichen Regionen, die unruhiger sind als andere. Um den Mittelgürtel der Erde herrschen die Passate so unbeschränkt und unbestritten wie Monarchen alter Königreiche, deren schon zur Tradition gewordene Autorität, die alle unangemessenen Ambitionen in Schach zu halten weiß, weniger auf der Ausübung persönlicher Macht als auf der Auswirkung lange bestehender Ordnungen und Gesetze beruht. Das tropische Reich der Passatwinde ist für das übliche Leben an Bord eines Handelsschiffes von großem Vorteil. Selten dringt hier der zum Kampf rufende Trompetenstoß in die wachsamen Ohren der Männer an Bord. Es sind friedliche Gebiete, in denen der Nordostpassat und der Südostpassat regieren. Und es ist ein charakteristisches Merkmal der Reisen durch diese Regionen, dass die Männer an Bord der nach dem Süden gehenden Schiffe in ihrer Spannkraft und Wachsamkeit nachlassen. Diese Bürger des Ozeans fühlen sich unter der Ägide eines unangefochtenen Gesetzes und einer unbestrittenen Dynastie sicher und geborgen. Denn wenn man irgendwo in der Welt dem Wetter trauen kann, dann ist es hier.

Aber auch das ist nicht immer unbedingt der Fall. Selbst im konstitutionellen Reich der Passatwinde, nördlich und südlich des Äquators, werden Schiffe von sonderbaren Störungen überrascht. Dennoch sind Regelmäßigkeit und Beharrlichkeit die Kennzeichen der östlichen Winde oder, allgemein gesprochen, der östlichen Wetterlage auf der ganzen Welt.

Als Herrscher besitzt der Ostwind eine bemerkenswerte Stetigkeit; als Eindringling ist er in den hohen Breiten, wo sein großer Bruder, der Westwind, ein stürmisches Regiment führt, wegen seiner kühlen Verschlagenheit und unergründlichen Doppelzüngigkeit nur sehr schwer wieder zu vertreiben.

Die engen Meere um jene Inseln, wo britische Admirale an den Grenzen des Atlantischen Ozeans Wache halten, sind der ungestümen Herrschaft des Westwindes unterworfen. Ob Nordwest oder Südwest ist hierbei gleich, denn es ist jeweils nur eine andere Seite desselben Wesens, ein anderer Ausdruck desselben Gesichts. Bei den Winden, die auf See herrschen, ist die nördliche und südliche Richtung unwichtig. Es gibt auf der Erde keine Nord- und keine Südwinde von Bedeutung. Sie sind nicht mehr als kleine Fürsten in den großen Herrschaftsbereichen, die über Krieg und Frieden auf See entscheiden, und sie beanspruchen keinen weiten Spielraum für sich. Es hängt von örtlichen Ursachen ab, wo sie ihre kleine Rolle spielen: vom Verlauf der Küste, von der Gestalt und Form einer Meerenge oder von der Unebenheit eines steilen Vorgebirges. In der Politik der Winde wie bei den Völkern der Erde vollzieht sich der wahre Kampf zwischen Ost und West.

XXVI

Über das Meer, das die Küste Englands umgibt, herrscht der Westwind, und wie die Besatzung der Insel blicken auch die Mannschaften der einkommenden und auslaufenden Schiffe aus Kanaleinfahrten, von Vorgebirgen wie von Wachttürmen, aus Flussmündungen wie aus Schlupfwinkeln, aus Sunden, Buchten, Engen und Förden nach Westen, um aus der verschiedenartigen Pracht des Sonnenunterganges auf die Stimmung des despotischen Herrschers zu schließen. Das Ende des Tages ist die rechte Zeit, um dem Westwetter, das über die Schicksale der Schiffe entscheidet, in das königliche Antlitz zu schauen. Der westliche Himmel spiegelt die verborgenen Absichten des Herrschers wider, entweder gütig und großartig oder großartig und drohend. Bekleidet mit einem Mantel aus blendendem Gold oder wie ein Bettler in schwarze Wolkenfetzen gehüllt, thront die Herrschaft des Westwindes über dem westlichen Horizont; der ganze Nordatlantik liegt zu seinen Füßen, und die ersten auffunkelnden Sterne leuchten wie ein Diadem um sein Haupt. Als achtsame Höflinge des Wetters erwägen

die Seeleute dann, wie sie die Führung ihrer Schiffe am besten der Stimmung ihres Herrn anpassen können. Der Westwind ist ein viel zu mächtiger Herrscher, als dass er sich zu verstellen brauchte. Er ist kein kühler Rechner, der finsteren Herzens dunkle Pläne schmiedet, und er ist zu stark, um kleine Kniffe anzuwenden. In allen seinen Stimmungen liegt Leidenschaft, selbst in der weichen Stimmung seiner heiteren Tage wie in der Anmut seines blauen Himmels, der sich mit unermesslicher und unergründlicher Zartheit in der See spiegelt, die weiß besegelten Schiffe umfängt, sie durchdringt und in den Schlaf wiegt.

Er ist der Meere Ein und Alles und wie ein auf den Thron erhobener Dichter prächtig und schlicht, barbarisch und nachdenklich, großzügig und leicht erregbar, wandelbar und unergründlich – aber für den, der ihn kennt, doch immer derselbe. Manche seiner Sonnenuntergänge gleichen prunkvollen Darbietungen für die große Menge – alle Edelsteine aus der königlichen Schatzkammer liegen dann über die See hinausgeschüttet. Bei anderen wiederum, die in schwermütigem Glanz, von Trauer und Mitleid erfüllt, über den kurzlebigen Frieden der Wasser nachsinnen, scheint sich sein königliches Vertrauen zu offenbaren. Und dann sah ich ihn schon, wie er den in seinem Herzen aufgespeicherten Groll der unnahbaren Sonne mitteilte, sodass sie grimmig wie das Auge eines unerbittlichen Despoten aus dem in Schrecken versetzten, bleichen Himmel herabstarrte.

Er ist der Kriegsherr, der seine Bataillone schwerer atlantischer Brechseen zum Angriff gegen die Küste vorschickt. Die gebieterische Stimme des Westwindes zwingt die gesamte Macht des Ozeans in seine Dienste. Auf des Westwindes Geheiß entsteht der große Aufruhr am Himmel über dieser Insel, und mächtige Regengüsse stürzen auf ihre Küsten hernieder. Der Himmel ist dann voller fliegender Wolken, großer, weißer Wolken, die immer dichter werden, bis sie zu einem scheinbar festen Baldachin zusammengeschweißt sind, unter dessen grauem Dach der Zug dünner, düster blickender Sturmwolken mit Schwindel erregender Geschwindigkeit vorüberfliegt.

Immer undurchdringlicher wird die dunsterfüllte Kuppel, tiefer und tiefer senkt sie sich auf die See und verengt den Horizont um das Schiff. Das ist das typische Bild beim aufkommenden Weststurm. Ein undurchdringliches, trübes Grau verringert das Gesichtsfeld, durchnässt die Mannschaft bis auf die Haut, legt sich bedrückend auf ihr Gemüt, verschlägt ihr mit heulenden Böen den Atem und treibt sie auf dem schwer arbeitenden Schiff wie betäubt und geblendet voran, unseren im Nebel und Regen verborgenen Küsten entgegen.

Die Launenhaftigkeit der Winde ist wie der menschliche Eigensinn eine der unglückseligen Folgen innerer Zügellosigkeit. Und diese unbeherrschte Kraft, die sich in der anhaltenden Wut des Westwindes austobt, verdirbt sein von Natur aus freimütiges und großzügiges Wesen. Es ist, als ob er in seinem Herzen einen alten Groll hege. Durch die Ungebärdigkeit seiner Kraft zerstört er sein eigenes Reich. Mit finsterer Miene droht er aus der südwestlichen Himmelsrichtung. Seine Wut tobt sich in furchtbaren Böen aus und begräbt sein Reich unter einer unerschöpflichen Masse von Wolken. Er sät den Keim der Furcht an Deck der lenzenden Schiffe, lässt die gischtgestreifte See alt erscheinen und sprenkelt graue Fäden in das Haar der Kapitäne, die auf den heimkehrenden Schiffen den Kanal ansteuern. Wenn der Westwind seinen Herrschaftsanspruch aus dem südwestlichen Teil des Himmels geltend macht, gleicht er oft einem wahnsinnig gewordenen Despoten, der seine treuesten Gefolgsleute mit wilden Verwünschungen in Untergang, Verderben und Tod treibt.

Südwestwind-Wetter ist trübes Wetter schlechthin. Es ist nicht die Trübe des Nebels, vielmehr eine Verengung des Horizonts, ein schleierhaftes Verhüllen der Küsten durch eine Wolkendecke, unter der das Schiff wie in einer niedrigen Gefängniszelle dahinfährt. Man ist darin nicht blind, aber die Sicht ist gering. Der Westwind sagt dem Seemann nicht: »Du sollst blind sein«, er schränkt bloß seinen Gesichtskreis ein und erhöht in seiner Brust die Furcht vor der nahen Küste. Er macht aus ihm einen Mann, der nur noch über die Hälfte seiner Kraft und Leistungsfähigkeit verfügt. Schon manches Mal in meinem Leben habe ich in langen Seestiefeln und triefendem Ölzeug neben meinem Kapitän auf der Poop eines heimkehrenden Schiffes gestanden, das den Kanal ansteuerte. Und während wir beide unverwandt nach vorn in die graue, aufgewühlte See blickten, hörte ich neben mir einen müden Seufzer, der in die gewollt beiläufig klingende Bemerkung überging:

»Nicht weit zu sehen bei diesem Wetter.«

Worauf ich in demselben oberflächlich klingenden Ton leise antwortete:

»Nein, Kapitän.«

Es war eigentlich nicht mehr als das instinktive Lautwerden eines stets gegenwärtigen Gedankens, eng mit der Vorstellung verknüpft, dass das Schiff mit großer Fahrt auf Land zusteuerte, das irgendwo voraus liegen musste. Günstiger Wind! Wer würde sich unterstehen, über günstigen Wind zu murren? Günstiger Wind ist eine Gunstbezeugung des Königs der Westwinde, der den Nordatlantik von den Azoren bis zur Höhe von Kap Farvell despotisch beherrscht. Und obgleich dies eine glänzende Gelegenheit war, die Reise zu einem guten Abschluss zu bringen, war man dennoch irgendwie nicht imstande, ein Lächeln höflicher Dankbarkeit zu zeigen. Denn diese Gunst wurde mit hochfahrender Geste und finsterem Blick gewährt. Und so drückt sich das wahre Wesen des großen Autokraten aus, wenn er sich entschlossen hat, Schiffe zu zertrümmern und andere im gleichen Atemzug grausam und wohlwollend zugleich heimzujagen; und beides ist gleich nervenaufreibend.

»Nein, Kapitän, man kann nicht weit sehen.«

So etwa wiederholte der Erste die Bemerkung seines Kapitäns, und beide blickten unverwandt voraus, während das Schiff unter ihren Füßen mit fast zwölf Knoten Fahrt auf die Küste in Lee zustürmte, wobei nur ein paar Meilen vor seinem gierenden und vor Nässe triefenden Klüverbaum, der nackt wie ein Speer nach oben wies, ein grauer Horizont die Sicht verdeckte und Brechsee um Brechsee so wild emporbrandete, als wollten sie die tief hängenden Wolken anfallen.

Furchtbare, drohende Blicke verfinstern das Antlitz des Westwindes, wenn er in seiner bewölkten Südweststimmung ist. Von des Königs Thronsaal im Westen heulen immer stärkere Böen heran, wie wilde Schreie rasender Wut, und nur die düstere Großartigkeit der Szene verleiht allem eine gewisse befreiende Würde. In Strömen prasselt der Regen auf das Deck und die Segel, als würde er mit einem zornigen Aufschrei über das Schiff geschüt-

tet. Und wenn es dann Nacht wird, Nacht im Südweststurm, dann scheint das Leben hoffnungsloser, als es je für die Schatten des Hades war. Die Südweststimmung des großen Westwindes ist lichtlos, ohne Sonne, Mond oder Sterne und ohne den geringsten Schimmer Lichts, außer dem phosphoreszierenden Aufleuchten der großen Streifen Gischt, die zu beiden Seiten des Schiffs kochend aufwallen und seinen schmalen, dunklen Rumpf in bläulichen Glanz tauchen, wenn es von gewaltigen Seen gejagt in dem verwirrenden Aufruhr taumelnd weiterstürmt.

Im Königreich des Westwindes gibt es eine Menge böser Nächte für die auf der Heimreise befindlichen Schiffe, wenn sie den Kanal ansteuern; und die Tage des Zorns, die ihnen folgen, dämmern farblos und nebelhaft herauf, wie das zaghafte Auftauchen unsichtbarer Lichtquellen, die den Schauplatz eines Ausbruchs von Leidenschaft und Tyrannei beleuchten, der in seiner Gleichförmigkeit und durch die wachsende Gewalt seiner Stärke schrecklich ist.

Der gleiche Wind, die gleichen Wolken, die gleiche wilde, stürmische See, der gleiche verschleierte Horizont umgeben das Schiff. Der Wind ist nur noch stärker, die Wolken sind noch dichter und bedrückender, und die Seen scheinen über Nacht noch größer und bedrohlicher geworden zu sein. Die Stunden, deren Minuten durch das Einstürzen der Brechseen angezeigt werden, verstreichen unter dem Heulen prasselnder Böen, die das Schiff einholen, indes es mit seinen dunklen Segeln und vor Nässe triefenden Rahen, Masten und Tauwerk unentwegt seinen Kurs verfolgt. Immer häufiger werden die Regengüsse, denen jedes Mal eine geheimnisvolle Düsternis vorangeht, als gleite ein Schatten über das mit grauen Wolken bedeckte Himmelsgewölbe. Und wie aus Fontänen ergießt sich der

Regen dann immer wieder in Strömen auf das Schiff, als solle es vor seinem Untergang erst noch ertränkt werden. Es ist, als ob sich die ganze Atmosphäre in Wasser verwandelt hätte. Man ringt nach Luft, speit und ist geblendet, taub, durchnässt und überströmt, man fühlt sich ausgelöscht, aufgelöst und vernichtet, als seien alle Glieder zu Wasser geworden. Und mit angespannten Nerven steht jeder bereit und erwartet die aufhellende Stimmung des Königs im Westen, die mit einer Drehung des Windes kommt und imstande ist, alle drei Masten im Handumdrehen aus dem Schiff zu reißen.

XXVII

Immer härter wehende Böen und gelegentlich ein schwaches Aufleuchten eines Blitzes, als würde fern hinter den Wolken eine Signalfackel geschwenkt, das sind die ersten Anzeichen dafür, dass der Wind drehen wird und der kritische Augenblick eintritt, in dem sich die brütende und verborgene Gewalttätigkeit des Südweststurmes in den Funken sprühenden, blitzenden, schneidenden, klaräugigen Zorn des Nordweststurmes verwandelt, der eine andere Seite der königlichen Leidenschaft offenbart. Es ist die Wut eines Rasenden. Unter dem Glanz aufleuchtender Sterne, die Stirn möglicherweise durch die Mondsichel verziert, schüttelt er mit pechschwarzen Böen die letzten Überbleibsel seines zerrissenen Wolkenmantels ab. Hagel und Graupeln stürzen dabei wie ein Regen von Kristallen und Perlen von den Masten und Rahen, trommeln gegen die Segel, prasseln auf die Ölmäntel und verwandeln die Decks der heimkehrenden Schiffe in weiße Flächen. Auf den Mastspitzen flackern im Sternenlicht schwache rötliche Blitze. Ein eisiger Wind heult in den brechend steif stehenden Riggen und lässt das Schiff bis auf den Kiel erbeben und die durchnässten Männer an Deck vor Kälte bis ins innerste Mark erzittern. Und noch ehe die eine Bö vorübergeflogen und hinter der Kimm im Osten verschwunden ist, lugt die nächste schon über den westlichen Horizont und zieht, einem unförmigen, schwarzen Sack gleichend, gefüllt mit eisigem Wasser am Himmel hoch, um jeden Augenblick über den gebeugten Köpfen der Männer an Bord zu bersten. Der Beherrscher des Ozeans ist anderer Laune geworden. Jeder Windstoß, der aus seiner getrübten Gemütsverfassung kam und von der Glut seines wutentbrannten Herzens erwärmt schien, findet nun sein Gegenstück in den eisigen Sturmböen, die aus einer vom plötzlichen Gefühlsumschwung zu Eis erstarrten Brust zu kommen scheinen. Statt des schrecklichen Aufwands von Wolken und Nebel, von schwerer See und Regen richtet der König des Westens seine Kraft nunmehr darauf, die Rücken der Männer voller Verachtung mit einem Hagel von Eisstücken zu peitschen, Tränen in ihre müden Augen zu treiben, als weinten sie vor Kummer, und ihre erschöpften Leiber mitleidig zittern zu lassen. Aber jede Stimmung des großen Autokraten hat etwas Großartiges, und jede ist schwer zu ertragen. Einzig und allein die Nordwestphase dieses gewaltigen Schauspiels ist nicht im selben Maße entmutigend, weil man zwischen den Hagel- und Graupelböen immer noch eine weite Sicht voraus hat.

Sehen können! Sehen! – das begehrt der Seemann so sehr wie die übrige blinde Menschheit. Seinen Weg klar vor sich auszumachen, ist das Trachten jedes menschlichen Wesens in unserem trüben, von Stürmen bedrohten Dasein. Ich habe einmal einen sehr ruhigen, in sich verschlossenen Mann, der so gut wie keine Nerven hatte, nach einer dreitägigen stürmischen Fahrt bei unsichtigem Südwestwetter in die leidenschaftlichen Worte ausbrechen hören.

»Gebe Gott, dass wir bald etwas in Sicht bekommen!« Wir waren eben für einen kurzen Augenblick unter Deck gegangen, um uns zu beraten. In der dunklen, mit Brettern verrammelten Kammer lag eine verquollene, feuchte Seekarte auf dem kalten, klammen Tisch, über dem eine blakende Lampe ihr trübes Licht verbreitete. Über den stummen, zuverlässigen Ratgeber des Seemanns gebeugt, ein Ellbogen ruhte auf der Küste Afrikas, den anderen hatte er in der Gegen von Kap Hatteras (es war die allgemeine Übersegelungskarte des Nordatlantiks) aufgestützt, hob mein Kapitän sein durchfurchtes, bärtiges Gesicht und stierte mich mit einem halb erbitterten, halb flehentlichen Ausdruck an. Wir hatten seit etwa sieben Tagen weder die Sonne noch den Mond oder auch nur einen Stern gesehen. Die Wut des Westwindes hatte es fertig gebracht, dass sich die Himmelskörper schon seit über einer Woche verborgen hielten, und die Eintragungen im Tagebuch bewiesen, wie der Südwest von frisch über steif bis auf Sturmesstärke angewachsen war. Wir trennten uns dann. Er ging an Deck, dem geheimnisvollen Ruf folgend, der wohl immer in den Ohren eines Schiffsführers klingt, und ich taumelte in meine Kammer mit der vagen Absicht, die Worte »Sehr schweres Wetter« in ein Schiffstagebuch einzutragen, das schon seit einiger Zeit nicht mehr vollständig geführt wurde. Aber ich gab es auf und kroch stattdessen so wie ich war, mit Hut und Stiefeln, in die Koje (es kam nicht darauf an, da doch alles durchnässt war, nachdem in der Nacht zuvor eine schwere See die Salonoberlichter eingeschlagen hatte) und verbrachte in einem albdruckartigen Zustand einige Stunden so genannter Ruhe.

In seiner Südweststimmung ist der Westwind ein Feind des Schlafes und verfolgt die verantwortlichen Offiziere eines Schiffes sogar noch in die Koje. Nachdem ich in der dunklen, nasskalten und verwüsteten Kammer zwei Stunden lang nutzlos, wirr und ohne Zusammenhang über alles Mögliche gegrübelt hatte, stand ich plötzlich auf und wankte nach oben an Deck. Der despotische Beherrscher des Nordatlantik tyrannisierte immer noch sein Königreich und die am Rande liegenden, abhängigen Gebiete bis in die Biskaya mit diesem bedrückenden schweren, sehr schweren, unsichtigen Wetter. Der Sturm wehte mit solcher Stärke, dass er mich, obgleich wir etwa zehn Knoten vor dem Wind liefen, mit einem stetigen Druck auf die Vorderkante der Poop zuschob, wo mein Kommandant immer noch ausharrte.

»Was meinen Sie dazu?« schrie er mir entgegen.

Was ich wirklich meinte, war, dass wir beide es mehr als satt hätten. Die Art und Weise, wie der große Westwind zuweilen seine Besitzungen zu regieren beliebt, empfiehlt sich nicht für friedliebende, den Gesetzen gehorchende Menschen, die dazu neigen, auch noch angesichts der Naturgewalten, deren Richtmaß allein die Macht ist, zwischen Recht und Unrecht zu unterscheiden. Ich sagte aber natürlich nichts. Wenn man gewissermaßen zwischen seinem Kapitän und dem großen Westwind steht, dann ist Schweigen die beste Diplomatie. Überdies kannte ich meinen Kapitän. Er wollte gar nicht wissen, was ich meinte. Schiffsführer, denen es auf jeden Hauch ankommt, der vom Thron der meerbeherrschenden Winde weht, befinden sich in einer besonderen seelischen Verfassung, deren Auswirkungen für das Schiff und die Leute an Bord ebenso wichtig sind wie die wechselnden Launen des Wetters. Dieser Mann kümmerte sich in Wirklichkeit und unter keinen Umständen auch nur einen roten Heller darum, was ich oder sonst jemand auf seinem Schiff für eine Meinung hatte. Ich nahm an, dass er es langsam satt hatte und jetzt in Wahrheit nur darauf aus war, von mir einen Vorschlag zu hören. Es war nun einmal der Stolz seines Lebens, dass er noch nie die Chance verpasst hatte, die ihm ein günstiger Wind bot, mochte dieser auch noch so stürmisch, bedrohlich und gefährlich sein. Wir hatten den letzten Törn einer glänzenden, schnellen Reise von Australien zu fassen und liefen blindlings, wie Männer, die mit verbundenen Augen auf ein Loch im Zaun zustürzen, bei so unsichtigem Wetter, wie ich es noch nie erlebt hatte, in einem gewaltigen Ansturm auf den Kanal zu. Doch seine Mentalität erlaubte es ihm nicht, bei einem solch günstigen Wind das Schiff beizudrehen – jedenfalls nicht aus eigener Initiative. Dennoch hatte er das Gefühl, dass nun wirklich sehr bald etwas geschehen müsse. Der Vorschlag hierzu sollte nur von mir kommen, damit er später, wenn die Gefahr vorüber wäre, diese strittige Entscheidung von seinem, zu keinem Kompromiss bereiten Standpunkt aus beleuchten und mir die ganze Schuld aufbürden könne. Aber ich muss ihm die Gerechtigkeit widerfahren lassen, dass diese Art Stolz seine einzige Schwäche war. Von mir bekam er keinen Vorschlag zu hören. Ich verstand mich auf seine seelische Verfassung. Außerdem hatte ich damals eine ganze Reihe eigener Schwächen (heute sind es andere), und eine davon war, dass ich mir einbildete, in der Psychologie des Westwindes besonders gut Bescheid zu wissen. Ich glaubte – um es unverblümt auszudrücken –, dass ich eine besondere Begabung dafür hatte, die Absichten des großen Beherrschers der hohen Breiten zu erraten und jeden Wechsel der königlichen Laune schon im Entstehen wahrnehmen zu können. Aber alles, was ich zum Kapitän sagte, war:

»Es wird bestimmt aufklaren, sobald der Wind dreht.«

»So viel weiß jeder«, fuhr er mich mit lauter Stimme an.

»Ich meine vor Dunkelwerden«, schrie ich zurück. Das war die einzige Gelegenheit, die ich ihm jemals geboten habe, und die Ungeduld, mit der er sie ergriff, bewies mir, wie besorgt er war.

»Na schön, wenn es sein muss«, rief er und tat so, als ob dauerndes Drängen ihn dazu gebracht hätte. »In Ordnung! Wenn der Wind bis dahin nicht gedreht hat, nehmen wir über Nacht die Fock weg und stecken dem Schiff den Kopf unter die Flügel.«

Die Bildkraft dieses Ausdrucks für ein Schiff, das beigedreht liegt, um einen Sturm abzureiten, und unter dessen Brust eine See nach der anderen durchläuft, machte einen tiefen Eindruck auf mich. Ich konnte es richtig im Aufruhr der Elemente treiben sehen, wie einen schlafenden Seevogel, der im schweren Wetter auf dem tobenden Wasser seinen Kopf unter die Flügel gesteckt hat. Dies ist, was genaue Vorstellung und echte Empfindung betrifft, der ausdrucksvollste Satz, den ich je von menschlichen Lippen gehört habe. Was nun die Fock betraf, die wir festmachen sollten, ehe wir dem Schiff den Kopf unter die Flügel steckten, so hatte ich doch meine schweren Bedenken. Sie waren berechtigt. Das riesige Stück Segeltuch, das so lange ausgehalten hatte, wurde durch eine willkürliche Verfügung des Westwindes, dem das Leben der Menschen und ihrer Hände Werk innerhalb seiner Grenzen gehören, kurzerhand konfisziert. Mit einem explosionsartigen Knall war das ganze Segel im Dunst verschwunden, und von seinem kräftigen Tuch blieb nicht einmal so viel übrig, um daraus eine Hand voll Scharpie zupfen zu können, das für, sagen wir, einen verwundeten Elefanten gereicht hätte. Aus den Lieken gerissen, schwand es im brodelnden Sog der vom drehenden Wind durcheinander gewirbelten und zerfetzten Wolken wie eine kleine Rauchfahne dahin. Der Wind hatte nämlich gedreht. Zornig starrte die unverschleierte, niedrig stehende Sonne vom chaotischen Himmel auf eine gewaltige, durcheinander laufende See herab, die gegen einen Streifen Küste brandete. Dann erkannten wir plötzlich das Land nahebei und sahen einander sprachlos vor Staunen an. Ohne es auch nur im Geringsten zu ahnen, waren wir bis zur Isle of Wight gekommen, und der Turm, den das abendliche Rot matt aufglänzen ließ, war der Leuchtturm von St. Chatherine's Point.

Der Kapitän war der Erste, der sich von seinem Staunen erholte. Die Augen, die ihm fast aus dem Kopf gefallen waren, traten langsam wieder in ihre Höhlen zurück, und alles in allem verhielt er sich für einen Durchschnittsseemann wirklich sehr lobenswert. Die Demütigung, sein Schiff bei günstigem Wind beidrehen zu müssen, war ihm erspart geblieben, und sofort rieb sich dieser Mann, der doch offenbar von offenherziger, wahrheitsliebender Natur war, seine braunen, behaarten Hände – die Hände eines Handwerksmeisters zur See – und sagte allen Ernstes:

»Hm! Hm! Hatte ich mir doch gedacht, dass wir ungefähr hier stehen müssten.«

Die Durchsichtigkeit und das Treuherzige dieser Selbsttäuschung, der leichtfertige Ton und dieser Anflug von aufkeimendem Stolz waren einfach köstlich. In Wirklichkeit jedoch war dies eine der größten Überraschungen, die der Westwind in einer aufheiternden Stimmung einem seiner vollendetsten Hofleute bereitete.

XXVIII

Die Winde aus dem Norden und Süden sind, wie ich schon sagte, nur kleine Fürsten unter den Seemächten. Sie haben kein eigenes Reich, und nirgendwo sind sie die regierenden Winde. Und dennoch stammen von ihren Häusern die regierenden Dynastien ab, die alle Gewässer der Erde unter sich verteilt haben. Das Wetter der ganzen Welt hängt vom Kampf der polaren und äquatorialen Geschlechter dieser tyrannischen Rasse ab. Der Westwind ist der größte König. Der Ostwind herrscht zwischen den Wendekreisen. Jeden Ozean haben sie unter sich geteilt. Der König des Westens wird niemals gewaltsam in die anerkannten Gebiete seines königlichen Bruders eindringen. Er ist der Typus eines nordischen Barbaren, gewalttätig, aber nicht verschlagen, ungestüm, aber nicht bösartig, ein Barbar, den man sich herrisch, mit einem zweischneidigen Schwert auf den Knien, über den bunten, goldenen Wolken des Sonnenuntergangs sitzend, vorstellen kann; sein zerzaustes, goldgelocktes Haupt vorgebeugt, mit einem leuchtenden Bart über der Brust, imposant, kolossal, mit mächtigen Gliedern, donnernder Stimme, geblähten Wangen und grimmigen blauen Augen spornt er seine Stürme zur Eile an. Den anderen, den König des Ostens, den König blutroter Sonnenaufgänge, stelle ich mir als hageren Südländer mit scharf geschnittenen Zügen, schwarzen Augenbrauen und dunklen Augen vor. In Grau gehüllt, steht er aufrecht im Sonnenschein, die glatt rasierte Wange in die Hand gelegt, sinnt er undurchdringlich, verschwiegen, voller Ränke und spitzfindig mit Eifer über neue Überfälle nach.

Der Westwind hält seinem Bruder, dem König des Ostwindwetters, stets das Wort. »Was wir geteilt haben, das haben wir geteilt«, scheint er mit seiner rauen Stimme zu sagen, dieser Herrscher, der keine Hintergedanken hat, der wie zum Spaß ungeheure Wolkenmassen quer über den Himmel schleudert und die großen Atlantikseen von der Küste der Neuen Welt quer über den Ozean auf die altersgrauen Vorgebirge des alten Europa rollt, das auf seinem mit Wunden bedeckten, zerfurchten Leib mehr Königen und Herrschern Obdach gewährt als alle Meere der Erde zusammen. »Was wir geteilt haben, das haben wir geteilt, und wenn mir in dieser Welt weder Ruhe noch Frieden zugefallen sind, so lasst mich allein. Lasst mich mit Zyklonen Diskus werfen und die Wurfscheiben aus kreisenden Wolken und wirbelnder Luft von einem Ende meines düsteren Königreiches zum anderen schleudern, über die Neufundlandbänke hinweg oder an der Grenze des Packeises entlang – diese eine hier genau in die Bucht von Biskaya, jene andere in die Fjorde Norwegens, quer über die Nordsee hinweg, wo die Fischerleute vieler Nationen wachsam mein zorniges Auge beobachten. Das ist dann die Zeit meines königlichen Vergnügens.«

Und der königliche Herr der hohen Breiten seufzt tief auf, die sinkende Sonne auf der Brust und das zweischneidige Schwert auf den Knien, als sei er der unzähligen Jahrhunderte seiner rastlosen Herrschaft müde und traurig über die Unwandelbarkeit des Ozeans zu seinen Füßen; traurig über die Aussicht auf endlose künftige Zeitalter, in denen er weiter Wind säen und Wirbelstürme ernten wird, bis aus seinem Reich lebendigen Wassers ein regloser, zu Eis gefrorener Ozean geworden ist. Aber der andere, der Listige und Ungerührte, hält das glatte Kinn zwischen Daumen und Zeigefinger seiner schlanken, tückischen Hand und denkt im Innersten seines arglistigen Herzens: »Aha, unser Bruder des Westens ist in königliche Melancholie verfallen. Er ist des Spiels mit kreisenden Stürmen müde, lässt keine Orkanböen mehr donnern und mutwillig dicke Nebelstreifen auf Kosten seiner armen, jämmerlichen Untertanen über die Meere hinwegziehen. Ihr Schicksal ist mehr als kläglich. Machen wir einen Einfall in die Gebiete dieses lärmenden Barbaren, einen großen Raubzug von Finisterre bis Hatteras. Wir wollen dabei die Fischerleute überraschen, alle Schiffe, die seiner Kraft vertrauten, zum Besten halten, und allen Leuten, die sich um seine Gunst bemühten, verstohlen Pfeile in die Leber schießen. Er ist in der Tat ein nichtswürdiger Bursche.« Und sogleich ist es auch schon geschehen; während der Westwind über die Hohlheit seiner unwiderstehlichen Macht nachsinnt, setzt im Nordatlantik der Ostwind ein.

Der Nordatlantik ist das Herz eines großen Imperiums, in dem die Sonne nie untergeht, und das hier vorherrschende Wetter ist typisch für die Art, in der der Westwind sein Reich regiert. Kein anderes Gebiet seines Machtbereichs ist so dicht mit Generationen feiner Schiffe und kühner Männer bevölkert. Hier innerhalb der Hochburg seiner Herrschaft haben sich heroische Taten und Abenteuer abgespielt. Hier, unter seinem Zepter, sind die besten Seeleute der Welt geboren und aufgewachsen; vor den Stufen seines stürmischen Thrones lernten sie, geschickt und verwegen mit ihren Schiffen umzugehen. Unbekümmerte Abenteurer, mühselig arbeitende Fischer, Admirale, wie sie weiser und tapferer die Welt nicht gekannt hat, sie alle haben auf die Zeichen am westlichen Himmel gewartet. Flotten siegreicher Schiffe hingen vom Hauch seines Atems ab. Geschwader kriegsversehrter Dreidecker hat er in seiner Hand umhergeschleudert und aus reinem Zeitvertreib ihre traditionsreichen Flaggen in Fetzen gerissen. Er ist ein guter Freund und

[...] (Bangkok) An beiden Ufern breitete sie sich aus – die damals noch von keinen weißen Eroberern bezwungene orientalische Metropole.

[...] Etliche Hütten aus Stäben und Gras hatte man so dicht an die Uferkante gesetzt, dass sie sich nur teils noch an das letzte Gestrüpp hier zu klammern schienen, teils überm Strom bereits ins Leere hingen. [...] (S. 70 f.)

[...] Ja, da lag es. Das Unterschiff, ebenso die Takelung: eine Augenweide! Das Gefühl einer Leere oder Lebenstaubheit, das mich während der letzten Monate so ruhelos und bitter gemacht hatte, verging und eine Flut freudiger Erregung strömte an seine Stelle.

Auf den ersten Blick sah ich an den schönen Linien seines Baues, an den wohlproportionierten Ausmaßen der Takelage, dass es eine harmonische Schöpfung, ein erstklassiges Fahrzeug war. Welches Alter und welche Vergangenheit es auch haben mochte, es hatte noch das Gepräge seines Ursprungs bewahrt. Ja, es gehörte zu jenen Schiffen, die dank ihres vorzüglichen Materials und seiner glänzenden Verarbeitung niemals alt aussehen. Unter seinen Gefährten, die ebenfalls vertäut am Ufer lagen und alle größer waren, sah es aus wie ein Geschöpf höherer Rasse – ein arabisches Vollblut unter Ackergäulen. [...] (S. 72f.)

Aus: Joseph Conrad, »Schattenlinie«, Insel Verlag, Frankfurt und Leipzig 1999

ein gefährlicher Feind, der keine Gnade für seeuntüchtige Schiffe und kleinmütige Seeleute kennt. In seiner königlichen Art hat er sich nur wenig um alles Leben gekümmert, das seiner leidenschaftlichen Methode zum Opfer fiel; er ist ein König, der ein blankes, zweischneidiges Schwert in der Rechten hält.

Der Ostwind ist als Eindringling in die Gebiete des Westwetters ein Tyrann mit einem unbeweglichen Antlitz, der, hinter seinem Rücken verborgen, einen scharfen Dolch bereithält, um heimtückisch zuzustechen.

Auf seinen Raubzügen in den Nordatlantik führt er sich wie ein durchtriebener, unbarmherziger Abenteurer auf, der kein Gefühl für Ehre und Anstand besitzt. Ich habe erlebt, wie er einem räuberischen

Scheich der See gleich, das scharf geschnittene, zerfurchte Gesicht hinter einer dünnen Wolkenschicht verborgen, ganze Karawanen von dreihundert und mehr Schiffen vor dem Eingang zum Englischen Kanal aufhielt. Und das Schlimmste war dabei, dass es kein Lösegeld gab, womit seine Habsucht zu befriedigen gewesen wäre; denn was auch immer der Ostwind an Bösem im Schilde führt, es geschieht alles nur, um seinen königlichen Bruder zu kränken. Hilflos mussten wir uns den methodischen, kalten, grauäugigen Starrsinn des Ostwindes mit ansehen, während unsere Rationen von Tag zu Tag kleiner wurden und nagender Hunger bei den Seeleuten auf den an der Weiterfahrt gehinderten Schiffen zur Gewohnheit wurde. Mit jedem Tage wurde unsere Zahl größer. In Haufen, Gruppen und in ganzen Scharen liefen wir vor dem verschlossenen Eingangstor hin und her, während die ausreisenden Schiffe unter Vollzeug zwischen unseren Reihen gedemütigter Fahrzeuge hindurchsegelten. Ich bin der Ansicht, der Ostwind hilft den Schiffen aus der Heimat fortzukommen nur in der boshaften Hoffnung, dass sie alle miteinander draußen ein vorzeitiges Ende finden und man nie wieder etwas von ihnen hören wird. Sechs Wochen lang blockierte der räuberische Scheich die große Schifffahrtsstraße des Welthandels, indes unser eigentlicher Herr, der Westwind, wie ein erschöpfter Titan im tiefen Schlaf lag oder arglos in jene tatenlose schwermütige Stimmung versunken war, die nur offenherzige Naturen kennen. Nichts regte sich im Westen; vergeblich blickten wir zur Hochburg des Königs hin, er schlief jedoch so tief, dass ihm sein plündernder Bruder sogar den Mantel aus purpurnen, goldumsäumten Wolken von den gebeugten Schultern stehlen konnte. Was war aus dem strahlenden Hort der Königsjuwelen geworden, die sonst am Ende jedes Tages ausgestellt wurden? Fort, verschwunden, einfach ausgelöscht und weggeschleppt, ohne auch nur einen einzigen Streifen Goldes oder einen kleinen Sonnenstrahl am Abendhimmel zurückzulassen. Tag für Tag schlich sich die strahlenlose, geplünderte Sonne auf ihrer kalten Bahn am Himmel, der so leer und ärmlich wie das Innere eines ausgeraubten Tresors war, ohne Pracht und ohne Glanz schamhaft vorüber und verbarg hastig ihr Antlitz hinter den Wassern. Und immer noch schlummerte der König oder grämte sich über die Hohlheit seiner Macht und Stärke, während der dünnlippige Eindringling die Zeichen seines kalten, unbarmherzigen Geistes dem Himmel und der See aufprägte. Mit jedem Tagesanbruch musste die aufgehende Sonne durch einen blutroten Strom waten, der so leuchtend und unheilvoll wie das Blut über Nacht ermordeter Himmelskörper aussah.

Volle sechs Wochen lang hielt der niederträchtige Eindringling in diesem besonderen Falle die Straße ohne Unterbrechung besetzt und führte seine eigentümliche Regierungsmethode über den größten Teil des Nordatlantiks ein. Es hatte den Anschein, als wollte das Ostwetter für alle Zeiten oder zumindest so lange bleiben, bis wir alle in der hier aufgestoppten Flotte des Hungers gestorben wären – verhungert gewissermaßen angesichts des Überflusses und fast schon im Bereich des mildtätigen Herzens unseres Landes.

Da lagen wir und übersäten das harte Blau der tiefen See mit den Tupfen unserer ausgetrockneten, weißen Segel. Da lagen wir, eine immer größer werdende Ansammlung von Schiffen, beladen mit Getreide oder Holz oder Wolle und Häuten, ja, sogar Apfelsinen, denn es waren auch ein oder zwei verspätete Fruchtschoner dabei. Da lagen wir in diesem denkwürdigen Frühling Ende der siebziger Jahre, kreuzten hin und her und kamen auf keinem Bug weiter. Der Proviant wurde so knapp, dass wir uns schon an den Fegsel aus den Brotkästen halten mussten und die Zuckertonnen auskratzten. Es entsprach durchaus der Natur des Ostwindes, harmlose Seeleute Hunger leiden zu lassen und ihre einfältigen Gemüter so zu reizen, dass es zu Ausbrüchen kam, die so gespenstisch wie seine blutroten Sonnenaufgänge waren. Was dann folgte, waren graue Tage unter einer Decke hoher, still stehender Wolken, die wie aus aschfarbenem Marmor gemeißelt aussahen. Und bei jedem armseligen Sonnenuntergang riefen wir fluchend nach dem Westwind, flehten, dass er aufwachen möge, und sei es in trübster, nebliger Laune, damit wir unsere Freiheit wiedergewönnen, wenn auch nur um loszustürzen und den Bug des Schiffes gegen den Wall unserer unerreichbaren Heimat zu schmettern.

XXIX

In der kristallklaren Luft dieser östlichen Wetterlage, die wie ein Prisma das Licht brach, konnten wir die erschreckend hohe Zahl hilflos daliegender Schiffe sehen und sogar jene, die unter normalen Umständen mit ihren Segeln noch unter dem Horizont und somit für uns unsichtbar geblieben wären. Dem Ostwind bereitet es offenkundig ein hämisches Vergnügen, die Sichtweite zu vergrößern, vielleicht nur, um die Menschen noch besser ihre vollkommene Demütigung und den hoffnungslosen Charakter ihrer Gefangenschaft fühlen zu lassen. Im Allgemeinen ist es bei Ostwind klar, beinah übernatürlich klar – mehr gibt es zu seinen Gunsten nicht zu sagen; aber von all seinen Launen ist dennoch keiner zu trauen. Sie sind so doppelzüngig, dass sie sogar wissenschaftliche Instrumente hinters Licht führen. Kein Barometer wird vor einem Oststurm warnen, und sei er noch so regnerisch; dabei wäre es ungerecht und undankbar zu sagen, das Barometer sei ein lächerlicher Apparat. Von Grund auf ehrlich, ist es den Schlichen des Ostwinds einfach nicht gewachsen. Nach jahrelangen Erfahrungen wird selbst das zuverlässigste Instrument, das je an das Kajütschott eines seegehenden Schiffes geschraubt worden ist, fast immer durch die diabolische Findigkeit des Ostwetters gerade in dem Augenblick zum Steigen veranlasst, wenn der Ostwind seine harte, trockene und gefühllose Grausamkeit aufgibt und damit beginnt, alle Lebensgeister, die der Mensch noch besitzt, in eiskalten, schrecklichen Wolkenbrüchen zu ertränken.

Die Hagel- und Graupelböen, die dem Blitz am Ende eines Weststurms folgen, sind schon kalt, lähmend, beißend und grausam genug, aber wenn das trockene Ostwetter in Nässe umschlägt, scheint es wahrhaft zersetzende Mengen Wasser herabzuregnen. Dieses stetige, gleichbleibend anhaltende, endlose Niederströmen ist so überwältigend, dass man gemütskrank wird und in düstere Ahnungen verfällt. Tiefschwarz zieht die Sturmeslaune des Ostwetters am Himmel auf, und zwar mit einer beängstigenden, seltsamen Schwärze. Der Westwind hängt schwere, graue Vorhänge aus Nebel und Sprühregen vor die Augen, aber wenn der Eindringling aus dem Osten all seinen Mut und all seine Grausamkeit aufbietet und zum Sturm ausartet, dann nimmt er einem jede Sicht

so vollkommen, dass man glaubt, fürs ganze Leben blind zu sein. Er ist es auch, der den Schnee bringt.

Aus seinem schwarzen, gnadenlosen Herzen wirft er ein blendendes, weißes Laken über die Schiffe. Er hat mehr schurkische Angewohnheiten und weniger Gewissen als ein italienischer Fürst des siebzehnten Jahrhunderts. Seine Waffe ist ein Dolch, den er unter einem schwarzen Mantel trägt, wenn er auf seine rechtswidrigen Unternehmungen ausgeht. Schon die bloßen Anzeichen seines Nahens erfüllen jedes Fahrzeug auf dem Wasser, die ja alle, von der Fischersmack bis zum Viermaster, unter dem Einfluss des Westwindes stehen, mit Schrecken und Furcht. Selbst in seiner unverträglichsten Stimmung flößt er noch Furcht vor Verrat ein. Ich habe einmal in einer totenstillen Nacht über zweihundert Ankerwinden auf einen Schlag zu klirrendem Leben erwachen und die Downs mit erschreckendem Lärm erfüllen hören, als beim ersten Atemzug, der aus dem Osten kam, mit größter Eile die Anker aus dem Grund geholt wurden. Zum Glück verliert der Ostwind oft den Mut, weil er nicht das furchtlose Temperament seines Bruders aus dem Westen hat.

Ihrem Wesen nach sind diese beiden Winde, die alle Gebiete der großen Ozeane beherrschen, grundsätzlich verschieden. Und es ist merkwürdig, dass die Winde, die von den Menschen gerne als unberechenbar angesehen werden, überall, in den verschiedensten Regionen der Erde, ihrem Charakter treu bleiben. Der Ostwind beispielsweise kommt zu uns hier über einen großen Kontinent, über die größte zusammenhängende Landmasse der Erde, hergefegt. Für die Ostküste Australiens ist der Ostwind ein Seewind, der über die größte Fläche Wassers dieser Erde kommt; und dennoch sind seine charakteristischen Eigenschaften hier wie dort dieselben – sonderbarerweise zumal in allem, was gemein und niederträchtig ist. Die Mitglieder der Westwind-Dynastie werden in gewisser Weise durch die Gebiete, in denen sie herrschen, gewandelt, so wie ein Hohenzoller kraft seines Thrones Rumäne wird und doch immer derselbe bleibt oder einer aus dem Hause Sachsen-Coburg-Gotha seine eigenen Gedanken, wie auch immer sie sein mögen, in bulgarische Redensarten zu kleiden versteht.

Die autokratische Herrschaft des Westwindes ist hingegen vierzig Grad nördlich des Äquators ebenso wie vierzig Grad südlich davon durch ihre offenherzige, großmütige und aufrichtige wie barbarische Unbekümmertheit gekennzeichnet. Denn er ist ein großer Autokrat, und um ein großer Autokrat zu sein, muss man ein großer Barbar sein. Ich bin zu sehr durch ihn geformt worden, als dass ich jetzt noch rebellische Gedanken gegen ihn hegen könnte. Und was bedeutete überdies eine Auflehnung innerhalb der vier Wände eines Zimmers gegen die sturmgewaltige Herrschaft des Westwinds? Ich bleibe der Erinnerung an den mächtigen König treu, der in der einen Hand ein zweischneidiges Schwert hält und in der anderen den Lohn in Gestalt von großen Etmalen und berühmten, schnellen Reisen für diejenigen seiner Hofleute, die alle verborgenen Zeichen seiner Gemütsstimmung aufmerksam zu beobachten und zu deuten wissen. So wie wir Seeleute aus der Großen Fahrt genau wissen, dass er schon immer von drei Jahren eines für jeden, der auf dem Atlantik oder unten im Süden längs der »Vierziger« zu tun hatte, besonders lebhaft gestaltet hat. Man musste schon das Bittere mit dem Süßen schlucken, und es ist nicht zu leugnen, mit unserem Leben und Glück ging er stets sorglos um. Aber andererseits war er immer ein großer König, würdig, über die großen Meere zu herrschen, wo, streng genommen, kein Mensch etwas zu suchen hat, der nicht kühn und verwegen ist.

Und dieser Verwegene sollte sich nicht beklagen, wie auch ein kleiner Handelsmann nicht über die Zölle murren sollte, die ein mächtiger König erhebt. Seine Macht war manchmal zu überwältigend, aber selbst wenn man ihm offen Trotz bieten musste, wie auf der Heimreise von Ostindien bei den Agulhas-Bänken oder auf der Ausreise bei der Hoorn, teilte er seine schmerzenden Schläge offen und ehrlich (auch mitten ins Gesicht) aus, und es war Sache des Betroffenen, nicht allzu sehr ins Wanken zu kommen. Aber wer schließlich nur einige Haltung zeigte, den ließ der gutmütige Barbar sogar an den Stufen seines Thrones kämpfend vorüberziehen. Nur hie und da fuhr das Schwert hernieder, und ein Kopf fiel; aber wer fiel, konnte gewiss sein, dass ihn ein eindrucksvolles Leichenbegängnis und ein geräumiges, großzügiges Grab erwartete.

So gewaltig ist der König, vor dem die Anführer der Wikinger das Haupt neigten und dem die modernen Luxusdampfer siebenmal in der Woche ungestraft Trotz bieten. Aber es sind nur Herausforderungen, keine Siege. Der prächtige Barbar sitzt in einem golddurchwirkten Wolkenmantel auf seinem Thron und schaut aus der Höhe auf die großen Schiffe hinab, die auf der See wie mechanisches Spielzeug hingleiten, und auf Männer, die mit Feuer und Eisen gewappnet, nicht mehr ängstlich auf die kleinsten Zeichen seiner königlichen Stimmung zu lugen brauchen. Er wird nicht mehr beachtet, aber er hat all seine Kraft und Herrlichkeit und einen großen Teil seiner Macht behalten. Die Zeit selbst, die alle Throne zum Wanken bringt, steht diesem König zur Seite. Das Schwert in seiner Hand bleibt auf jeder Seite so scharf wie immer, und nach wie vor spielt er sein königliches Spiel, indem er Orkane wie Wurfscheiben vom Kontinent der Republiken zum Kontinent der Königreiche wirft, im sicheren Gefühl, dass die neuen Republiken und die alten Königreiche, dass die Hitze des Feuers und die Stärke des Eisens samt den ungezählten Generationen wagemutiger Männer vor den Stufen seines Thrones zu Staub zerfallen, vergangen und vergessen sein werden, ehe seine Herrschaft zu Ende geht.

Der getreue Strom

XXX

Flussmündungen, die den Gezeiten ausgesetzt sind, üben einen starken Reiz auf die abenteuerliche Phantasie aus. Nicht immer ist es ein verlockender Reiz, denn es gibt Flussmündungen, die von ungewöhnlich bedrückender Hässlichkeit sind: Niederungen, Schlickbänke, möglicherweise kahle Dünen, die weder schön geformt sind noch anmutig aussehen und durch ihre armselige, spärliche Vegetation den Eindruck der Armut und Nutzlosigkeit noch verstärken. Manchmal ist diese Hässlichkeit allerdings nur ein abschreckender Deckmantel, denn ein Fluss, dessen Mündung wie ein Durchbruch durch einen Sandwall anmutet, fließt vielleicht durch fruchtbares Land. Doch die Mündungen aller großen Ströme haben einen besonderen Zauber, der darin besteht, dass sie die Anziehungskraft eines offen stehenden Tores haben. Das Wasser ist den Menschen freundlich gesinnt, und so ist auch das Meer, dieser Teil der Natur, der in der Unwandelbarkeit und Majestät seiner Macht dem menschlichen Geist am fremdesten ist, schon immer ein Freund der wagemutigen Völker dieser Erde gewesen. Und von allen Elementen ist es das Meer, dem sich die Menschen von jeher gern anvertrauen, als ob es in seiner Unendlichkeit einen Lohn bereithalte, der ebenso unermesslich ist wie das Meer selbst.

Die offene Flussmündung verheißt von See aus allen abenteuerlichen Hoffnungen jeden nur möglichen Lohn. Diese Straße steht dem Unternehmungsgeist und Mut offen und verlockt den Entdecker der Küste zu immer neuen Anstrengungen, die seine großen Erwartungen erfüllen sollen.

So muss der Befehlshaber der ersten römischen Galeere mit gespanntem und gesammeltem Blick die Themsemündung betrachtet haben, als er den Schnabelbug seines Schiffes bei North Foreland auf Westkurs brachte. Die Mündung der Themse ist nicht schön, sie hat keine prächtigen Merkmale, kein romantisches Aussehen und kein freundliches Lächeln, aber sie ist auf den ersten Blick weit offen, sehr ausgedehnt, einladend und gastlich und bis auf den heutigen Tag mit einem seltsamen Anflug von Geheimnisvollem. Die Aufmerksamkeit des Römers wird an jenem stillen Sommertag (er hat sich dazu sicher gutes

Wetter ausgesucht) ganz von der Führung seines Fahrzeuges in Anspruch genommen worden sein, als die Reihe langer Riemen (es war wohl eine leichte Galeere, keine Triere) mit langsamem, gemächlichem Schlag in das stille, glatte Wasser tauchte, das die klassische Form des Schiffes und die Konturen der einsamen Küste zu seiner Linken getreu wie Spiegelglas reflektierte. Es ist wohl anzunehmen, dass er sich dicht unter der Küste hielt und vorsichtig dahintastend das heutige Margate Roads passierte, an überfluteten Sandbänken vorbei, die jetzt an allen Enden mit Bojen und Baken gekennzeichnet sind. Sicher war er besorgt, obwohl er vorher zweifellos an der gallischen Küste aus den Gesprächen der Händler, der Abenteurer und Fischerleute wie auch der Sklavenhändler und Seeräuber, also aller möglichen nicht amtlichen Personen mit mehr oder weniger ehrenhaften Beziehungen zur Seefahrt, eine ganze Menge Auskünfte gesammelt hatte. Er wird von den Fahrrinnen und Sandbänken gehört haben, von natürlichen Merkmalen des Landes, die als Seezeichen nützlich seien, von Ortschaften und Stämmen, vom üblichen Tauschhandel und den notwendigen Vorsichtsmaßregeln. Dazu wird man ihm sehr aufschlussreiche Geschichten von Stammeshäuptlingen erzählt haben, die sich mehr oder weniger blau anzumalen pflegten und über deren Habgier, Grausamkeit oder Freundlichkeit man wohl mit der lebhaften Zungenfertigkeit zu berichten wusste, die nun einmal eine ganz natürliche Eigenschaft anrüchiger Charaktere und rücksichtsloser Draufgänger zu sein scheint. Mit dieser gepfefferten Kost für sein besorgtes Gemüt wird er aufmerksam nach den unbekannten Menschen, fremden Tieren und unerforschten Gezeitenströmungen Ausschau gehalten und versucht haben, auf schnellstem Wege voranzukommen – ein militärischer Seemann mit einem kurzen Schwert an der Seite und einem Bronzehelm auf dem Kopf, ein Kriegsschiffkapitän und Pionier der Flotte des Imperiums. Ob der Stamm, der die Insel Thanet bewohnte, wirklich so grausam veranlagt war, dass er mit Steinkeulen und feuergehärteten Holzlanzen auf der Lauer lag, um unachtsamen Seefahrern in den Rücken zu fallen?

Von den großen schiffbaren Strömen der britischen Insel ist die Themse wohl der Einzige, der noch eine gewisse Romantik besitzt, ich glaube, weil an ihren Ufern die Merkmale menschlicher Arbeit und der Lärm der Industrie nicht bis an die See zu sehen und zu hören sind. So wird die Vorstellung von der geheimnisvollen Grenzenlosigkeit der Seeküste durch nichts zerstört. Ganz allmählich geht der breite Zugang von der flachen Nordsee in den enger werdenden Flusslauf über; aber noch lange hat man das Gefühl, im offenen Wasser zu sein, wenn man mit dem Schiff durch eine der befeuerten und betonnten Fahrrinnen der Themse, wie den Queen's Channel, den Prince's Channel oder Four Fathom Channel westwärts steuert oder den Swin herunter von Norden kommt. Der auflaufende gelbe Flutstrom treibt das Schiff zwischen den beiden verschwindenden Küstenlinien flussaufwärts wie in ein fremdes unbekanntes Land. Hier gibt es keine besonderen Merkmale, keine auffallenden, weithin bekannten Landmarken, und so weit flussabwärts verrät nichts, dass die größte Menschenansammlung der Welt nicht weiter als fünfundvierzig Meilen von hier entfernt liegt, wo die Sonne vor einem goldenen Hintergrund in einer Feuersbrunst flammender Farben untergeht und die dunklen, flachen Ufer aufeinander zustreben. Und in der großen Stille über der Nore ist schwach das dumpfe Dröhnen der schweren Geschütze zu hören, die bei Shoeburyness erprobt werden – einem historischen Ort unter der Hut eines der berufenen Wächter Englands.

XXXI

Die Nore-Bank fällt auch bei Niedrigwasser nicht trocken, kein menschliches Auge hat sie jemals gesehen, aber ihr Name beschwört Bilder von historischen Ereignissen herauf, von Schlachten und Flotten, von Meutereien und von der Wache, die hier auf dem pochenden Herzen des Staates gehalten wurde. Und diese geradezu ideale Stelle in der Mündung des Flusses, dieser Mittelpunkt der Erinnerungen, wird auf der stahlgrauen Fläche des Wasser durch ein rot gestrichenes Feuerschiff bezeichnet, das aus ein paar Meilen Entfernung wie ein billiges, bizarres Spielzeug aussieht. Ich erinnere mich, wie ich über die Winzigkeit dieses lebendigen Dinges erstaunt war, als ich das erste Mal den Fluss heraufkam – ein ganz kleiner blutroter Fleck, der sich in einer Unendlichkeit grauer Töne verlor. Ich war darüber bestürzt, als sei es unbedingt notwendig, dass das Hauptseezeichen im Fahrwasser zur größten Stadt der Welt auch entsprechend großartige Proportionen haben müsste. Und siehe da! Das braune Spritsegel eines Kahns genügte, um es vollkommen vor meinen Blicken zu verbergen.

Kommt man vom Osten, dann wird die düstere Einsamkeit und riesige Breite der Themsemündung durch die leuchtende Farbe des Feuerschiffes, das den Teil des Flusses kennzeichnet, der unter der Aufsicht eines Admirals, des Oberbefehlshabers bei der Nore, steht, besonders hervorgehoben. Aber bald ist die Einfahrt in den Medway mit den in Linie verankerten Kriegsschiffen und dem langen hölzernen Anleger von Port Victoria erreicht, wo einige wenige Gebäude stehen, die wie der Beginn einer hastig errichteten Siedlung an einer wilden, unerforschten Küste aussehen. Die berühmten Themsekähne liegen in braunen Schwärmen auf dem Wasser wie schwimmende Vögel auf einem Teich. Auf der so eindrucksvollen weiten Fläche der Strommündung wirkt der Verkehr von und nach dem Hafen, in dem ein so großer Teil der geistigen und körperlichen Arbeit der Welt geleistet wird, unbedeutend und zerstreut; er fließt in dünnen Reihen von Schiffen dahin und zieht sich durch die verschiedenen schiffbaren Fahrrinnen ostwärts nach draußen, wo das Nore-Feuerschiff die Abzweigungen kennzeichnet. Der Küstenverkehr geht nach dem Norden ab, die Schiffe auf Großer Fahrt steuern Ost und halten etwas südlich auf die Downs zu, von wo es dann bis in die entferntesten Winkel der Erde weitergeht. Wenn die Ufer immer weiter auseinander streben und die Küste in der rauchgrauen Ferne versinkt, nimmt die Erhabenheit der See die Handelsflotte von guten Schiffen in Empfang, die London mit jeder Tide hinausschickt. Ein Schiff folgt dem andern, dicht unter der Küste von Essex; wie die Perlen eines Rosenkranzes, den geschäftstüchtige Reeder beten, gleiten sie, eines nach dem anderen, zum größeren Nutzen der Welt hinaus in die offene See; indessen kommen einzeln und in Gruppen die heimkehrenden Schiffe am Horizont auf, der die Flussmündung zwischen Oxfordness und North Foreland begrenzt. Sie alle halten auf die Nore zu, auf den blutroten Flecken unter den farblosen, grauen Tönen, wo die fernen Ufer flach und niedrig ineinander übergehen, nach Westen wie die Seiten eines riesigen Kanals. Auf ihrem letzten Abschnitt läuft die Themse geradeaus auf die See zu, und sobald Sheerness achteraus ist, machen ihre Ufer einen sehr unbewohnten Eindruck, abgesehen von Southend, wo sich die Häuser zusammenballen, oder dort, wo hie und da eine verlassene Holzpier, an der Tanker ihre gefährliche Ladung löschen und die niedrigen, runden Öltanks mit ihren leicht gewölbten Decken über die Uferkante lugen, als seien es in Eisen imitierte Hütten eines Dorfes in Zentralafrika. Und hinter den blanken, schwarzen Schlickbänken erstreckt sich meilenweit flaches Marschland. Weit entfernt ragt im Hintergrund hügeliges Land empor und begrenzt den Blick durch bewaldete Höhenzüge, die in der Ferne einen endlosen, mit Büschen bewachsenen Schutzwall bilden.

Hinter der leichten Flussbiegung bei Lower Hope Reach kommen dann ganze Gruppen von Fabrikschornsteinen in Sicht. Hoch und schlank stehen sie über den gedrungenen Reihen von Zementwerken bei Grays und Greenhithe. Ruhig steigt der Rauch aus ihnen hoch in den strahlenden Glanz eines prächtigen Sonnenuntergangs. Sie verleihen der Landschaft einen industriellen Charakter und zeugen von Arbeit, Leistung und Handel, wie die Palmengruppen am Korallenstrand ferner Inseln von der üppigen Lieblichkeit, Schönheit und Lebenskraft der tropischen Natur zeugen. Bei Gravesend stehen die Häuser an Land so durcheinander und zusammengedrängt, als seien sie vom Hügel hinter ihnen aufs Geratewohl heruntergefallen. Hier endet die Flachheit der Küste Kents. Eine Flotte von Schleppdampfern liegt vor den verschiedenen Piers zu Anker, und ein auffallender Kirchturm, der als Erstes deutlich auszumachen ist, wenn man von See kommt, ragt in beschaulicher Anmut mit seiner klaren schönen Form über die chaotische Unordnung der menschlichen Behausungen hinaus. Auf der anderen Seite, der flachen Seite von Essex, türmt sich ein formloses, einsames rotes Gebäude auf, ein ungeheurer Ziegelsteinhaufen mit vielen Fenstern und einem Schieferdach, das unzugänglicher als eine Hochgebirgsebene ist, ein Gebäude von monströser Hässlichkeit. Es ist das größte und wuchtigste in meilenweitem Umkreis, so etwas wie ein Hotel oder leer stehendes Mietshaus, das aus einer Straße in West Kensington in dieses Gebiet verbannt worden ist. Gewissermaßen um die Ecke steht auf einem mit Steinblöcken und Holzpfählen begrenzten Kai ein weißer Mast, schlank wie ein Strohhalm mit einer Rah wie eine Stricknadel, an der Flaggensignale wehen und Signalbälle gesetzt sind, ein Wächter für eine Reihe von schweren Schleusentoren. Über die vielen Wellblechdächer lugen Mastspitzen und die Enden von Schornsteinen empor. Es ist die Einfahrt vom Tilbury Dock, dem jüngsten aller Londoner Docks und dem nächsten an der See.

Zwischen den gedrängt stehenden Häusern von Gravesend und dem monströsen Ziegelsteinhaufen an der Essexküste ist das Schiff ganz der Gewalt des Flusses ausgeliefert.

Die Einsamkeit und der Geist der offenen See, die es noch bis Lower Hope Reach begleitet hatten, verlassen es bei der ersten Windung, die stromaufwärts folgt. Der salzige, bittere Geschmack ist aus der Luft entwichen und mit ihm das Gefühl der unbegrenzten Weite, die sich jenseits der Schwelle bei den Sandbänken der Nore auftut. Das Wasser der See läuft noch an Gravesend vorüber und bringt die großen Festmachetonnen, die vor der Stadt aufgereiht liegen, zum Dümpeln; aber die Freiheit der See hört dort auf und überlässt die salzige Tide den Bedürfnissen und Planungen der sich plackenden Menschen. Bis hinauf zur London Bridge folgen einander in ununterbrochener Reihe Werften, Anlegeplätze, Schleusentore, Landungsstege, und das Gesumme der menschlichen Tätigkeit liegt wie ein atemloser, immerfort angreifender Sturm über dem Fluss.

Das Fahrwasser, so frei es im Oberlauf und so weit es in der Mündung ist, fließt hier eingeengt zwischen Ziegeln, Mörtel und Steinen, zwischen dunkel gewordenem Holz, schmutzigem Glas und rostigem Eisen dahin, bedeckt mit schwarzen Leichtern, von Schaufelrädern und Schrauben aufgewühlt, mit Fahrzeugen überladen, von Ketten überhangen, von Mauern überschattet, die eine steile Schlucht für das Flussbett bilden, und alles ist erfüllt von Dunst aus Rauch und Staub.

Die Strecke der Themse von London Bridge bis zu den Albert Docks verhält sich zum Fahrwasser anderer Flusshäfen wie ein Urwald zu einem Garten. Sie ist einfach urwüchsig, nicht künstlich angelegt, und erinnert mit dem verworrenen, unterschiedlichen und unergründlichen Aussehen der Gebäude, die ihre Ufer säumen, an einen Dschungel; sie sind nicht planmäßig, sondern gleichsam wie zufällig aus verstreuten Samenkörnern entstanden. Wie ein Dickicht ineinander verflochtener Büsche und Schlingpflanzen die verschwiegenen Tiefen einer unerforschten Wildnis verdeckt, so verbergen sie die Tiefen des so unendlich vielgestaltigen, kraftvollen, brodelnden Lebens der Großstadt London. In anderen Flusshäfen ist das nicht so. Sie liegen am offenen Strom, ihre Kaianlagen gleichen breiten Lichtungen, ihre Straßen Zugangswegen, die zum Nutzen des Handels durch dichten Wald geschlagen worden sind. Ich denke dabei an Flusshäfen, die ich gesehen habe, zum Beispiel an Antwerpen, an Nantes oder Bordeaux oder sogar an das alte Rouen, wo die Wachleute der Schiffe des Nachts ihre Ellbogen auf die Reling stützten und in die Schaufenster der Läden und hell erleuchteten Kaffees blickten und zusahen, wie das Publikum das Opernhaus betrat und wieder verließ. London jedoch, der älteste und größte Flusshafen, besitzt nicht einmal hundert Meter Kai am offenen Strom. Das Londoner Flussufer ist bei Nacht so dunkel und undurchdringlich wie ein dichter Wald. Von allen Wasserfronten ist die Londoner diejenige, an der nur eine Seite des weltweiten Lebens zu sehen ist und nur eine Sorte Menschen am Ufer des Stromes arbeitet. Die dunklen Mauern scheinen direkt aus dem Schlamm emporzuwachsen, auf dem die trocken gefallenen Leichter liegen, und die zum Ufer hinführenden engen Gassen ähneln den Pfaden mit zertrampeltem Buschwerk und verwühlter Erde, auf denen Großwild zur Tränke an die Ufer tropischer Flüsse kommt. Hinter dem wuchernden Wachstum der Londoner Wasserfront breiten sich ganz unvermutet die Docks von London aus. Still und ruhig liegen sie wie verloren zwischen den Gebäuden, dunklen, im dichten Wald verborgenen Lagunen gleichend. Sie liegen im Gewirr der Häuser versteckt mit ein paar Mastspitzen, die wie dünne Stängel das Dach einiger vierstöckiger Speicher überragen.

Diese Dächer, Mastspitzen, Mauern und Rahnocken gehen hier eine seltsame Verbindung ein. Ich erinnere mich, wie mir einmal die Ungereimtheit dieser Beziehung praktisch klar gemacht wurde. Ich war Erster Offizier eines feinen Schiffes, das mit einer Ladung Wolle von Sydney nach neunzigtägiger Reise gerade eingedockt worden war. Wir waren tatsächlich noch keine halbe Stunde im Dock, und ich war noch dabei, das Schiff an den Steinpollern eines sehr schmalen Kais vor einem hohen Speicher festzumachen, als ein alter Mann mit einem grauen Kinnbart und Messingknöpfen an seiner blauen Düffeljacke hastig am Kai längs gelaufen kam und mein Schiff beim Namen anrief. Es war einer dieser Beamten, die man Hafenmeister nennt – nicht derjenige, der uns den Liegeplatz angewiesen hatte, sondern ein anderer, der augenscheinlich damit beschäftigt gewesen war, einen Dampfer am anderen Ende des Hafenbeckens festzumachen. Schon von weitem konnte ich sehen, dass seine scharfen blauen Augen wie gebannt und mit ganz merkwürdig intensiver Aufmerksamkeit zu uns hinstarrten. Ich war gespannt, was dieser würdige, alte Seebär wohl an der Takelage meines Schiffes auszusetzen hatte, und blickte gleichfalls besorgt nach oben. Doch ich konnte dort nichts entdecken. Aber vielleicht, dachte ich mit einem gewissen geheimen Stolz, bewundert dieser pensionsreife Kollege bloß, dass alles in den Toppen so tadellos in Ordnung und aufgeklart ist; denn der Erste Offizier ist für das Aussehen seines Schiffes verantwortlich, und ihn trifft Lob oder Tadel, je nachdem, wie der äußere Zustand seines Schiffes ist. Inzwischen war der alte Salzbuckel (der »ehemalige Küstenschiffer« war unverkennbar) in seinen klobigen, blanken Stiefeln längsseits gehumpelt. Und während er noch den Arm schwenkte, einen Arm, der so kurz und dick wie eine Seehundsflosse war und in einer Pfote endete, die so rot wie ein rohes Beefsteak aussah, rief er mit halb gedämpfter, halb brüllender Stimme, als hätte sich in seiner Kehle eine Probe von jedem Nordseenebel seines Lebens festgesetzt, zur Poop hinauf: »Lassen Sie rundbrassen, Steuermann! Wenn Sie nicht schnell machen, dann sind Sie gleich mit Ihren Bramrahen in den Fenstern von diesem Speicher hier!« Das war das ganze Interesse, das er für unsere schöne Takelage hatte. Ich bekenne, dass ich eine Zeit lang vor Erstaunen über die wunderliche Verbindung von Rahnocken und Fensterscheiben sprachlos gewesen bin. Fenster einzuschlagen ist wohl das Letzte, woran man in Verbindung mit den Bramrahen eines Schiffes denkt, es sei denn, man wäre ein erfahrener Hafenmeister in einem der Londoner Docks. Dieser alte Knabe leistete seinen geringen Anteil an der Arbeit der Welt brav und rechtschaffen. Seine kleinen blauen Augen hatten die Gefahr schon aus vielen hundert Metern Entfernung erkannt. Seine rheumatischen Füße, die den vierschrötigen Körper viele Jahre hindurch an Deck der kleinen Küstenschiffe im Gleichgewicht gehalten hatten, waren verbraucht und durch die meilenweiten Wege, die er auf den Pflastersteinen des Kais hin- und hergelaufen war, schmerzhaft geworden, aber sie hatten ihn rechtzeitig herbeigetragen, um eine lächerliche Katastrophe zu verhüten. Ich gab ihm, fürchte ich, eine ziemlich mürrische Antwort, so als ob ich das alles schon längst gewusst hätte.

»Ja, ja, schon gut! Ich kann doch nicht alles auf einmal machen.«

Er blieb in der Nähe stehen und murmelte vor sich hin, bis die Rahen auf meinen Befehl rundgebrasst waren, und dann begann er wieder mit seiner belegten, nebligen Stimme laut zu rufen:

»Keinen Augenblick zu früh«, wobei er einen kritischen Blick hinauf zur hoch aufragenden Front des Speichers warf.

»Zehn Schilling verdient, Stürmann. Sie sollten sich immer zuerst überzeugen, wie das mit den Fenstern hinkommt, eh Sie Ihr Schiff so mit Schwung an die Pier holen.«

Es war ein guter Ratschlag, aber man kann nicht an alles denken oder voraussehen, dass sich Dinge berühren könnten, die scheinbar so weit voneinander entfernt sind wie Sterne und Hopfenstangen.

XXXII

Der Anblick der Schiffe, die in einigen der älteren Docks vertäut liegen, hat in mir immer die Vorstellung von einer Schar Schwäne erweckt, die im überfluteten Hinterhof eines düsteren Mietshauses gehalten werden. Die Eintönigkeit der Mauern, die den dunklen Tümpel umgeben, auf dem sie schwimmen, hebt auf geradezu wundervolle Weise die Anmut der fließenden Linien eines Schiffsrumpfes hervor. Die Grazie dieser Formen, die entworfen wurden, um Wind und Seegang standzuhalten, lässt durch den Gegensatz, den sie zu den massigen Backsteingebäuden bilden, die Ketten und Trossen ihrer Vertäuung als sehr notwendig erscheinen, als ob sie sonst nichts daran hindern könnte, über die Dächer hinweg auf und davon zu fliegen. Schon der geringste Windzug, der verstohlen um die Ecken der Dockgebäude streicht, versetzt die an das unnachgiebige Land gefesselten Gefangenen in Erregung. Es ist, als könnte die Seele eines Schiffes keine Gefangenschaft ertragen. Die kleinste Andeutung von der Freiheit der Winde genügt, um diese bemasteten, um ihre Ladung erleichterten Schiffskörper unruhig werden zu lassen. Wie steif ihre Leinen auch festgemacht sein mögen, auf ihren Liegeplätzen bewegen die Schiffe sich immer ein wenig und versetzen das turmgleiche Gefüge aus Tauwerk, Masten und Rahen in unmerkliche Schwankung. Diese Ungeduld der Schiffe ist deutlich zu erkennen, wenn man ihre Mastspitzen beobachtet, die unaufhörlich gegen die regungslose, seelenlose Schwere der Gebilde aus Stein und Mörtel hin und her schwingen. Und jeder der so hoffnungslos an den Kai gefesselten Gefangenen, an dem man vorübergeht, lässt ein kaum merkliches Knirschen seiner Holzfender hören, das wie zorniges Murren klingt. Aber am Ende ist es vielleicht doch gut für die Schiffe, dass sie sich eine Zeit lang zurückhalten und ausruhen müssen, da eine solche Periode der Freiheitsbeschränkung und Selbstbesinnung einer widerspenstigen Seele wohltun mag – womit natürlich nicht gesagt sein soll,

dass Schiffe widerspenstig sind. Im Gegenteil, sie sind treue Geschöpfe, und das können viele Männer bezeugen. Treue ist eine große Selbstbeschränkung, sie ist die stärkste Fessel, die dem Eigenwillen der Männer und dem ihrer Schiffe auf diesem Rund aus Wasser und Land angelegt werden kann.

Diese Zeit der Gefangenschaft in den Docks krönt jeden Zeitabschnitt im Leben eines Schiffes mit dem Bewusstsein, dass es seine Pflicht erfüllt und zu seinem Teil erfolgreich an der Arbeit der Welt mitgewirkt hat.

Das Dock, so meinen die Leute, spielt die wichtigste Rolle im unbeständigen, schwankenden Dasein eines Schiffes. Aber es gibt Docks und Docks. Einige von ihnen sind von erschreckender Hässlichkeit. Keine zehn Pferde werden aus mir den Namen eines gewissen Flusses im Norden herausbringen, dessen enge Mündung wenig einladend und sehr gefährlich ist und dessen Docks vor Trostlosigkeit und Elend wie ein Albdruck auf einem lasten. Seine trübseligen Ufer sind übersät mit gerüstähnlichen, riesigen Holzaufbauten, deren hochragende Spitzen in regelmäßigen Abständen hinter einer infernalischen nachtdunklen Wolke von Kohlenstaub verschwinden. Hier wird der wichtigste Rohstoff, der die Industrie der Welt antreibt, unter den grausamsten Umständen verladen, denen hilflose Schiffe je ausgesetzt waren. Man sollte meinen, ein freies Schiff, das in dem trostlosen Kreis dieser Hafenbecken eingeschlossen ist, müsste wie ein wilder Vogel, der in einem schmutzigen Käfig eingesperrt wird, eingehen und sterben. Aber vielleicht hält ein Schiff um der Treue zu den Menschen willen ein besonders hohes Maß von schlechter Behandlung aus. Ich habe dennoch Schiffe aus gewissen Docks auslaufen sehen, die wie halb tote, aus dem Kerker entlassene Gefangene aussahen: verschmutzt, geschlagen, vollkommen unkenntlich vor Dreck und mit einer Mannschaft, in deren schwarzen, erschöpften Gesichtern weiße

Augäpfel zu einem Himmel aufblickten, der mit seinem verräucherten, befleckten Aussehen die ganze Hässlichkeit der unter ihm liegenden Erde widerzuspiegeln schien. Den Docks des Londoner Hafens muss jedoch eines zugute gehalten werden, und das gilt für beide Seiten des Flusses: Trotz aller Klagen über ihre unzureichende Ausrüstung, ihrer veralteten Vorschriften, ihrer Mängel (wie behauptet wird) hinsichtlich schneller Abfertigung, braucht kein Schiff jemals seine Schleusentore in halb erschöpftem Zustand zu verlassen. London ist ein Stückguthafen, wie es sich für die größte Stadt der Welt gehört. Stückguthäfen gehören zur Aristokratie der Welthandelsplätze, und in dieser Aristokratie hat London auf seine Art eine einzigartige Physiognomie.

So kann man den unmittelbar an der Themse liegenden Docks kaum nachsagen, dass sie nicht malerisch wären. Trotz all meiner unfreundlichen Vergleiche mit Schwänen und Hinterhöfen kann nicht geleugnet werden, dass jedes Dock oder jede Dockgruppe an der Nordseite des Flusses seine ihm eigenen, besonderen Reize hat. Vom gemütlichen kleinen St. Catherine's Dock, das so überschattet und dunkel daliegt wie ein stiller Teich zwischen felsigen Steinbrocken, über die ehrwürdigen und sympathischen London Docks, wo es nicht eine einzige Eisenbahnschiene gibt und der Duft der Gewürze zwischen den Speichern mit ihren weithin bekannten Weinkellern hinzieht – weiter zur interessanten Gruppe der West Indian Docks und den ausgezeichneten Docks von Blackwall, vorbei an der Gallions-Reach-Einfahrt der Victoria und Albert Docks bis hinunter zur ungeheuren Düsternis der großen Hafenbecken von Tilbury, hat jede dieser Stätten, die der Schiffe Freiheit beschränken, ihre eigene charakteristische Gestalt und ihr eigenes Gepräge. Und was sie so einzigartig und reizvoll macht, ist der ihnen allen gemeinsame Zug, dass sie bei aller Zweckmäßigkeit auch noch romantisch sind.

Sie sind auf ihre Art ebenso romantisch, wie der Fluss, dem sie dienen, allen andern, vom Handel benutzten Flüssen unähnlich ist. Das Gemütliche des St. Catherine's Dock, die altväterliche Atmosphäre der London Docks bleiben im Gedächtnis haften. Die weiter flussabwärts, gegenüber von Woolwich liegenden Docks imponieren durch ihre Größe und die ungeheure Hässlichkeit ihrer Umgebung. Eine Hässlichkeit, die so malerisch ist, dass sie dem Auge schon wieder zur Freude wird. Wenn man von den Docks an der Themse spricht, dann wird das Wort Schönheit zu einem leeren Begriff; aber zu lange war dieser Fluss von Romantik belebt, als dass sie nicht ihren Zaubermantel über ihn gebreitet hätte.

Das Altertümliche des Hafens erregt die Fantasie durch die lange Kette abenteuerlicher Unternehmen, die von dieser Stadt ausgingen und auf den Wassern dieses Flusses hinaus in die Welt getragen wurden. Selbst das neueste aller Hafenbecken, das Tilbury Dock, hat Anteil an dem Zauber, der von historischen Gedankenverbindungen ausgeht. Die Königin Elisabeth hat hierher eine Reise unternommen, es war keine Reise mit dem üblichen zeremoniellen Pomp, sondern ein sorgenvoller Pflichtgang in einer nationalen Krise. Die jener Zeit drohende Gefahr ist vorübergegangen, und jetzt ist Tilbury wegen seiner Docks berühmt. Sie sind sehr modern, aber ihre abseitige und einsame Lage in der Marsch von Essex und die Tage des Missgeschicks, die mit ihrer Erschaffung verknüpft sind, haben ihnen einen romantischen Hauch verliehen. Nichts hätte in jenen Tage mehr Staunen erregen können als die riesigen, leeren Bassins mit den meilenlangen, nackten Kais und den Reihen von Frachtschuppen, wo zwei oder drei Schiffe verloren wie verhexte Kinder in einem Wald von mageren, hydraulischen Kränen erscheinen. Man gewinnt einen großartigen Eindruck von der äußersten Verlassenheit und vergeudeten Leistungsfähigkeit dieser Docks, die ja vom ersten Tage an sehr leistungsfähig und auf ihre Aufgabe vorbereitet waren. Aber vielleicht waren sie zu früh auf den Plan getreten. Vor ihnen liegt eine große Zukunft. Sie werden niemals einem lang verspürten Bedürfnis abhelfen, wie der sakramentale Ausdruck lautet, der auf Eisenbahnen, Tunnels, Zeitungen und Neuauflagen von Büchern angewendet wird. Sie waren zu früh auf dem Plan, und man wird niemals einen Mangel verspüren, weil sie schon in aller Großzügigkeit vorhanden und in ihrer abgelegenen Lage unabhängig von der Tide leicht zugänglich und imstande sind, die größten Seeschiffe, die es gibt, aufzunehmen und ihnen einen sicheren Liegeplatz zu bieten. Es sind Docks, die des ältesten Flusshafens der Welt wohl würdig sind.

Und ehrlich gesagt, trotz aller Kritik, die man an den Verantwortlichen der Dockgesellschaften zu üben pflegt, sind auch die anderen Docks an der Themse keine Schande für die Stadt, die eine größere Bevölkerung hat als manches Land des Commonwealth. London hat sich langsam zu einem gut ausgerüsteten Hafen entwickelt, wobei es niemals seiner bedeutenden Stellung als Mittelpunkt des Güterumschlags unwürdig gewesen ist. Man darf nicht vergessen, dass London kein großes Industriegebiet oder ein an Naturschätzen reiches, abbaufähiges Hinterland im Rücken hat. Darin unterscheidet es sich von Liverpool, von Cardiff, von Newcastle, von Glasgow; und darin unterscheidet sich die Themse vom Mersey, vom Tyne, vom Clyde. Die Themse ist ein historischer Fluss, ein romantischer Strom, der durch ein Zentrum großer geschichtlicher Ereignisse fließt, und trotz aller Kritik an der Verwaltungsbehörde, die für den Fluss zuständig ist, möchte ich behaupten, dass seine Entwicklung dem Ansehen entsprechend verlaufen ist. Lange Zeit hindurch konnte der Strom selbst mit dem Übersee- und Küstenverkehr fertig werden. Das war zu der Zeit, als die Schiffe im Pool, dem Teil des Flusses eben unterhalb der London Bridge, vorn und achtern mitten im stärksten Strom vermurt, eine feste Masse bildeten wie eine Insel mit einem Wald von hageren, blattlosen Bäumen. Als der Verkehr dann für den Fluss zu stark geworden war, entstanden die St. Katherine's Docks und die London Docks, großartige Unternehmen, die den Anforderungen jener Zeit durchaus entsprachen. Das Gleiche kann von den anderen künstlichen Seen voller Schiffe gesagt werden, die auf dieser Hauptstraße des Weltverkehrs hereinkommen und nach allen Teilen der Erde wieder auslaufen. Die Arbeit dieser majestätischen Wasserstraße geht von Generation zu Generation Tag und Nacht weiter. Nichts kann die ruhelose Tätigkeit des Stromes ins Stocken bringen als aufkommender dichter Nebel, der den gedrängt vollen Strom mit einem Mantel undurchdringlicher Stille bedeckt.

Wenn dann allmählich alle Geräusche und Bewegungen auf dem getreuen Fluss zur Ruhe gekommen sind, ist nur noch das Läuten der Schiffsglocken geheimnisvoll und gedämpft durch den weißen Dunst vernehmbar. Von London Bridge zieht sich das Geläute allmählich an Stärke abnehmend meilenweit bis zur Nore hinab, wo sich die Flussmündung zur Nordsee hin verbreitert und die Schiffe weit verstreut in den nebelverhüllten Fahrrinnen zwischen den Sandbänken der Themsemündung vor Anker liegen. In der langen und ruhmreichen Geschichte all der Jahre, in denen der Strom seinem Volk schon unermüdlich dient, sind das seine einzigen Atempausen.

In Gefangenschaft

XXXIII

Ein hinter Speicherwänden und Kaimauern im Dock liegendes Schiff sieht wie ein Gefangener aus, der mit der Schwermut eines freien, nun entmündigten Geistes über die Freiheit nachsinnt. Ankerketten und dicke Trossen halten es an den Steinpollern auf der Kante des gepflasterten Ufers gefesselt, und ein Hafenmeister mit Messingknöpfen an der Jacke geht wie ein wetterharter Gefängniswärter mit rotem Gesicht umher und wirft wachsam argwöhnische Blicke auf die fesselnde Vertäuung des Schiffes, das ergeben und still in sicherem Gewahrsam daliegt, als wäre es über die Tage, die es in Freiheit und Gefahr auf See verbracht hat, in tiefe Trauer versunken.

Der Schwarm der Abtrünnigen – Dockmeister, Hafenkapitäne, Schleusenwärter und dergleichen – scheint von einem ungeheuren Misstrauen gegen die Resignation des gefangenen Schiffes beseelt zu sein. Es gibt gar nicht genug Ketten und Trossen, um diese Leute zufrieden zu stellen, deren Angelegenheit es ist, freie Schiffe sicher und fest an die starke, schmutzige, versklavte Erde zu binden. »Besser, Sie machten achtern noch eine Trosse fest, Stürmann«, ist ihre stehende Redensart. Ich brandmarke sie als Abtrünnige, weil die meisten von ihnen früher zur See gefahren sind. Und als ob die Schwächen des Alters, das graue Haar, die Falten in den Augenwinkeln, die knotigen Adern auf den Händen, Symptome moralischer Zersetzung wären, streifen sie verstohlen am Kai umher mit einer gewissen Schadenfreude über die gebrochene Kraft edler Gefangener. Sie verlangen noch einen Fender mehr, noch eine Dwarsleine und noch eine Spring, mehr Schäkel, immer mehr Fesseln, und am liebsten möchten sie die Schiffe mit den unsteten Seelen so bewegungslos wie vierkante Blöcke aus Stein machen. Da stehen sie, die degradierten alten Seeleute, auf dem schmutzigen Pflaster, lange Reihen Güterwagen mit klirrenden Kupplungen im Rücken, lassen ihre missgünstigen Blicke vom Vorgeschirr bis zur Heckreling über dein Schiff hingleiten und trachten nur danach, das bedauernswerte Geschöpf unter dem scheinheiligen Vorwand von Wohlwollen und Fürsorge zu tyrannisieren. Ladekräne, die wie Folterwerkzeuge für Schiffe aussehen, schwenken hier und dort an langen Ketten hängende schreckliche Haken über die Reling, Kolonnen von Hafenarbeitern schwärmen mit ihren schmutzigen Stiefeln über die Fallreeps. Es ist ein herzzerreißender Anblick, all diese Männer von Land, erdgebundene Geschöpfe, die sich niemals auch nur im Geringsten um ein Schiff gekümmert haben, gleichgültig und roh mit groben Nagelstiefeln auf dem hilflosen Körper des Schiffes herumtrampeln zu sehen.

Glücklicherweise kann nichts die Schönheit eines Schiffes entstellen. Dieser Gedanke an ein Gefängnis, diese Empfindung, von einem schrecklichen, entwürdigenden Unglück überrascht zu sein, von denen diese schön aussehenden und vertrauenerweckenden Geschöpfe überfallen werden, überkommt nur die in den großen europäischen Häfen liegenden Schiffe. Man hat dabei das Gefühl, sie sind zu Unrecht eingesperrt, und dieses Umherjagen von Kai zu Kai auf einem schmierigen, viereckigen Tümpel trüben Wassers sei am Ende einer pflichttreuen Reise wahrlich ein grausamer Lohn.

Ein Schiff auf offener Reede hingegen, das seine Ladung mit eigenem Geschirr in die längsseits liegenden Leichter löscht, erfüllt diese Funktion seines Daseins in voller Freiheit. Es gibt dabei keine Beschränkungen, und es ist Raum genug für das Schiff vorhanden: klares Wasser ringsum, klarer Himmel über den Masttoppen und rund um den Ankerplatz eine Landschaft grüner Hügel und lieblicher Buchten. Hier hat die Mannschaft nicht das Schiff verlassen und der Willkür der Leute vom Land preisgegeben. Die kleine, ergebene Schar sorgt weiterhin für das Schiff, und man gewinnt den Eindruck, gleich wird es zwischen den beiden Landzungen hingleiten und auf See verschwinden. Nur zu Hause, in seinem Heimathafen, liegt es verlassen da. Der Weg in die Freiheit ist ihm hier durch die vielen geschickten Maßnahmen versperrt, die von Leuten angewendet werden, denen es nur um prompte Abfertigung und einträgliche Frachtraten geht. Und nur hier fallen die verhassten Schatten der Mauern und Dächer mit einem Regen von Ruß auf seine Decks.

Ein Mann, der nie etwas von dem ungewöhnlichen Adel, der Kraft und Anmut gesehen hat, die Generationen von hingebungsvollen Schiffbauern aus einem reinen Winkel ihrer schlichten Seele hervorgebracht haben, würde einen Anblick, wie er sich vor fünfundzwanzig Jahren bot, wenn ganze Klipperflotten an der Nordkante des New South Dock festgemacht hatten, als ein begeisterndes Schauspiel empfunden haben. Über eine Strecke von einer Viertelmeile lagen diese Schiffe damals hinter den polizeilich bewachten Werfttoren in einer langen Reihe, jeweils zu zweit an den vielen starken Holzpiers vermurt, und boten mit ihren Masten einen waldartigen Anblick. Neben ihrer hohen Takelage wirkten die wellblechgedeckten Schuppen geradezu zwergenhaft. Ihre Klüverbäume hoben sich weit über das Ufer und ihre weißen und goldenen Galionsfiguren in beinah verwirrender Reinheit über den geraden, langen Kai und den Schlick und Schmutz des Ufers hinaus. Und unter ihrer erhabenen Unbeweglichkeit liefen die Menschen einzeln und in Gruppen ruhelos hin und her.

Bei Hochwasser konnte man dann eines der beladenen Schiffe mit verschalkten Luken aus der Reihe scheren und in die offene Fläche des Docks gleiten sehen, während es vorne und achtern dünne Leinen hielten, die wie die ersten Fäden eines Spinngewebes nach den Belegpollern an Land hinführten. Anmutig und reglos wie ein Vogel, ehe er seine Flügel ausbreitet, wartete es dort, bis sich die Schleusentore öffneten und ein oder zwei Schlepper geräuschvoll hereinstürmten, die sich geschäftig und besorgt um das Schiff zu schaffen machten und es schließlich hinaus auf den Fluss brachten. Achtsam schleppten sie es durch geöffnete Klappbrücken und Deichtore, vorbei an flachen Molenköpfen mit einem Streifen kiesumfassten Rasens und einem Signalmast mit einer Rah und Gaffel darauf, an der ein paar verwaschene blaue, rote oder weiße Flaggen wehten.

Dieses New South Dock – so lautete sein offizieller Namen –, um das sich meine frühen beruflichen Erinnerungen drehen, gehört zusammen mit zwei kleineren und viel älteren Hafenbecken namens Import und Export, die dank der Entwicklung des Außenhandels heute beide anderen Zwecken dienen, zur Gruppe der West India Docks. Malerisch und sauber, wie Docks eben sein können, breiten sich diese beiden nebeneinander liegenden Hafenbecken im dunklen Glanz ihres glatten Wassers aus, von ein paar Schiffen spärlich bevölkert, die an Bojen oder weit voneinander entfernt am äußersten Ende der Schuppen an einer abgelegenen Stelle der leeren Kais aufliegen. Dort scheinen sie weit entfernt und unberührt vom Lärm der menschlichen Geschäftigkeit ruhig zu schlummern. Diese beiden altmodischen Becken, bei denen eher von Rückgang denn von irgendwelcher Tätigkeit gesprochen werden kann, waren sehr still und anheimelnd. Auf ihren engen Uferstreifen gab es keinen rührigen Aufwand und Lärm von Kränen und nicht ein einziges jener Geräte, die zur hastenden Geschäftigkeit gehören. Keine Bahngleise behinderten sie, und wenn die Arbeiter in kleinen Trupps schwerfällig um die Ecken der Lagerschuppen gestampft kamen, um hier in Ruhe ihr Frühstück aus den roten Leinenhalstüchern zu verzehren, dann hatte es den Anschein, als würde am Ufer eines einsamen Gebirgssees gepicknickt. Es waren recht erholsame und vermutlich wenig einträgliche Becken, wohin sich mancher Erste Offizier von einem der nur wenige Meter entfernten, im aufreibend rastlosen Betrieb des New South Dock liegenden Schiffes während der Mittagszeit hinflüchten konnte, um, wenn ihm der Sinn danach stand, ungehindert von Menschen und Geschäften umherzuschlendern und über die Nichtigkeit aller menschlichen Dinge nachzudenken. Früher musste es hier einmal voll von guten Westindienfahrern mit den platten Hecks gewesen sein, von Schiffen, die ihre Gefangenschaft vermutlich ebenso gleichgültig hingenommen haben, wie sie mit ihrem biederen, stumpfen Bug den Schlägen der See standhielten. Gelassen entluden sie einst mit ihrem eigenen Geschirr und eigener Winde ihren Zucker, Rum, Melasse, Kaffee oder Bauholz. Aber zu der Zeit, als ich die beiden Docks kannte, war von Export keine Spur mehr zu finden, und der ganze Import, den ich dort gesehen habe, bestand aus ein paar seltenen Ladungen Tropenhölzer, ungeheuren, roh zugehauenen Balken Eisenholz aus den Wäldern um den Golf von Mexiko. Sie lagen in mächtigen Stapeln aufgestaut, und es war kaum zu glauben, dass diese Mengen entrindeter, toter Bäume aus dem Leib einer schmalen, unschuldig aussehenden kleinen Bark gekommen waren, an deren schönem Bug wahrscheinlich ein hausbackener Frauenname wie ›Ellen‹ oder vielleicht ›Annie‹ stand. Aber so ist es gewöhnlich mit einer gelöschten Ladung. Liegt sie erst einmal ausgebreitet am Kai, dann scheint es schier unmöglich, dass dies alles aus dem längsseits liegenden Schiff gekommen sein soll.

Diese Hafenbecken gehörten in der geschäftigen Welt der Docks zu den stillen, heiteren Winkeln, und nie habe ich das Glück gehabt, dort nach einer mehr oder weniger anstrengenden Reise einen Liegeplatz zu finden. Man konnte auf den ersten Blick sehen, dass dort weder die Schiffe noch die Leute gehetzt wurden. Es waren so stille Plätze, dass man der Erinnerung nicht traute und Zweifel bekam, ob sie überhaupt jemals existiert haben – es waren Stätten der Besinnung und Ruhe, wo müde Schiffe träumen konnten; Stätten der Einkehr statt der Arbeit, wo die verruchten Schiffe, die ranken, die langsamen, die nassen, die launischen und die dickköpfigen, wo die schlechten Seeschiffe und die schlecht zu steuernden, also die einfach nicht zu regierenden Schiffe, Muße genug haben würden, sorgenvoll und kahl, ihrer zerrissenen Segeltuchkleider entblößt, sich ihrer Sünden bewusst zu werden und sie zu bereuen, während der Staub und die Asche der Londoner Luft sich auf die Häupter ihrer Masten legten.

Und dass das allerschlechteste Schiff in sich gehen wird, wenn man ihm nur Zeit dazu lässt, dessen bin ich mir gewiss. Zu viele von ihnen habe ich kennen gelernt. Kein Schiff ist vollkommen schlecht; und nun, da ein Hauch von Dampf ihre Leiber, die so vielen Stürmen mutig begegnet sind, vom Antlitz der See hinweggeblasen hat, die Guten und die Schlechten miteinander hinein in die Rumpelkammer der Dinge, die ausgedient haben, nun kann ruhig behauptet werden, dass es unter diesen dahingegangenen Generationen williger Diener niemals eine ganz unverbesserliche Seele gegeben hat.

Im New South Dock hingegen war bestimmt keine Zeit für Gewissensbisse, Selbstbetrachtungen oder irgendwelche anderen Erscheinungen des inneren Lebens, weder für die gefangenen Schiffe noch für ihre Offiziere. Von sechs Uhr in der Frühe bis sechs Uhr abends ging die harte Gefängnisarbeit, mit der die Tapferkeit der Schiffe belohnt wird, sobald sie den Hafen erreicht haben, stetig weiter. Pausenlos schwangen die großen Hieven Stückgut über die Reling und sanken auf ein Handzeichen des Lukenvizen senkrecht in den Laderaum hinab. Das New South Dock war in jenen großen und letzten Tagen der schnellen Wollklipper, die zwar schön anzusehen, aber aufregend genug zu bedienen waren, hauptsächlich Verschiffungshafen für die Kolonien. Von diesen Wollklippern sahen manche noch schöner aus als die anderen, viele waren gelinde gesagt etwas übertakelt; von allen erwartete man jedoch gute Reisen, und unter der langen Reihe Schiffe, deren Riggen ein riesiges, dichtes Netz gegen den Himmel bildeten und deren Messing fast so weit blitzte, wie der Polizist am Schleusentor sehen konnte, gab es kaum eines, das von allen Häfen auf der weiten Welt mehr kennen gelernt hatte als London und Sydney oder London und Melbourne oder London und Adelaide, und vielleicht noch Hobart Town bei den Schiffen von geringerem Tonnengehalt. Man hätte beinah glauben können – wie der graubärtige Zweite Steuermann von der DUKE OF S… von seinem Schiff zu sagen pflegte –, dass sie ihren Weg zu den Antipoden besser kannten als ihre eigenen Kapitäne, die sie jahrein, jahraus von London – dem Ort der Gefangenschaft – nach einem australischen Hafen brachten. Und obgleich die Wollklipper vor fünfundzwanzig Jahren auch in diesen Häfen sicher und fest an den hölzernen Piers vertäut wurden, fühlten sie sich dort nicht als Gefangene, sondern als geehrte Gäste.

XXXIV

Diese Städte der Antipoden, die damals noch nicht so groß wie heute waren, nahmen an der Schifffahrt als ihrer Verbindung mit der Heimat regen Anteil, und ihre Zunahme bestärkte sie im Gefühl der eigenen wachsenden Bedeutung. So wurden die Schiffe zum wesentlichen Bestandteil ihrer täglichen Interessen. Das war ganz besonders in Sydney der Fall, wo man vom Herzen der schönen Stadt aus, die Reihe der Hauptstraßen hinab, die Wollklipper am Circular Quay konnte liegen sehen. Das war kein von Mauern umgebenes Gefängnisdock, sondern ein Liegeplatz, der ein Bestandteil der großartigsten, schönsten, weitesten und sichersten Bucht unter der Sonne war. Jetzt liegen die großen Dampfer der Linienreedereien auf diesen Liegeplätzen, die schon immer der Seearistokratie vorbehalten waren – große imposante Schiffe, die heute ankommen, aber nächste Woche schon wieder fort sind, während zu meiner Zeit die hochgetakelten, schnittigen Fracht-, Passagier- und Auswandererklipper gewöhnlich monatelang zusammen liegen blieben und auf ihre Wollladung warteten. Ihren Namen widerfuhr die Ehre, jedermann vertraut zu sein. An Sonn- und Feiertagen strömten die Bewohner der Stadt in Scharen herbei, um die Schiffe zu besichtigen, und der einsame Wachoffizier tröstete sich damit, den Fremdenführer zu spielen – besonders für die weibliche Bevölkerung mit ihrem gewinnenden Wesen und gut entwickelten Sinn für den Spaß, den man beim Besichtigen der Kammern und Salons eines Schiffes haben kann. Aus den offen stehenden Bullaugen achtern drang das Geklimper mehr oder weniger verstimmter Klaviere, bis die Gaslampen in den Straßen aufleuchteten und der Wachmann für die Nacht, nach unzureichendem Tagesschlummer noch ganz verschlafen, zum Dienst erschien, die Flaggen herunterholte und am Fallreep eine brennende Lampe festmachte. Dann brach über die stillen Schiffe, deren Mannschaften an Land waren, schnell die Nacht herein. Etwas oberhalb einer kurzen, steilen Anhöhe, in der Nähe vom King's Head-Wirtshaus, das hauptsächlich von den Köchen und Stewards der Schiffe besucht wurde, konnte man in regelmäßigen Abständen die Stimme eines Mannes »Warme Würstchen« anpreisen hören. Dort, am Ende der George Street, befanden sich auch die billigen Speiselokale (die Mahlzeit kostete Sixpence), die von Chinesen betrieben wurden. Das von Sun-kum-on war gar nicht schlecht. Ich habe diesem hartnäckigsten aller Straßenhändler (ich möchte nur wissen, ob er schon tot ist oder sich ein Vermögen erworben hat) stundenlang zugehört, während ich auf der Reling der alten DUKE OF S… saß (sie ist tot, das arme Geschöpf, an der Küste von Neuseeland eines gewaltsamen Todes gestorben), fasziniert von der Eintönigkeit, Regelmäßigkeit und Abruptheit des immer wiederkehrenden Rufes, bis ich mich schließlich über diesen albernen Zauber so ärgerte, dass ich mir wünschte, der Kerl möge an einem Bissen seines eigenen elenden Zeugs ersticken.

Für die Nachtwache auf einem gefangenen (wenn auch geehrten) Schiff, so meinten meine Kollegen, eignete sich nur ein alter Mann, da es ein zu stumpfsinniges Amt sei. Und im Allgemeinen wird auch der älteste Matrose der Mannschaft damit beauftragt. Aber manchmal ist weder der älteste noch ein anderer einigermaßen verlässlicher Seemann verfügbar. In jenen Tagen hatten die Mannschaften der Schiffe die Angewohnheit, plötzlich zu verschwinden. So kam es, dass ich, wahrscheinlich wegen meiner Jugend, Naivität und Nachdenklichkeit (die mich manchmal etwas saumselig machte, wenn ich in der Takelage zu tun hatte), plötzlich von Herrn B., unserem Ersten Offizier, in dieses beneidenswerte Amt eingesetzt wurde. Er gab die Anweisung im höhnischsten Ton, aber ich bedauere nicht, diese Erfahrung gemacht zu haben. Das nächtliche Leben der Stadt zog sich von den Straßen bis zum Hafen hin: In Scharen kamen die Krakeeler herangestürmt, um irgendeinen Streit, weitab von der Polizei, durch einen regelrechten Boxkampf auszutragen. Das ging dann meist innerhalb eines unbestimmten, halb verborgenen, zwischen Stapeln von Kisten liegenden Ringes vor sich. Man hörte das Geräusch von Schlägen, dann und wann ein Aufstöhnen, das Stampfen von Füßen und den plötzlich Ruf »Zeit!« zwischen dem unheilvollen, aufgeregten Gemurmel; dann wieder hörte man nächtliche Herumtreiber, die jemand verfolgten oder selbst verfolgt wurden, einen unterdrückten Schrei, dem absolute Stille folgte; oder sie kamen verstohlen wie Geister längsseits geschlichen und machten mir unten vom Kai aus in geheimnisvollem Ton irgendwelche unverständlichen Vorschläge. Auch die Droschkenkutscher, die zweimal wöchentlich abends, wenn der Passagierdampfer der A.S.N.-Linie fällig war, gewöhnlich ein ganzes Bataillon hell leuchtender Lampen aufstellten, waren auf ihre Art sehr unterhaltsam. Sie kletterten von ihren Böcken herunter und erzählten sich in ihrer ungehobelten Art ziemlich zweideutige Geschichten, von denen jedes Wort über die Reling deutlich zu mir herdrang, wenn ich rauchend auf der Großluke saß. Einmal führte ich über eine Stunde lang eine sehr geistvolle Unterhaltung mit einem Herrn, den ich nicht genau erkennen konnte. Er sei ein Gentleman aus England, sagte er mit einer kultivierten Stimme. Ich stand an Deck, und er saß auf einer Klavierkiste, die wir an diesem Nachmittag gerade aus dem Raum auf den Kai gehievt hatten, und rauchte eine sehr gut riechende Zigarre. Wir kamen in unserem Gespräch auf wissenschaftliche Dinge, auf Politik, Naturgeschichte und Opernsänger zu sprechen. Dann, nachdem er ganz unvermittelt bemerkt hatte: »Sie scheinen ganz intelligent zu sein, guter Mann«, teilte er mir mit, sein Name sei Senior, und ging weg – in sein Hotel, wie ich annehme. Schatten! Schatten! Ich meine, einen weißen Backenbart gesehen zu haben, als er sich bei der Lampe umwandte. Es gibt mir einen richtigen Stich ins Herz, wenn ich daran denke, dass er nach dem natürlichen Lauf der Dinge nun schon tot sein muss. Gegen seine Intelligenz war nichts einzuwenden, außer vielleicht ein bisschen Dogmatismus. Und sein Name war Senior! Herr Senior!

Das Amt des Wachmanns hatte aber auch seine Nachteile. Als ich eines Nachts im Juli, es war winterlich stürmisch und stockdunkel, schläfrig Vorkante der Poop stand und Schutz vor dem Regen suchte, kam etwas über das Fallreep gestürzt, das wie ein Strauß aussah. Ich sage Strauß, weil das Geschöpf, obgleich es auf zwei Beinen lief, seiner Vorwärtsbewegung durch ein Paar kurze, schlagende Flügel nachzuhelfen schien. Es war jedoch ein Mensch, der nur dadurch so geisterhaft und vogelartig aussah, weil sein Rock hinten aufgeschlitzt war und in zwei Hälften um seine Schultern flatterte. Ich vermute jedenfalls, dass es sein Rock war, denn man konnte es unmöglich genau erkennen. Wie er es fertig brachte, so schnell und ohne auf dem fremden Deck zu stolpern, direkt auf mich zuzukommen, ist mir schleierhaft. Er musste im Dunkeln besser haben sehen können als eine Katze. Noch keuchend bestürmte er mich mit der Bitte, ihm bis zum nächsten Morgen Unterkunft in unserm Logis zu gewähren. Meinen strikten Anweisungen entsprechend, schlug ich seine Bitte ab, zunächst noch ganz freundlich, dann aber in ernstem Ton, als er mit wachsender Unverschämtheit darauf bestand.

»Lassen Sie mich, um Gottes willen, reinkommen, Stürmann! Da sind welche hinter mir her – ich hab' mir hier diese Uhr geschnappt.« »Sie verschwinden hier!« sagte ich. »Seien Sie doch nicht so hart mit einem armen Kerl, guter Mann«, bettelte er mitleiderregend. »Los jetzt, mach, dass du an Land kommst! Hörst du?«

Schweigen. Er schien sich stumm zu winden, als könne er vor Kummer keine Worte mehr finden; dann – peng! gab es eine Erschütterung und einen riesigen Lichtblitz, in dem er verschwand, während ich lang hingestreckt auf dem Rücken lag und das abscheulichste blaue Auge hatte, das man in treuer Pflichterfüllung bekommen kann. Schatten! Schatten! Ich hoffe, er ist den Feinden entkommen, vor denen er floh, und lebt noch gesund und munter bis auf den heutigen Tag. Seine Faust war immerhin ungewöhnlich hart, und sein Ziel konnte er im Dunkeln fabelhaft genau treffen.

Es gab auch andere Erlebnisse, die meistens weniger schmerzhaft und spaßiger waren, darunter eines von geradezu dramatischem Charakter. Das größte Erlebnis von allen war jedoch Herr B., unser Erster Offizier, selbst.

Er ging jeden Abend an Land, um sich in irgendeiner Gaststube mit seinem alten Bekannten, dem Ersten Steuermann der Bark CICERO zu treffen, die an der anderen Seite des Circular Quay lag. Spät in der Nacht hörte ich dann von weitem schon ihre stolpernden Schritte und ihre Stimmen laut und endlos diskutieren. Der Erste der CICERO begleitete seinen Freund an Bord. Bei der Gangway pflegten sie ihren unvernünftigen und verworrenen Disput in freundschaftlichstem Ton noch etwa eine halbe Stunde lang an Land fortzusetzen, und dann hörte ich, wie unser Erster darauf bestand, den andern an Bord seines Schiffes zu begleiten. Und fort gingen sie, wobei ihre Stimmen, die sich immer noch in äußerster Freundschaft unterhielten, im ganzen Hafen zu hören waren. Mehr als einmal geschah es, dass sie auf diese Weise den Weg drei- oder viermal zurücklegten, indem jeder den anderen aus reiner, uneigennütziger Zuneigung an Bord seines Schiffes begleitete. Bis sie dann schließlich vor lauter Müdigkeit oder in einem vergesslichen Augenblick es fertig brachten, sich voneinander zu trennen, worauf sich dann bald die Planken unserer langen Gangway unter dem Gewicht unseres Ersten bogen und laut knarrten, wenn er endlich an Bord kam.

Seine stämmige Gestalt blieb dann meist auf der Reling stehen und schwankte ein wenig hin und her.

»Wachmann!«

»Herr. B.«

Eine Pause.

Er wartete einen Augenblick, bis er sein Gleichgewicht wiedergewann, ehe er die drei Stufen der Treppe, die von der Reling an Deck führte, hinunterschritt. Der Wachmann, durch Erfahrung gewitzt, unterließ es dabei, in diesem besonderen Stadium seine Hilfe anzubieten – sie wäre jetzt als Beleidigung aufgefasst worden. Aber ich habe viele Male um sein Genick gebangt. Er war ein schwerer Mann. Aber dann stürzte er vorwärts, es gab einen Bums, und es war geschehen. Er fiel niemals richtig hin, aber er brauchte doch eine ganze Zeit, um sich nach diesem Sturz wieder zu sammeln.

»Wachmann!«

»Jawohl.«

»Kapitän an Bord?«

»Jawohl.«

Pause.

»Hund an Bord?«

»Jawohl.«

Pause.

Unser Hund war ein mageres, unangenehmes Vieh, das eher einem heruntergekommenen Wolf als einem Hund gleich, und ich habe nie bemerkt, dass der Erste irgendwann schon einmal auch nur das geringste Interesse für das Tun und Lassen dieses Tieres gezeigt hätte. Aber diese Frage blieb nie aus.

»Geben Sie mir Ihren Arm, damit ich einen Halt habe.«

Auf dieses Ersuchen war ich immer vorbereitet. Er stützte sich schwer auf mich, bis wir nahe genug an der Kammertür waren, dass er die Klinke fassen konnte. Dann ließ er sofort meinen Arm los.

»Das ist gut so. Jetzt komme ich schon klar.«

Und er kam klar. Er kriegte es fertig, den Weg in seine Kammer zu finden, die Lampe anzustecken, in die Koje zu klettern – jawohl, und auch wieder aus ihr herauszufinden, wenn ich ihn um halb sechs weckte. Er war der Erste an Deck, führte mit ruhiger Hand seine Tasse Morgenkaffee an die Lippen und war so frisch und munter, als hätte er zehn volle Stunden rechtschaffen geschlafen – ein besserer Erster Offizier als mancher andere, der nie in seinem Leben einen Grog angerührt hat. Mit alledem konnte er klarkommen, was er aber nicht fertig brachte war, im Leben weiterzukommen.

Nur einmal gelang es ihm nicht, die Klinke der Kammertür beim ersten Zugreifen zu erfassen. Er wartete einen Augenblick, versuchte es noch einmal und griff wieder daneben. Ich fühlte sein Gewicht immer schwerer auf meinem Arm ruhen. Er seufzte bedächtig.

»Verdammte Klinke!«

Er drehte sich um, ohne mich loszulassen. Sein Gesicht war vom Vollmond taghell erleuchtet.

»Ich wollte, wir wären draußen auf See«, knurrte er wütend.

»Jawohl!«

Ich fühlte die Notwendigkeit, etwas zu sagen, weil er sich, schwer atmend, wie verloren an mich klammerte.

»Häfen taugen nichts – Schiffe verrotten, Männer gehen zum Teufel!«

Ich verhielt mich still, und nach einer Weile wiederholte er mit einem Seufzer:

»Ich wollte, wir wären hier raus und auf See.«

»Ich auch«, wagte ich zu sagen.

Er hielt sich an meiner Schulter fest und drehte sich nach mir um.

»Sie! Was macht es Ihnen aus, wo das Schiff ist? Sie – trinken doch nicht.«

Und sogar in dieser Nacht kam er »klar« und erwischte schließlich die Klinke. Aber es gelang ihm nicht, die Lampe anzuzünden – ich glaube gar nicht, dass er es überhaupt versucht hat –, dennoch war er wie gewöhnlich am nächsten Morgen der Erste an Deck. Stiernackig, mit krausen Haaren, beobachtete er mit einem starren Blick und einem bitteren Gesichtsausdruck, wie die Leute zur Arbeit gingen.

Zehn Jahre später traf ich ihn ganz zufällig und unerwartet auf der Straße, als ich aus dem Büro meines Agenten kam. Es war sehr unwahrscheinlich, dass ich ihn mit seinem »Jetzt komm' ich schon klar« hätte vergessen können. Er erkannte mich sofort, erinnerte sich an meinen Namen und auf welchem Schiff ich unter ihm angemustert war. Er sah mich forschend von oben bis unten an.

»Was machen Sie hier?« fragte er.

»Ich führe eine kleine Bark«, sagte ich, »die hier Ladung für Mauritius übernimmt«, und fügte dann ganz gedankenlos hinzu: »Und was machen Sie, Herr B.?«

»Ich –«, sagte er und sah mich dabei unentwegt mit seinem alten bitteren Lächeln im Gesicht an – »ich sehe mich nach Arbeit um.«

Am liebsten hätte ich mir die Zunge abgebissen. Sein kohlschwarzes, krauses Haar war stahlgrau geworden; er sah peinlich sauber aus wie immer, aber sein Zeug war furchtbar abgetragen. Seine blitzblanken Schuhe hatten schiefe Absätze. Er nahm mir meine Frage nicht übel, und zusammen fuhren wir in einer Droschke zu mir an Bord, um zu Mittag zu essen. Gewissenhaft besah er sich das ganze Schiff von oben bis unten, lobte es tüchtig und beglückwünschte mich in aller Aufrichtigkeit zu meinem Kommando. Als ich ihm beim Essen Wein und Bier anbot, schüttelte er den Kopf, und als ich ihn fragend ansah, murmelte er mit leiser Stimme:

»Ich habe das alles aufgegeben.«

Nach dem Essen gingen wir wieder an Deck. Anscheinend konnte er sich gar nicht von dem Schiff trennen. Wir erneuerten gerade die Unterwanten, und er blieb dabei stehen, hieß dieses oder jenes gut, machte Vorschläge und gab mir in seiner alten Manier praktische Ratschläge. Zweimal redete er mich mit »Mein Junge« an, verbesserte sich aber sofort und sagte »Kapitän«. Mein Erster Steuermann hatte die Absicht, mich bald zu verlassen – er wollte heiraten –, aber ich verschwieg die Sache vor B., weil ich befürchtete, er würde mich in einem schauderhaft scherzenden Ton bitten, ihm die Stellung zu geben, was ich nicht hätte abschlagen können. Ich hatte Angst. Es wäre unmöglich gewesen. Niemals hätte ich ihm Befehle erteilen können, und ich bin überzeugt, er hätte sie auch nicht lange von mir entgegengenommen. *Damit* wäre er einfach nicht klargekommen, obwohl er es fertig gebracht hatte, sich das Trinken abzugewöhnen – zu spät.

Zu guter Letzt verabschiedete er sich. Als ich seine stämmige, stiernackige Gestalt auf der Straße fortgehen sah, dachte ich mit einem beklommenen Gefühl daran, ob er wohl viel mehr Geld als die Kosten für eine Übernachtung in der Tasche habe. Und es war mir klar, wenn ich ihn in diesem Augenblick riefe, würde er mir nicht einmal den Kopf zuwenden. Auch er ist nur noch ein Schatten, aber mir ist, als hörte ich es noch, wie er auf dem mondhellen Deck der alten DUKE die Worte sprach:

»Häfen taugen nichts – Schiffe verrotten, Männer gehen zum Teufel.«

Weihe

XXXV

»Schiffe!« sagte lebhaft ein älterer Seemann in sauberem Landgangszeug. »Schiffe – « und sein scharfer Blick wandte sich von meinem Gesicht ab und lief die lange Reihe prächtiger Galionsfiguren entlang, die Ende der siebziger Jahre gewöhnlich dicht nebeneinander in einer Linie über das schmierige Pflaster des Kais am New South Dock hinausragten – »Schiffe sind schon gut, aber die Leute darauf…«

Mindestens fünfzig große Segelschiffe lagen dort mit dem Vorsteven zum Kai alle in einer Reihe vertäut. Ihre Rümpfe aus Holz oder Eisen zeigten klassisch schöne Linien, die Schnelligkeit verrieten und in ihrer Form die höchste Vollendung modernen Schiffbaus verkörperten. Sie lagen dort, als hätte man sie für eine Ausstellung zusammengeholt, nicht etwa für eine große Industrieausstellung sondern für eine Schau großer Kunstwerke. Ihre Außenbordsfarben waren grau, schwarz oder dunkelgrün mit einer schmalen gelben Zierleiste, die ihren Sprung hervorhob. Andere hatten eine Reihe aufgemalter Kanonenpforten, die ihre robusten Flanken kriegerisch verzierten, Flanken von Lastträgern, die keinen anderen Triumph kannten, als mit ihrer Last schnell zu sein, keinen anderen Ruhm, als lange zu dienen, und keinen Sieg – nur den endlosen stillen Kampf mit der See. Hochbordig, mit gewichtiger Würde lagen die großen, leeren Schiffsrümpfe mit ihren rein gefegten Laderäumen längsseits der hölzernen Landungsbrücken, eher unbeweglichen Gebäuden gleichend als Wesen, die im Wasser leben. Sie waren soeben aus dem Trockendock gekommen und glänzten vor frischer Farbe. Andere, schon halb beladen, waren auf dem besten Wege, ihr seemäßiges Aussehen, nämlich das eines bis zur Ladelinie weggeladenen Schiffes, wiederzugewinnen; sie sahen zugänglicher aus. Ihre weniger steil ansteigende Gangway schien die umherstreifenden Seeleute, die eine Stellung suchten, geradezu einzuladen, an Bord zu kommen und beim Ersten Offizier, dem Hüter der Schiffsordnung, »um Chance« nachzufragen. Zwei oder drei seeklare Schiffe zerrten tief weggeladen an ihren waagerecht zeigenden Vorleinen, als fürchteten sie, unter den sie überragenden Geschwistern unbemerkt zu bleiben. Man konnte ihre aufgeklarten Decks und angelegten Luken sehen, wie sie dort bereitlagen, mit dem Heck voraus aus der unruhigen Reihe zu scheren, um sich in ihrer ganzen Anmut und Schönheit zu zeigen, die erst der richtige Seetrimm einem Schiff verleiht. Und über eine gute Viertelmeile hin, vom Schleusentor bis in die entfernteste Ecke, wo früher die alte Hulk PRESIDENT (damals Ausbildungsschiff der Naval Reserve) sicher vertäut lag und ihre Fregattenseite an der Kaimauer rieb, über all diesen teils schon seeklaren, teils noch unbeladenen Schiffsrümpfen spannten an die hundertfünfzig hohe Masten das Gewebe ihrer Takelage wie ein ungeheures Netz aus, in dessen engen Maschen die schweren Rahen sich schwarz vom Himmel abhoben und wie darin verfangen und verstrickt erschienen.

Es war ein großartiger Anblick. Selbst das bescheidenste Fahrzeug rührt durch sein zuverlässiges Dasein an des Seemanns Herz, und hier bot sich die Schiffsaristokratie den Blicken dar. Es war eine stattliche Versammlung der Schönsten und Schnellsten, von denen jedes das geschnitzte Sinnbild seines Namens am Bug führte. Wie in einer Galerie von Gipsfiguren sah man dort Frauengestalten mit zackigen Kronen; Frauen mit wallenden Gewändern, mit goldenen Stirnbändern im Haar oder blauen Schärpen um die Hüften, die wohlgerundeten Arme ausgestreckt, als wollten sie den Weg weisen; behelmte oder barhäuptige Männerköpfe; und in voller Größe, von Kopf bis Fuß ganz in Weiß, die Gestalten von Kriegern, Königen, Staatsmännern, von Lords und Prinzessinnen; hier und da eine dunkelfarbige, bunt herausgeputzte Figur eines turbantragenden Sultans oder Helden aus dem Orient; und sie alle neigten sich unter der Schräge mächtiger Bugspriete vor, als warteten sie in ihrer gebeugten Haltung ungeduldig darauf, eine weitere elftausend Seemeilen lange Reise zu beginnen. So sahen die herrlichen Galionsfiguren der herrlichsten Schiffe aus, die es je auf See gab. Aber warum der Versuch, in Worten einen Eindruck wiederzugeben, dessen Echtheit keinen Kritiker und keinen Richter finden kann, da solch eine Ausstellung der Schiffbaukunst und der Schnitzkunst von Galionsfiguren, wie sie damals das ganze Jahr über in der Freilichtgalerie des New South Dock zu sehen war, keines Menschen Auge jemals wieder erblicken wird – warum, wenn nicht aus Liebe zu dem Leben, das diese Bildnisse in ihrer schweifenden Unbewegtheit mit uns teilten? Alles was es in dieser bleichen Schar von Königinnen und Prinzessinnen, von Königen und Kriegern, von allegorischen Frauengestalten, Heroinen und Staatsmännern und heidnischen Göttern an bekrönten, behelmten oder barhäuptigen Gestalten gab, ist für immer von der See verschwunden, nachdem sie bis zuletzt über den stürzenden Schaum der Bugwelle ihre schönen, kräftigen Arme ausgestreckt, bis zuletzt ihre Speere, Schwerter, Schilde und Dreizacke in derselben unermüdlichen, vorwärts strebenden Haltung vor sich hergetragen hatten. Und nichts ist von ihnen geblieben als der Klang ihrer Namen, der vielleicht noch in der Erinnerung einiger Männer haftet, Namen, die schon längst von der ersten Seite der bedeutenden Londoner Tageszeitungen verschwunden sind, verschwunden von den großen Anschlagzetteln in den Bahnhöfen und an den Türen der Schiffsagenturen, verschwunden auch aus dem Gedächtnis der Seeleute, Hafenmeister, Lotsen und Schlepperleute, verschwunden aus dem Anruf rauer Stimmen und aus den flatternden Flaggensignalen, wie sie zwischen Schiffen gewechselt werden, die sich begegnen und allein weiterziehen in die Unendlichkeit der offenen See.

Der ehrbar ältliche Seemann wandte seinen Blick von dem Gewirr der Masten und Rahen ab und sah mich kurz an, um sich unseres gemeinsamen Berufs und unseres gemeinsamen Glaubens an die geheimnisvolle See zu vergewissern. Wir waren uns zufällig begegnet und ins Gespräch gekommen, als ich in seiner Nähe stehen blieb, weil meine Aufmerksamkeit von derselben Besonderheit in der Takelage eines augenscheinlich neuen Schiffes gefesselt wurde, die auch er sich gerade ansah. Es war ein neues Schiff, es musste sich seinen Ruf erst noch in den Gesprächen der Seeleute erwerben, die ihr Leben mit ihm zu teilen hatten. Der Name des Schiffes war schon in ihrem Munde. Ich hatte ihn von zwei dicken, rotnackigen Kerlen halbseemännischen Schlages in der Nähe der Fenchurch Street nennen gehört, dort, wo in jenen Tagen die Männer in der alltäglichen Menge meist Troyer und Düffeljacken trugen und sich den Anschein gaben, besser mit den Hochwasserzeiten Bescheid zu wissen als mit den Abfahrtszeiten der Züge. Ich hatte diesen neuen Schiffsnamen auf der ersten Seite meiner Morgenzeitung gelesen, und jedes Mal, wenn der Zug längsseits einer der kaiartigen, trübseligen, hölzernen Bahnsteige zum Stehen kam, starrte ich die ungewohnte blaue Buchstabenfolge auf weißem Grund an, die dort auf den Anschlagstafeln prangte. Zweifellos hatte das Schiff nach rechtem Brauch seinen Namen an dem Tage bekommen, an dem es vom Stapel lief, aber »einen Namen« hatte es damit noch lange nicht. Unerprobt und noch unkundig der Wege auf See, war es in die Gesellschaft dieser berühmten Schiffe gesteckt worden, um für seine Jungfernreise beladen zu werden. Außer dem guten Ruf seiner Bauwerft, von wo es kopfüber in seine Welt des Wasser gelassen worden war, gab es nichts, was seine Zuverlässigkeit und den Wert seines Charakters verbürgt hätte. Es machte auf mich einen bescheidenen, zaghaften Eindruck, wie es so still dalag und seine Seite scheu an die Kaimauer schmiegte, an der es, eingeschüchtert von der Gesellschaft seiner erprobten und erfahrenen Geschwister, die schon vertraut waren mit allen Gewalttätigkeiten der See und der anspruchsvollen Liebe der Menschen, mit ganz neuen Leinen festgemacht war. Diese Schiffe hatten schon mehr lange Reisen hinter sich, in denen sie sich ihren Namen gemacht hatten, als dieses Wochen behutsam umhegten Lebens hinter sich gebracht hatte, wie es einem neuen Schiff zuteil wird, das umsorgt wird, als wäre es eine junge Braut. Selbst die alten mürrischen Hafenmeister sahen es mit wohlwollenden Augen an. In seiner Scheu hätte es an der Schwelle eines arbeitsreichen und ungewissen Lebens, wo so viel von einem Schiff erwartet wird, nicht besser ermutigt und getröstet werden können, hätte es nur zu hören und zu verstehen vermocht, in welchem Ton tiefer Überzeugung mein ältlicher, ehrbarer Seemann den ersten Teil seines Anspruchs wiederholte:

» Schiffe sind gut…«

Seine Höflichkeit hielt ihn davon ab, den anderen, bitteren Teil zu wiederholen. Ihm war der Gedanke gekommen, dass es vielleicht taktlos sei, auf ihm zu beharren. Er hatte in mir einen Schiffsoffizier erkannt, der sich sehr wahrscheinlich, wie er selbst, nach einer Stellung umsah und insofern ein Kamerad, aber dennoch ein Mann war, der zum dünner bevölkerten Achterende eines Schiffes gehört, wo ein großer Teil seines Rufes als »gutes Schiff«, wie der Seemann sagt, gemacht oder verdorben wird.

»Können Sie das ausnahmslos von allen Schiffen sagen?« fragte ich, denn ich hatte Zeit und Muße; wenn ich auch offenbar Schiffsoffizier war, so war ich doch in Wirklichkeit nicht in den Docks, um mich »nach einer Stellung umzusehen« – eine Beschäftigung, die einen ebenso fesselt wie Glücksspiele und dem freien Gedankenaustausch ebenso unzuträglich ist, wie sie jede freundliche Stimmung untergräbt, die man für gelegentliche Unterhaltungen mit seinen Mitmenschen braucht.

»Man kommt mit ihnen immer klar«, meinte der ehrbare Seemann entschieden.

Er war ebenfalls nicht abgeneigt, sich zu unterhalten. Wenn er hierher nach den Docks gekommen war, um sich ein Schiff zu suchen, so schien er sich um seine Chancen doch keine Sorgen zu machen. Er besaß die heitere Ruhe eines Mannes, dessen achtenswerter Charakter sich schon in seiner äußeren Erscheinung auf bescheidene und überzeugende Weise vorteilhaft ausdrückte. Kein Erster Offizier, der Leute braucht, hätte ihn ablehnen können. Und wirklich erfuhr ich kurz darauf, dass ihn der Erste der HYPERION als Quartermeister »aufgeschrieben« und vorgemerkt hatte.

»Wir mustern Freitag an und laufen am nächsten Tag mit der Morgentide aus«, bemerkte er in unbekümmertem, bedächtigem Ton, der in starkem Gegensatz zu seiner offenkundigen Bereitwilligkeit stand, dazubleiben und mit einem völlig Fremden stundenlang zu plaudern.

»HYPERION«, sagte ich, »ich kann mich nicht erinnern, das Schiff irgendwo schon einmal gesehen zu haben. Was für einen Ruf hat es denn?« Aus seiner abschweifenden Antwort ging hervor, dass es weder in dieser noch in jener Hinsicht einen besonderen Ruf hatte. Es war kein sehr schnelles Schiff, wenn es sich auch, wie er meinte, nicht von jedem Dummkopf gut steuern ließ. Vor einigen Jahren hatte er es in Kalkutta gesehen, und er erinnerte sich, dass ihm jemand erzählt hatte, auf der Fahrt den Fluss hinauf seien dem Schiff beide Ankerklüsen weggerissen. Aber das konnte Schuld des Lotsen gewesen sein. Gerade jetzt hatte er beim Klönen mit den Kadetten an Bord gehört, dass es auf dieser Ausreise in den Downs beim Ankern plötzlich ausgeschoren und ins Treiben geraten sei, wobei es dann Anker und Kette verlor. Aber das war vielleicht dadurch passiert, dass man die Stromverhältnisse beim Zuankergehen nicht sorgfältig genug beachtet hatte.

Immerhin sah es doch so aus, als hätte das Schiff sehr schweres Ankergeschirr, nicht wahr? Auf jeden Fall schien es, was das Manövrieren anbelangt, ein schweres Schiff zu sein. Im Übrigen hatte er erfahren, dass diese Reise ein neuer Kapitän und ein neuer Erster Offizier an Bord gekommen waren, und so konnte man nicht wissen, wie sich das Schiff nun machen würde. In solchen Gesprächen, wie sie an Land von Seeleuten geführt werden, bildet sich allmählich der Ruf eines Schiffes, wird sein Ruhm begründet und die Geschichte seiner Vorzüge und seiner Fehler bewahrt. Diese vertraulichen Unterhaltungen bieten immer wieder einen Anreiz, die charakteristischen Eigenarten eines Schiffes zu kritisieren, seine Leistungen groß herauszustellen und seine Mängel zu beschönigen, gegen die es in unserer unvollkommenen Welt kein Mittel gibt und worüber die Männer, die der rohen Gewalt der See mithilfe dieser Schiffe ihr hartes Brot abringen, sich nicht lange aufhalten sollten. Aus all diesen Gesprächen entsteht der »Name« eines Schiffes, den eine Besatzung der anderen ohne Bitterkeit und ohne Groll, jedoch mit Nachsicht aus dem Gefühl gegenseitiger Abhängigkeit weitergibt, diesem Gefühl enger Verbundenheit, das Mann und Schiff im Guten wie im Bösen zusammenschweißt.

Dieses Gefühl erklärt den Stolz des Mannes auf sein Schiff. »Schiffe sind gut«, wie mein ältlicher, ehrbarer Quartermeister sehr überzeugt und ein wenig ironisch sagte; aber sie sind nicht genau das, wozu Menschenhand sie gemacht hat. Sie haben ihr eigenes Wesen, sie können durch die Anforderungen, die ihre Eigenart an unser Können und ihre Unzulänglichkeit an unsere Zähigkeit und Ausdauer stellen, sehr viel zu unserer Selbstachtung beitragen. Welche von diesen beiden Forderungen für den Seemann schmeichelhafter ist, kann man schwer sagen; die Tatsache besteht jedoch, dass ich während der mehr als zwanzig Jahre, in denen ich solchen Gesprächen zwischen Seeleuten an Land und an Bord zugehört habe, niemals ein Zeichen wirklicher feindlicher Gesinnung entdecken konnte. Dabei will ich nicht in Abrede stellen, dass auf See manchmal ein recht gottloser Ton in den Schimpfreden zu hören war, die ein durchnässter, frierender und erschöpfter Seemann gegen sein Schiff richtete und die er in seiner Verbitterung am liebsten auf alle Schiffe, die je vom Stapel liefen, ausgedehnt hätte – ja, auf die ganze unverwüstliche, anspruchsvolle Brut, die auf hoher See schwimmt. Ich habe ihn sogar auf das unstete Element selbst fluchen hören, dessen Zauber die gesammelte Erfahrung von Jahrhunderten überdauerte und auch ihn gefangen nahm wie die Generationen seiner Vorfahren.

Denn die See war dem Menschen niemals freundlich gesinnt, was auch immer von der Liebe gesagt wird, die gewisse Gemüter (an Land) vorgeben, für sie zu empfinden, und trotz aller Verherrlichungen, deren Gegenstand sie in Poesie und Prosa ist. Bestenfalls hat sie einmal mit der menschlichen Ruhelosigkeit gemeinsame Sache gemacht und die Rolle eines gefährlichen Anstifters ehrgeiziger weltweiter Pläne gespielt. Noch nie war die See, so wie die gütige Erde, irgendeiner Menschenrasse treu geblieben. Weder Tapferkeit noch mühselige Arbeit und Selbstaufopferung haben irgendein Merkmal auf ihr hinterlassen, nie hat sie eine Herrschaft als endgültig anerkannt und sich der Sache ihrer Gebieter angenommen wie jene Länder, wo siegreiche Völker Wurzel schlagen, ihre Wiegen schaukeln und ihren Toten Grabmäler setzen. Gleich ob es der Einzelne ist oder ein ganzes Volk – wer sein Vertrauen auf die Freundschaft der See setzt und die eigene Stärke und Geschicklichkeit darüber vernachlässigt, der ist ein Narr! Das Meer kennt kein Mitleid, keine Treue, kein Gebot, kein Erinnern – als wäre es zu groß, zu allmächtig für gewöhnliche Tugenden. Seine Unbeständigkeit kann nur durch unverzagte Entschlossenheit und rastlose, kampfbereite, argwöhnische Wachsamkeit menschlichen Zielen gefügig gemacht werden, eine Haltung, die vielleicht schon immer mehr von Hass als von Liebe diktiert war. *Odi et amo*, so mag das Bekenntnis derer lauten, die wissentlich oder blind ihr Leben dem Zauber der See ausgeliefert haben. All die stürmischen Leidenschaften der Jugendzeit des Menschengeschlechtes, ihre Kriegslüsternheit und Ruhmsucht, ihre Abenteuerlust und ihre Neigung zu gefahrvollen Unternehmungen sind mit dem großen Reiz des Unbekannten und den weiten Träumen von Herrschaft und Macht wie Trugbilder dahingegangen, ohne auch nur eine Spur auf dem geheimnisvollen Antlitz der See zu hinterlassen. Unergründlich und herzlos hat die See all denen, die um ihre fragwürdige Gunst warben, nichts von sich selbst gegeben. Keine Geduld und keine noch so große Mühe vermag sie so wie die Erde zu bezwingen. Trotz der verführerischen Macht ihres Zaubers, der so viele schon in einen gewaltsamen Tod gelockt hat, ist ihre Unermesslichkeit nie so geliebt worden wie die Berge und Ebenen, ja, selbst die Wüste geliebt wurden. In der Tag glaube ich, dass die Liebe zur See, zu der sich einige Menschen und ganze Völker so bereitwillig bekennen, dass diese Liebe ungeachtet aller Beteuerungen und Lobpreisungen gewisser Schriftsteller, die für kaum etwas anderes in der Welt Sinn haben als den Rhythmus ihrer Verse und den Tonfall ihrer Sätze, ein Gefühl ist, das sehr vom Stolz und nicht wenig von einer gewissen Notwendigkeit beeinflusst ist, aber in dem die Liebe zu den Schiffen – diesen unermüdlichen Dienern unserer Hoffnungen und unserer Selbstachtung – der beste und lauterste Teil ist.

Denn unter den Hunderten, die das Meer geschmäht haben, angefangen bei Shakespeare mit dem Vers:

»Grausamer noch als Hunger und als Angst
Und als die See –«

bis hinab zum letzten unbekannten Seemann alten Stils, der nicht viel Worte macht und noch viel weniger denkt, wäre wohl kaum ein Seemann zu finden gewesen, glaube ich, der jemals den guten oder schlechten Namen eines Schiffes in einem Atemzug mit einer Verwünschung genannt hätte. Wenn sein Fluchen, hervorgerufen vom harten Leben auf See, jemals so weit ging, dass er sein Schiff mit einbezog, dann geschah dies nur obenhin und ganz leicht, so wie man wohl ohne sündige Gedanken auf zärtliche Weise eine Frau anrühren mag.

XXXVI

Die Liebe zum Schiff ist grundverschieden von der Liebe, die ein Mann für alle anderen Werke seiner Hände empfindet – der Liebe zum Beispiel, die er für sein Haus hegt –, weil sie rein ist vom Stolz des Besitzens. Sie ist ein selbstloses Gefühl, mag es auch nicht frei sein von Stolz auf das eigene Können, auf die persönliche Verantwortung und Standhaftigkeit. Kein Seemann hat jemals ein Schiff, selbst wenn es ihm gehörte, nur des Profits wegen, den es ihm einbrachte, geschätzt und in Ehren gehalten. Das hat, glaube ich, noch keiner getan; denn der Reeder, und sei es der beste, stand immer schon außerhalb der vertrauten Gemeinschaft, die Schiff und Mann gegen die unerbittliche, wenn auch zuweilen versteckte Feindseligkeit ihrer Welt der Gewässer verbindet. Die See kennt keinen Großmut – diese Wahrheit kann nicht geleugnet werden. Ihr skrupelloses Machtbewusstsein hat noch keine der vielen guten männlichen Eigenschaften, wie Mut, Kühnheit, Ausdauer und Treue, zu rühren vermocht. Der Ozean gleicht einem gewissenlosen, grausamen Despoten, den ständige Schmeichelei verdorben hat. Er kann nicht den geringsten Widerstand vertragen und ist der unversöhnliche Feind aller Schiffe und Männer geblieben seit dem Tage, da sie die unerhörte Kühnheit hatten, sich trotz seiner missbilligenden Blicke gemeinsam hinaus aufs Meer zu wagen. Von diesem Tage an hat er Flotten und Menschen verschlungen, ohne dass die vielen Opfer – die zahllosen zerstörten Schiffe und vernichteten Menschenleben – seinen Grimm gestillt hätten. Er ist heute wie je bereit, die Menschen mit ihrem unverbesserlichen Optimismus zu verführen und zu verraten, sie zu zerschmettern und zu ertränken, wenn sie im Vertrauen auf ihre Schiffe versuchen, ihm ihr häusliches Glück, die Herrschaft über ihre Welt oder nur ihr karges tägliches Brot abzuringen, um ihren Hunger zu stillen. Und wenn er auch nicht immer voller Zerstörungslust ist, so wartet er doch stets auf die Gelegenheit, heimtückisch alles in die Tiefe zu reißen. Das erstaunlichste Wunder der Tiefe ist ihre unergründliche Grausamkeit.

Dieses Grauen überfiel mich zum ersten Mal an einem Tage, als wir vor vielen Jahren mitten im Atlantik die Mannschaft einer dänischen Brigg retteten, die auf der Heimreise von Westindien war. Ein leichter, silberheller Dunst verschleierte den stillen, erhabenen Glanz des schattenlosen Lichts und schien den Himmel die Ferne und der See die Unendlichkeit zu nehmen. Es war einer der Tage, an denen sich der mächtige Ozean wirklich liebenswert zeigt, wie ein starker Mann in den Augenblicken vertraulichen Umgangs. Bei Sonnenaufgang hatte wir im Westen einen dunklen Fleck ausgemacht, der scheinbar hoch oben im leeren Raum hinter einem schimmernden Schleier silberblauen, leichten Nebels schwebte. Und dieser Dunstschleier schien im schwachen Wind, der uns langsam vorwärtstrieb, mit uns hin und her zu wogen. Der Friede dieses bezaubernden Vormittags war so tief und ungetrübt, dass wir das Gefühl hatten, jedes laute Wort an Deck würde bis ins Herz jenes unergründlichen Mysteriums dringen, das aus der Verschmelzung des Meeres mit dem Himmel geboren wird. Wir wagten nicht, laut zu sprechen. »Ein sinkendes Wrack, glaube ich, Kapitän«, sagte der Zweite Offizier gelassen, als er mit dem Fernglas, das in einem Etui über seiner Schulter hing, von oben kam. Und ohne ein Wort zu verlieren, gab unser Kapitän dem Rudersmann ein Zeichen, auf den dunklen Fleck zuzuhalten. Kurz darauf machten wir einen niedrigen zersplitterten Maststumpf aus, der vorn auf dem Wrack aufragte – das war alles, was von den verlorenen Masten übrig geblieben war.

Der Kapitän unterhielt sich leise mit dem Ersten Offizier und ließ sich gerade weitläufig über die Gefährlichkeit solcher treibender Wracks aus und über seine Furcht, nachts auf sie zu stoßen, als plötzlich ein Mann vorne ausrief: »Da sind Leute an Bord, Kapitän! Ich kann sie sehen!« Es war eine ungewöhnliche Stimme, die das schrie, eine Stimme, die auf unserem Schiff noch nie gehört worden war, die überraschende Stimme eines Fremden. Sie gab das Signal für ein Durcheinander von lauten Rufen. Die ganze Freiwache lief geschlossen auf die Back, der Koch stürzte aus der Kombüse – alle sahen jetzt die armen Kerle. Da waren sie! Und auf einmal schien unser Schiff, das den wohlverdienten Ruf hatte, bei leichtem Wind jedem andern an Schnelligkeit überlegen zu sein, alle Bewegungsfähigkeit verloren zu haben, als ob die See zähflüssig geworden wäre und an der Bordwand klebte. Und doch bewegte es sich fort. Die Unendlichkeit, der unzertrennliche Gefährte alles Lebens an Bord, hatte gerade diesen Tag erwählt, um uns wie ein schlafendes Kind anzuhauchen. Der aufgeregte Lärm war verstummt, und unser lebensvolles Schiff, das dafür bekannt war, niemals ganz die Fahrt zu verlieren, solange der Wand noch eine Feder hinwegtrug, schlich, ohne das Wasser auch nur ein bisschen zu kräuseln, lautlos wie ein weißes Gespenst auf seinen im Sterben liegenden, verletzten und verstümmelten Gefährten zu, auf den es in diesem sonnendurchfluteten Dunst eines windstillen Tages auf See in der Todesstunde gestoßen war.

Das Glas an die Augen gepresst, sagte der Kapitän – und seine Stimme schwankte etwas dabei –: »Dort achtern winken sie uns mit etwas zu.« Er setzte das Glas brüsk ab, legte es aufs Oberlicht und begann auf der Poop hin und her zu gehen. »Ein Hemd oder eine Flagge«, stieß er gereizt hervor. »Kann es nicht ausmachen … irgend so ein verdammten Lappen!« Er lief noch ein paar Mal auf der Poop hin und her, blickte ab und zu über die Reling, um zu sehen, was für Fahrt das Schiff machte. Seine unruhigen Schritte hallten in der Nähe laut wider, während die Männer in Gedanken verloren unbeweglich alle in dieselbe Richtung starrten. »So schaffen wir das nicht!« rief er plötzlich laut aus. »Los, fier die Boots weg! Zu Wasser damit!«

Ehe ich in mein Boot sprang, nahm er mich als zwar erfahrenen, aber doch noch sehr jungen Offizier auf ein ermahnendes Wort beiseite. »Passen Sie auf, wenn Sie längsseits kommen, dass Sie nicht mit nach unten gerissen werden. Ist das klar?«

Er sagte das in vertraulichem Ton und so leise, dass die Leute an den Bootsläufern es nicht hören konnten. Ich war schockiert. »Mein Gott« ereiferte ich mich innerlich voller Verachtung über so viel kaltblütige Vorsicht. »Als ob man in einer solchen Situation noch an Gefahr dächte.«

Es kostet viel Lehrgeld, bis man ein richtiger Seemann wird, und schon hatte ich meinen Verweis weg. Mein erfahrener Kommandant schien mit einem einzigen forschenden Blick alle Gedanken von meinem arglosen Gesicht zu lesen.

»Sie sollen jetzt Menschenleben retten und nicht Ihre Bootsbesatzung unnütz aufs Spiel setzen«, knurrte er mir streng ins Ohr. Aber als wir ablegten, beugte er sich über die Reling und rief: »Alles hängt jetzt von euch ab, Leute. Holt aus und pullt, was ihr könnt! Es geht um Menschenleben!«

Es wurde ein richtiges Wettrennen, und ich hätte nie geglaubt, dass die gewöhnliche Bootsbesatzung eines Handelsschiffes mit so viel verbissener Entschlossenheit den gleichmäßigen Schlag ihrer Riemen durchhalten könnte. Was unser Kapitän schon deutlich erkannt hatte, ehe wir ablegten, war uns jetzt allen klar geworden. Der Ausgang unseres Unternehmens hing an einem Haar über dem Abgrund der Wasser, die ihre Toten nicht vor dem Jüngsten Tage herausgeben. Es war ein Wettrennen, das zwei Schiffsboote mit dem Tod um den Preis von neun Menschenleben austrugen, und der Tod hatte einen großen Vorsprung. Wir sahen von weitem die Mannschaft der Brigg an den Pumpen arbeiten – sie pumpte noch auf diesem Wrack, das schon so weit abgesackt war, dass die sanfte Dünung über die unsere Boote, ohne Fahrt zu verlieren, leicht hinwegglitten, fast schon Relingshöhe erreicht hatte und nach den Enden des gebrochenen Vorgeschirrs griff, das in Fetzen unter dem kahlen Bugspriet hin und her schwang.

Wir hätten uns wahrhaftig keinen besseren Tag für unsere Wettfahrt aussuchen können, selbst wenn wir freie Wahl unter allen Tagen gehabt hätten, die je über einsame, mit dem Tode ringende Schiffe heraufgedämmert sind, seitdem die Wikinger zum ersten Mal gegen den Ansturm der Atlantikseen westwärts steuerten. Es war ein sehr gutes Rennen. Im

Endkampf lagen die beiden Boote keine Riemenlänge auseinander, und der Tod kam, wenn nicht aller Anschein trog, als guter Dritter auf der nächsten Dünungswelle ein.

Die Speigatten der Brigg gurgelten leise im Chor, wenn das Wasser an den Bordwänden hochleckte und träge mit leisem Rauschen wieder ablief, als umspielte es einen unbeweglichen Felsen. Das Schanzkleid war der Länge nach weggeschlagen, wir konnten das kahle Deck so niedrig wie ein Floß über dem Wasser daliegen sehen, vollkommen leer gefegt von seinen Booten, Spieren, seinen Deckshäusern, leer gefegt von allem außer den Augbolzen und den Pumpenaufsätzen. Ich warf einen flüchtigen Blick auf dieses traurige Bild, während ich alle Muskeln anspannte, um an meiner Brust den letzten Mann aufzufangen, der die Brigg verließ. Es war der Kapitän, der sich buchstäblich in meine Arme fallen ließ. Es war eine unheimlich stille Rettung gewesen – eine Rettung ohne einen Laut, ohne ein einziges gesprochenes Wort, ohne eine Geste oder ein Zeichen, ja sogar ohne einen bewussten Blickwechsel. Bis zum allerletzten Augenblick blieben sie an Bord an den Pumpen, die zwei Ströme klaren Wassers über die nackten Füße der Leute ergossen. Durch die Risse ihrer Hemden war ihre braune Haut zu sehen, und die beiden kleinen Bündel halb nackter, zerlumpter Männer verbeugten sich in ihrer aufzehrenden Arbeit tief voreinander, immer auf und ab, ganz ihrer Arbeit hingegeben, sodass sie keine Zeit hatten, auch nur mit einem kurzen Blick über die Schulter nach der Hilfe zu sehen, die ihnen nahte. Als wir unbeachtet längsseits der Brigg schoren, brüllte eine heisere Stimme einen einzigen Befehl, worauf die Männer stumpf aus roten Augenlidern flüchtig aufblickten. Dann stürzten sie schwankend und gegeneinander stoßend von den Pumpen fort und ließen sich, so wie sie dastanden, ohne Mützen, graues Salz in den Runzeln und Falten ihrer hageren, bärtigen Gesichter, gerade auf unsere Köpfe fallen. Das Getöse, mit dem sie in unsere Boote stürzten, hatte eine merkwürdig vernichtende Wirkung auf jenes

Wahnbild tragischer Würde, mit dem unsere Selbstachtung die Kämpfe der Menschheit mit der See verklärt. An diesem ausgesucht herrlichen Tage sanft atmenden Friedens und leicht verschleierten Sonnenlichts erlosch meine romantische Liebe zu dem, was in der menschlichen Vorstellung zum erhabensten Teil der Natur gehört.

Die schamlose Gleichgültigkeit der See gegen menschliches Leid und menschliche Tapferkeit offenbarte sich in dieser lächerlichen, panikerfüllten Szene, zu der sie neun tüchtige und ehrenwerte Seeleute in grauenhafter, äußerster Not getrieben hatte, und das empörte mich. Ich erkannte, dass die See selbst in ihrer zärtlichsten Stimmung nicht ohne Falsch ist. Sie war nun einmal so, weil sie sich nicht ändern konnte, aber meine scheue Ehrfurcht von einst war dahin. Ich war jetzt so weit, dass ich über ihre bezaubernde Anmut bitter lächeln und mit einem starren Blick boshaft ihren Rasereien zusehen konnte. In diesem Augenblick, bevor wir ablegten, überblickte ich leidenschaftslos das Leben meiner Wahl. Seine Illusionen waren verschwunden, aber sein Reiz blieb. Ich war endlich Seemann geworden.

Wir pullten eine Viertelstunde lang angestrengt und nahmen dann die Riemen ein, um auf unser Schiff zu warten. Es kam mit voll stehenden Segeln auf uns zu und sah durch den Dunstschleier ungewöhnlich groß und stattlich aus. Der Kapitän der Brigg saß neben mir achtern im Boot und hatte das Gesicht in beide Hände vergraben. Jetzt hob er den Kopf und begann mit einer gewissen schwermütigen Gesprächigkeit zu reden. In einem Orkan hatten sie die Masten verloren, und ihr Schiff war leck gesprungen; wochenlang trieben sie, immer an den Pumpen; gerieten wieder in schlechtes Wetter; von den Schiffen, die sie in Sicht bekamen, wurden sie nicht bemerkt, das Leck wurde langsam immer größer, und die See hatte ihnen nichts gelassen, um ein Floß zu bauen. Es war sehr hart, ein Schiff nach dem andern in der Ferne vorbeisegeln zu sehen, »als ob sich alle verschworen hätten, uns dem Tod auf See zu überlassen«, fügte er hinzu. Aber sie versuchten weiter, die Brigg so lange wie möglich flott zu halten, und pumpten unentwegt bei ungenügender, meist roher Kost »bis gestern Abend«, fuhr er monoton fort, »als die Sonne unterging, den Leuten das Herz brach.«

Hier machte er eine kaum merkliche Pause und sprach dann mit derselben monotonen Stimme weiter: »Sie sagten mir, die Brigg sei nicht mehr zu retten, und meinten, sie hätten nun genug auch für ihre eigene Rettung getan. Ich sagte nichts dazu. Es war alles richtig, und es war keine Meuterei. Ich hatte ihnen nichts mehr zu sagen. Sie lagen die ganze Nacht achtern herum, regungslos und still wie Tote. Ich legte mich nicht hin und hielt Ausschau. Als der Tag anbrach, sah ich sogleich Ihr Schiff. Ich wartete, bis es heller wurde. Der leichte Windzug begann noch schwächer zu werden, ich spürte ihn nicht mehr auf meinem Gesicht. Dann rief ich so laut ich konnte: ›Seht das Schiff dort!‹ Aber nur zwei Mann erhoben sich ganz langsam und kamen zu mir. Zuerst standen wir drei eine ganze Zeit lang alleine da und beobachteten, wie Sie auf uns zusteuerten, dabei fühlten wir deutlich, wie der Wind fast einschlief. Aber nachdem standen auch andere nacheinander auf, und bald hatte ich die ganze Mannschaft hinter mir. Ich drehte mich um und sagte zu ihnen, sie könnten ja selbst sehen, dass das Schiff auf uns zuhält, aber bei dieser Flaute könnte es am Ende doch zu spät kommen, wenn wir nicht wieder an die Arbeit gingen und versuchten, unser Schiff so lange flott zu halten, bis wir alle abgeborgen sind. So habe ich mit ihnen gesprochen, und dann gab ich Order, an die Pumpen zu gehen.«

Er gab den Befehl, und er gab ihnen auch ein Beispiel, indem er selbst an die Pumpen ging; aber die Leute scheinen tatsächlich einen Augenblick gezögert zu haben, indem sie einander unschlüssig anblickten, ehe sie ihm folgten. »Hi, hi, hi!« Ganz unerwartet brach er in ein einfältiges, erschütterndes, nervöses Kichern aus. »Es waren gebrochene Männer«, erklärte er entschuldigend. »Zu lange war mit ihnen gespielt worden.« Darauf ließ er den Kopf sinken und verstummte.

Fünfundzwanzig Jahre sind eine lange Zeit – ein Vierteljahrhundert ist schon ferne graue Vergangenheit –, aber bis auf den heutigen Tag erinnere ich mich der dunkelbraunen Füße, Hände und Gesichter zweier dieser Männer, deren Lebenswillen die See gebrochen hatte. Sie lagen ganz still wie Hunde zusammengerollt auf den Bodenbrettern zwischen den Duchten. Meine Bootsbesatzung saß über die

Riemen gebeugt, horchte und starrte sie mit großen Augen wie im Theater an. Plötzlich sah der Kapitän der Brigg auf und fragte mich, welchen Tag wir hätten.

Jeder Zeitbegriff war ihnen abhanden gekommen. Als ich ihm sagte, dass es Sonntag der 22. sei, zog er die Stirn in Falten und rechnete im Geiste nach, dann nickte er zweimal traurig vor sich hin und starrte ins Leere. Er sah erbärmlich mitgenommen, elend und trübselig aus. Man hätte ihn für geistesgestört halten können, wäre nicht dieser unauslöschliche Ausdruck der Biederkeit in seinen blauen Augen gewesen, deren unglücklicher, müder Blick immer wieder die aufgegebene, sinkende Brigg suchte, als könne er keinen anderen Ruhepunkt finden. Dieser Kapitän hatte ein viel zu einfältiges Gemüt, um den Verstand zu verlieren, er hatte jene männliche Einfalt, die allein imstande ist, einen Mann unversehrt an Geist und Körper den Zweikampf mit dem tödlichen Mutwillen der See oder ihrer weniger boshaften Raserei bestehen zu lassen.

Die See war an diesem Tage weder zornig noch mutwillig noch heiter. Wie in einem Traum von unendlich zärtlicher Güte umfing sie, halb verborgen im lichten Dunst, unser fernes Schiff, das im Näherkommen immer größer wurde, unsere Boote mit den geretteten Leuten und den entmasteten Rumpf der Brigg, den wir hinter uns ließen, in einer einzigen sanften Umarmung friedlicher Stille. Auf ihrem Antlitz war keine Runzel und keine Falte und nicht die leiseste Kräuselung zu sehen. Und die leichte Dünung verlief so glatt wie ein anmutig wogendes Stück schimmernder grauer Seide, das mit grün glitzerndem Glanz durchsetzt ist. Wir pullten im gemächlichen Schlag weiter, aber als der Kapitän der Brigg nach einem kurzen Blick über die Schulter mit einem leisen Ausruf aufstand, hörten meine Leute ohne Befehl unwillkürlich auf zu pullen, und das Boot verlor seine Fahrt.

Er stützte sich mit einem harten Griff auf meine Schulter, während sein anderer Arm starr ausgestreckt anklagend in die unermessliche Stille des Ozeans wies. Nach seinem ersten Ausruf, der den Schwung unserer Riemen abstoppte, gab er keinen Laut mehr von sich, aber seine ganze Haltung war ein empörter Aufschrei: »Seht dort!« … Ich konnte mir nicht vorstellen, was für eine Vision des Bösen über ihn gekommen war. Ich war erschrocken, und die bestürzende Kraft, die aus seiner unbewegten Gebärde sprach, ließ mein Herz in der Ahnung, dass uns etwas Ungeheuerliches und Unerwartetes bevorstand, schneller schlagen. Die Stille um uns wurde erdrückend.

Einen Augenblick lang glitten die seidenglatten Dünungswellen arglos weiter. Ich sah jede Einzelne von ihnen am dunstigen Horizont weit, weit jenseits der verlassenen Brigg heraufkommen und im nächsten Augenblick mit einem leichten, freundlichen Stoß gegen das Boot unter uns durchlaufen und weiterziehen. Der einschläfernde Rhythmus des Steigens und Fallens, die gleichbleibende Sanftheit dieser unwiderstehlichen Kraft, der großartige Zauber der unergründlichen See erfüllten mich, wie das feine Gift eines Liebestranks, mit einem herrlichen Gefühl. Aber es hielt nur wenige beruhigende Sekunden an, dann sprang auch ich auf und brachte das Boot wie die reinste Landratte zum Schlingern.

Etwas Erschreckendes, Geheimnisvolles, bestürzend Verwirrendes spielte sich jetzt ab. Ich beobachtete es voll Unglauben und von Entsetzen gepackt, wie man die undeutlichen, flüchtigen Bewegungen einer Gewalttat im Dunkeln verfolgt. Wie auf ein verabredetes Zeichen kam plötzlich die Dünung rund um die Brigg zum Stillstand. Durch eine seltsame optische Täuschung schien sich der ganze Ozean mit einem einzigen überwältigenden Anschwellen seiner seidenglatten Oberfläche über die Brigg zu erheben, worauf sich an dieser Stelle wild schäumende Gischt verbreitete. Dann verebbte der Aufruhr wieder. Alles war vorbei, und die glatten Dünungswellen kamen wie vorher in ununterbrochenem Rhythmus vom fernen Horizont auf und liefen mit einem leichten freundlichen Schütteln unseres Bootes unter uns vorbei. Weitab, dort wo die Brigg gelegen hatte, war auf dem stahlgrauen, mit grünen Strahlen durchsetzten Wasser nur noch ein aufgewühlter, weißer Fleck zu sehen, der allmählich kleiner werdend, wie ein Rest reinen Schnees lautlos in der Sonne schmolz. Und die große Stille nach dieser ersten Einführung in den unversöhnlichen Hass der See war wie geschwängert mit entsetzten Gedanken und den Schatten kommender Katastrophen.

»Weg ist sie!« stieß mein Bugmann aufstöhnend aus, das Ende bestätigend. Er spuckte in die Hände und fasste seinen Riemen fester. Der Kapitän der Brigg ließ seinen starr ausgestreckten Arm sinken und sah uns in nachdenklich-schwermütigem Schweigen an. Seine feierliche Miene war für uns gleichsam die Aufforderung, an dem unfassbaren Schrecken seines einfältigen Gemüts teilzunehmen. Jäh setzte er sich an meine Seite und beugte sich mit ernster Miene gegen meine Bootsbesatzung vor, die gemächlich, mit langen Schlägen weiterpullte und ihn dabei treuherzig ansah. »Kein Schiff hätte sich so gut gehalten«, begann er seine Ansprache mit fester Stimme, nachdem er einen Augenblick krampfhaft geschwiegen und mit bebenden Lippen offenbar nach den passenden Worten für sein stolzes Bekenntnis gesucht hatte.

»Die Brigg war klein, aber sie war gut. Ich hatte keine Angst um sie. Sie war stark. Letzte Reise hatte ich meine Frau und meine beiden Kinder an Bord. Kein anderes Schiff hätte so lange das Wetter ausgehalten, das sie Tag für Tag durchstehen musste, bis vor vierzehn Tagen die Masten über Bord gingen. Sie war einfach am Ende ihrer Kraft. Ihr könnt es mir glauben. Tage und Tage hat sie für uns ausgehalten, doch sie konnte nicht ewig aushalten. Es war lange genug. Ich bin froh, dass es vorbei ist. Noch nie ist ein besseres Schiff an einem solchen Tage auf See aufgegeben worden und gesunken.«

Er war der rechte Mann, einem Schiff die feierliche Grabrede zu halten, dieser Sohn eines alten Volkes von Seefahrern, dessen nationale Existenz so wenig durch die Exzesse männlicher Kraft befleckt worden ist. Ein Volk, das nichts weiter als einen festen Halt auf der Erde verlangte. Die Verdienste seiner seebefahrenen Ahnen und die Arglosigkeit seines Herzens befähigten ihn, diese vortreffliche Rede zu halten. Nichts von dem, was eine gute Rede ausmacht, fehlte darin – weder Gottvertrauen noch Pflichttreue, weder die Lobpreisung der Toten noch die erbauliche Darstellung ihrer großen Taten. Sie hatte gelebt, und er hatte sie geliebt; sie hatte gelitten, und er war froh, dass sie ihren Frieden gefunden hatte. Es war eine ausgezeichnete Rede und rechtgläubig dazu in ihrer Treue zum Kern des Seemannsglaubens, zu dem sie sich so entschieden bekannte. »Schiffe sind gut.« Ja, sie sind es. Wer mit der See leben will, muss sich vor allen Dingen an dieses Glaubensbekenntnis halten, und ich verstand jetzt, als ich den Kapitän von der Seite ansah, dass manche Männer der Ehre würdig sind, mit gutem Gewissen die letzte Lobrede auf die Standhaftigkeit eines Schiffes im Leben und im Tode zu halten.

Hiernach sprach er kein Wort mehr. Die lose gefalteten Hände zwischen den Knien, saß er regungslos neben mir, bis der Schatten der Segel unseres Schiffes über das Boot fiel. Erst bei den lauten Begrüßungsrufen zur Rückkehr der Sieger mit ihrem Siegespreis hob er sein verstörtes Gesicht mit einem Lächeln ergreifender Nachsicht. Das Lächeln dieses würdigen Nachkommen des ältesten Volkes von Seefahrern, deren Kühnheit und Ausdauer keinerlei Spuren von Größe und Ruhm auf dem Wasser hinterlassen hat, vollendete meine Weihe zum Seemann. In der rührenden Trauer des Kapitäns der Brigg kam die unermessliche Tiefe vererbter Weisheit zum Ausdruck. Daneben klangen die herzhaften Begrüßungsrufe wie kindliches Triumphgeschrei. Unsere Mannschaft war hell begeistert – die braven Kerle! Als ob sich irgendjemand damit brüsten könnte, gegen die See sich behauptet zu haben, die so viele Schiffe mit großen »Namen«, so viele stolze Männer, so viele hochfliegende, ehrgeizige Pläne von Ruhm, Macht, Reichtum und Größe verraten hat!

Als ich das Boot unter die Taljen brachte, beugte sich mein Kapitän in strahlender Laune über die Reling. Er hatte seine roten, sommersprossigen Ellbogen aufgestützt und rief aus der Tiefe seines zynischen Philosophenbartes sarkastisch zu mir herunter:

»Na, haben Sie das Boot also doch wieder heil zurückgebracht?« Sarkasmus war »seine Art«, und sie passte zu ihm; nichts Besseres könnte ich dazu sagen. Das macht den Sarkasmus zwar nicht liebenswerter, aber es geziemt sich und ist auch ratsam, auf die Art seines Kapitäns einzugehen. »Ja, ich habe das Boot heil zurückgebracht«, antwortete ich. Und der gute Mann glaubte es mir. Er konnte die Zeichen meiner jüngsten Weihe nicht wahrnehmen. Und doch war ich nicht mehr derselbe junge Mann, der mit dem Boot fortgefahren war – voller Ungeduld auf das Rennen gegen den Tod um den Preis von neun Menschenleben.

Ich sah die See schon mit anderen Augen an. Ich wusste, dass sie in ihrer Gleichgültigkeit gegen Gut und Böse imstande war, die großmütige Begeisterung der Jugend ebenso unbarmherzig zu verraten wie die allerniedrigste Habgier oder das edelste Heldentum. Mein Glaube an ihre hochherzige Güte war dahin, und ich sah die See jetzt, wie sie in Wirklichkeit ist – die See, die mit Männern ihr Spiel treibt, bis ihnen das Herz bricht, und die starke Schiffe zu Tode hetzt. Nichts vermag die unheilbrütende Grausamkeit ihrer Seele zu rühren. Sie steht allen offen und ist keinem treu. So übt sie ihren Zauber aus, um die Besten zugrunde zu richten. Es ist nicht gut, sie zu lieben. Sie kennt kein Gelöbnis und kein Versprechen, keine Treue im Unglück und keinen Lohn für lang währende Gemeinschaft und Hingabe. Es ist sehr viel, was sie immerfort verspricht; aber das ganze Geheimnis, die Herrschaft über sie zu gewinnen, besteht in der Kraft, in der argwöhnischen, nimmer ruhenden Kraft eines Mannes, der hinter den Schranken, die ihm gesetzt sind, einen begehrten Schatz bewahrt.

Die Wiege der Schifffahrt

XXXVII

Die Wiege des Überseeverkehrs und der Kunst der Seekriegsführung, das Mittelmeer, über alle Erinnerungen an Abenteuer und Glorie hinaus das gemeinschaftliche Erbe der ganzen Menschheit, übt auf den Seemann eine zarte Anziehungskraft aus. Es hat die Kindheit seiner Schiffe behütet, und so betrachtet er es, wie ein Mann die große Kinderstube eines altbekannten Hauses betrachten mag, in der unzählige Generationen seiner Vorfahren laufen gelernt haben. Ich sage seiner Vorfahren, weil alle Seeleute in gewissem Sinne zu einer Familie gehören. Sie stammen sämtlich von dem abenteuerlustigen, rauhaarigen Ahnherrn ab, der sich rittlings auf einen rohen Baumstamm setzte, ihm mit einem krummen Ast vorwärtsbewegte und auf diese Weise unter dem bewundernden Geheul seines Stammes die erste Küstenreise in einer geschützten Bucht vollbrachte.

Es ist eine bedauernswerte Tatsache, dass alle jene Brüder im Tun und Fühlen, von denen Generationen in dieser Kinderstube das Gehen auf einem Schiffsdeck lernten, sich mehr als einmal damit beschäftigt haben, einander die Kehle durchzuschneiden. Aber offenbar gehören solche dringenden Bedürfnisse zum Leben. Ohne den menschlichen Hang, zu morden und andere Arten von Ungerechtigkeit zu begehen, gäbe es in der Geschichte kein Heldentum. Das ist ein tröstlicher Gedanke, und wenn man außerdem unvoreingenommen die Gewalttaten näher betrachtet, dann scheinen ihre Folgen nur gering zu sein. Alles Blut, das von Salamis und Actium über Lepanto und den Nil bis zum Gemetzel von Navarino, von den anderen, weniger wichtigen feindlichen Begegnungen gar nicht zu reden, heroisch im Mittelmeer vergossen worden ist, hat das tiefe Blau seiner klassischen Gewässer nicht mit einem einzigen purpurnen Streifen zu färben vermocht.

Natürlich könnte man einwenden, dass Schlachten das Schicksal der Menschheit gestaltet haben. Dabei bliebe nur die Frage offen, ob sie es gut gestaltet haben. Aber es lohnt sich wohl kaum, darüber zu diskutieren. Es ist doch sehr wahrscheinlich, dass das Antlitz der Welt, hätte es die Schlacht bei Salamis nicht gegeben, ziemlich genau dasselbe geblieben wäre, wie wir es heute kennen, ein Antlitz, das nach den mittelmäßigen Eingebungen und den kurzsichtigen Bemühungen der Menschheit geformt ist. Durch das viele Leid, das die Völker der Erde infolge Ungerechtigkeit, Willkür und Überfällen erfahren haben, sind sie so sehr von Furcht beherrscht, dass schon ein wenig billige Beredsamkeit genügt, sie in Wut, Hass und Gewalttätigkeit zu versetzen. Reine Angst war die Ursache vieler Kriege. Natürlich nicht die Angst vor dem Kriege selbst, der im Wechsel der Gefühle und Gedanken heute als eine halb mystische, ruhmvolle Handlung mit gewissen modischen Zeremonien und einheitlichen Beschwörungen angesehen wird, wodurch die Vorstellung von seinem wahren Charakter verloren gegangen ist. Um sich ein richtiges Bild von der Gewalt und Moral des Krieges als einer natürlichen Funktion des Menschen zu machen, bedarf es einer Feder im Haar und eines Ringes in der Nase oder besser noch, spitz zugefeilter Zähne und einer tätowierten Brust. Unglücklicherweise ist die Rückkehr zu solch einfacher Ornamentierung nicht mehr möglich. Wir sind an den Lauf des Fortschritts gebunden. Es gibt kein Zurück, und wie es das Pech wollte, hat unsere Zivilisation, die so viel für das Wohlbefinden und die Verschönerung unseres Körpers getan hat, das gesetzmäßige Töten unnötigerweise furchtbar kostspielig gemacht.

Das ganze Problem der Aufrüstung ist von den Regierungen der Welt mit Nervosität und unüberlegter Hast aufgegriffen worden, während doch der richtige Weg klar vor ihnen lag und nur mit ruhiger Entschlossenheit hätte verfolgt zu werden brauchen. Die gelehrten Mühen und Arbeiten einer gewissen Sorte Erfinder hätten mit redlicher Unparteilichkeit, wie es die Gerechtigkeit erfordert, honoriert werden sollen, und die Erfinder selbst hätte man, wie es die allgemeine Vorsicht gebietet, vermittels ihrer eigenen vervollkommneten Sprengstoffe oder verbesserten Waffen in aller Öffentlichkeit in die Luft sprengen sollen. Auf diese Weise wäre der in diese Richtung zielende Forschungsdrang bestimmt gebändigt worden, ohne die geheiligten Privilegien

[…] Ein furchtbares Getöse dröhnte aus dem Schiffsrumpf, und der Urwald jenseits des Flußarmes warf es mit Donnerrollen über die schlafende Station zurück. Mehr als einer der Pilger mag davon wohl in seinem Unterschlupf aufgefahren sein. Eine dunkle Gestalt verfinsterte die erleuchtete Türöffnung der Hütte des Direktors, dann verschwand, etwa eine Sekunde später, auch die Türöffnung selbst. Wir hielten inne, und die Stille, die vor unserem Getrampel geflohen war, flutete nun aus dem Landinneren wieder zurück. Die große Pflanzenmauer, die wuchernde, ineinander verstrickte Masse von Stämmen, Zweigen, Blättern, Ästen und Schlingpflanzen, reglos im Mondlicht, wirkte wie eine Springflut stummen Lebens. Eine Woge aus Pflanzen, hochgereckt, schien über das Ufer hereinbrechen, jeden einzelnen von uns aus seinem kümmerlichen Leben fortfegen zu wollen. Und sie rührte sich nicht. Von weit her drang gedämpft ein mächtiges Plätschern und Schnauben zu uns, als nähme ein Ichthyosaurus ein Lichtbad in dem großen Strom.

[…]

Die Mündung war von einer schwarzen Wolkenbank umlagert, und die ruhige Wasserstraße, die zu den letzten Enden der Welt führte, strömte düster, unter bedecktem Himmel dahin, wie in das Herz einer ungeheueren Finsternis. […]

Aus: Joseph Conrad, »Herz der Finsternis«, S. Fischer Verlag, Frankfurt am Main 1968

der Wissenschaft zu verletzen. Aber unsern Führern und Meistern hat es nur an ein wenig kaltblütiger Überlegung gefehlt, und so ist dieser Weg nicht eingeschlagen worden, und die einfachste Sache der Welt wurde ohne den geringsten Nutzen aufgegeben.

Ein bescheidenes Gemüt kann sich nicht eines sehr bitteren Gefühls erwehren, wenn es darüber nachdenkt, dass bei der Schlacht von Actium, bei der es um keinen geringeren Einsatz als um die Weltherrschaft ging, die Flotte des Octavianus

Caesar und die des Antonius, einschließlich der ägyptischen Verbände und der Galeere Cleopatras mit den roten Segeln, zusammen wahrscheinlich nicht mehr gekostet haben als zwei moderne Schlachtschiffe oder, wie es in der modernen Schriftsprache der Marine heißt, zwei Großschiffseinheiten. Aber kein noch so tölpelhafter Marinejargon vermag eine Tatsache zu verschleiern, die so genau berechnet ist, dass sie die Seele jedes soliden Wirtschaftlers mit größter Betrübnis erfüllen muss. Zwar wird es im Mittelmeer wohl kaum wieder zu einer Schlacht von diesem Ausmaß und mit diesem Ausgang kommen, sollte aber die Stunde eines neuen geschichtlichen Kampfes hier anbrechen, dann wird der Meeresgrund wie noch nie zuvor von einer dicken Schicht scharfkantigen Schrotts bedeckt sein, dessen Gewicht fast mit dem Gold aufgewogen werden kann, das die irregeführten Völker der Inseln und Kontinente dieses Planeten dafür bezahlt haben.

XXXVIII

Glücklich der Mann, der wie Odysseus eine abenteuerliche Reise erlebt hat. Für abenteuerliche Reisen aber kommt kein Meer dem Mittelmeer gleich – diesem Binnenmeer, das den Alten so unermesslich und voller Wunder schien. Furchtbar und wundervoll war das Mittelmeer in der Tat, denn wir selbst, beherrscht von der Kühnheit unseres Geistes und dem Beben unseres Herzens, sind ganz allein Erzeuger aller Wunder und abenteuerlichen Geschehen dieser Welt.

Es waren die Seeleute des Mittelmeers, für die blond gelockte Sirenen ihre Gesänge zwischen dunklen, von weißer Gischt umspülten Felsen ertönen ließen und zu denen geheimnisvolle Stimmen über dem wogenden Meer drohende, verführerische und prophetische Worte sprachen, wie jene Stimme, die zu Beginn des christlichen Zeitalters der Befehlshaber eines afrikanischen Schiffes im Golf von Syrta vernahm. Hier, wo die stillen Nächte voll seltsamen Geraunes und wandernder Schatten sind, rief sie ihn beim Namen und gebot ihm, hinzugehen und allen Menschen zu verkünden, dass der große Gott Pan tot sei. Aber der reiche Sagenschatz des Mittelmeers, die Legende überlieferter Dichtung und einer bedeutenden geschichtlichen Vergangenheit, lebt in uns mit unsterblicher Zauberkraft weiter.

Das dunkle, furchterregende Meer der Irrfahrten des listenreichen Odysseus, das vom Zorn der olympischen Götter aufwühlt wurde und auf dessen Inseln seltsame, wilde Ungeheuer und seltsame Frauen voller List und Tücke hausten; die Heerstraße der Helden und Weisen, der Krieger, Piraten und Heiligen; das Alltagsmeer karthagischer Kaufleute; der Vergnügungssee römischer Caesaren; diesem Meer gebührt die Verehrung jedes Seemannes als der historischen Heimstätte jenes Geistes offenen Widerstandes gegen die großen Wasser der Erde, der die eigentliche Triebfeder seines Berufes ist. Dieser Geist fand wie ein Jüngling, der den Schutz des elterlichen Hauses verlässt, den Weg nach Westen und Süden bis nach Indien, er entdeckte die Küste eines neuen Kontinents und durchquerte schließlich die Grenzenlosigkeit des Stillen Ozeans, dessen zahlreiche Inselgruppen so entrückt und geheimnisvoll wirkten wie die Sternbilder am Himmel.

In diesem gezeitenlosen Becken, das, wie mit zärtlicher Rücksicht auf die Kindheit der Kunst, frei von verborgenen Untiefen und tückischen Strömungen ist, nahm der erste Impuls zur Seefahrt seine sichtbaren Formen an. Die Steilküsten des Mittelmeers begünstigten die Urheber dieses Wagnisses, das zu den kühnsten Unternehmungen der Menschheit zählt; und das bezaubernde Binnenmeer des klassischen Abenteuers hat die Menschheit allmählich von Landspitze zu Landspitze, von Bucht zu Bucht, von Insel zu Insel hinausgeführt in die Verheißung weltweiter Ozeane jenseits der Säulen des Herkules.

XXXIX

Der Zauber des Mittelmeers lebt in der unvergesslichen Atmosphäre meiner Jugendtage. Und bis zur Stunde hat dieses Meer, das allein die Römer unstreitig beherrschten, für mich den Reiz jugendlicher Romantik behalten. Gerade die ersten Weihnachten, die ich fern vom Land erlebte, lenzten wir im Golfe du Lion vor einem Sturm, der unser altes Schiff bei jedem Sprung über die kurzen Seen in allen Fugen erzittern ließ, bis wir schließlich zerschlagen und außer Atem im Lee von Mallorca beidrehten, wo die ruhige See unter einem sehr stürmischen Himmel von einer starken Kabbelung bewegt wurde.

Wir – oder vielmehr sie, denn ich hatte bis dahin in meinem Leben kaum zweimal flüchtig Salzwasser gesehen – sie hielten das Schiff diesen ganzen Tag bald auf Land zu, bald von Land ab, während ich zum ersten Male mit der ganzen Neugier und Empfindsamkeit meiner jungen Jahre dem Gesang des Windes in der Takelage lauschte. Dieser gleichmäßige, vibrierende Ton sollte mir noch innig vertraut werden und in Fleisch und Blut übergehen; er sollte meine Gedanken und Handlungen noch zwei volle Jahrzehnte begleiten und später wie ein Vorwurf den stillen Frieden am Kamin heimsuchen und selbst noch in das Gewebe achtbarer Träume eindringen, die unter Dachsparren und Ziegeln geträumt werden. Der Wind war günstig, aber an diesem Tage segelten wir nicht weiter.

Dieses altertümliche Ding – ich will es nicht zweimal in einer halben Stunde ein Schiff nennen – leckte. Es leckte ausgiebig, überreichlich und überströmend, es leckte überall – wie ein Korb. Begeistert nahm ich an der Aufregung teil, die von diesem letzten Gebrechen aller guten Schiffe ausging, ohne mich weiter um das Warum und Weshalb zu kümmern. In reiferen Jahren kam ich auf die Vermutung, dass dieses ehrwürdige altertümliche Ding einfach seines endlos währenden Lebens müde war und gähnend alle Nähte seines Körpers weit auseinander klaffen ließ. Aber damals wusste ich das nicht; ich wusste überhaupt sehr wenig und am allerwenigsten, was ich auf dieser *galère* zu suchen hatte.

Ich erinnere mich, dass mein Onkel genau wie in Molières Komödie die nämliche Frage mit denselben Worten an mich richtete – jedoch nicht über meinen vertrauten Diener, sondern über weite Flächen Landes hinweg in einem Brief, dessen spöttischer, wenn auch nachsichtiger Ton nur schlecht seine fast väterliche Besorgnis verbarg. Ich glaube, ich versuchte ihn von dem allerdings völlig unbegründeten Eindruck zu überzeugen, dass mich Westindien erwarte. Ich musste dorthin gehen. Es war eine Art mystischer Überzeugung – so etwas wie eine Berufung. Aber es war schwierig, diesem so unerbittlich logisch denkenden und doch unendlich gütigen Mann die Gründe meines Glaubens darzulegen.

In Wirklichkeit wird es wohl so gewesen sein, dass ich, noch unerfahren in den Künsten der listigen Griechen, die ihre Götter betrogen, merkwürdige Frauen liebten und blutdürstige Schatten heraufbeschworen, mich dennoch nach dem Beginn meiner eigenen Odyssee sehnte, die, wie es sich für einen Menschen unserer Zeit gehört, ihre Wunder und Schrecken jenseits der Säulen des Herkules zeigen sollte. Der Ozean öffnete sich nicht, um meine Dreistigkeit zu verschlingen, obgleich das Schiff, diese lächerliche, altertümliche *galère*, ganz darauf eingestellt war, sich weit zu öffnen und so viel Wasser zu schlucken als in ihn hereinging. Das wäre dann eine weniger grandios, aber endgültige Katastrophe gewesen.

Es kam aber zu keiner Katastrophe. Ich sollte es erleben, wie an fremder Küste eine dunkle, jugendliche Nausikaa mit einer fröhlichen Schar Dienerinnen Körbe voll Wäsche an einen klaren Fluss brachte, der von den Wipfeln schlanker Palmen beschattet wurde. Die lebhaften Farben ihrer gerafften Gewänder und das Gold ihrer Ohrringe verlieh ihren Körpern, als sie frei und ungezwungen in das flutende Sonnenlicht hinaustraten, eine barbarisch königliche Pracht. Das Weiß ihrer Zähne war noch leuchtender als die Edelsteine an ihren Ohren. Die Schattenseite der Schlucht erstrahlte von ihrem Lächeln. Sie waren so furchtlos und unerschrocken, wie es nur Prinzessinnen sind, aber, ach, keine von ihnen war die Tochter eines kohlschwarzen Herrschers. Es war eben mein Unglück, dass ich um die Kleinigkeit von fünfundzwanzig Jahrhunderten zu spät in einer Welt geboren wurde, in der Könige mit skandalöser Eile immer seltener werden und die wenigen, die übrig bleiben, sich den reizlosen Sitten und Gebräuchen gewöhnlicher Millionäre angepasst haben.

Es war augenscheinlich eine eitle Hoffnung in den siebziger Jahren des vorigen Jahrhunderts, die Damen eines königlichen Haushaltes mit Wäschekörben auf den Köpfen im wechselvollen Sonnenschein an die Ufer eines klaren Flusses unter sternförmigen Palmwedeln gehen zu sehen. Es war eine eitle Hoffnung. Wenn ich mich nicht fragte, ob das durch solche entmutigenden Unmöglichkeiten begrenzte Leben überhaupt noch lebenswert sei, dann nur deshalb, weil ich damals noch verschiedene andere drängende Fragen vor mir hatte, von denen einige bis auf den heutigen Tag unbeantwortet geblieben sind. Der Widerhall der lachenden Stimmen dieser prächtigen Mädchen verscheuchte die Kolibrischwärme, deren zarte Flügel die Spitzen der blühenden Büsche in den Schleier ihrer Schwingungen hüllten.

Nein, es waren keine Prinzessinnen. Ihr ungehemmtes Gelächter, das die heiße, farnkrautbewachsene Schlucht erfüllte, war von einer seelenlosen Durchsichtigkeit, als komme es von wilden, grausamen Bewohnern tropischer Waldungen. Dem Beispiel gewisser kluger Reisender folgend, entfernte ich mich ungesehen – und kehrte, nicht viel weiser, zum Mittelmeer zurück, dem Meer der klassischen Abenteuer.

Die Tremolino

XL

Es stand geschrieben, dass ich dort, in der Kinderstube unserer seefahrenden Vorfahren, lernen sollte, auf den Wegen meines Berufes zu wandeln und zu reifen in der Liebe zur See, in blinder Liebe, wie es junge Liebe oft ist, aber in verzehrender und selbstloser Leidenschaft, wie alle wahre Liebe sein muss. Ich verlangte nichts von ihr, nicht einmal Abenteuer. Darin zeigte ich vielleicht mehr intuitive Weisheit als große Selbstverleugnung, denn noch nie wurden Abenteuer erlebt, nach denen man verlangte.

Wer auszieht, um mit vorbedachtem Streben Abenteuer zu erleben, wird nur taube Blüten finden, es sei denn, er gehöre wirklich zu den Lieblingen der Götter und den Großen unter den Helden, wie der vortreffliche Ritter Don Quijote de la Mancha. Wir gewöhnlich Sterblichen mittelmäßigen Geistes, die nur allzu beflissen sind, böse Riesen als rechtschaffene Windmühlen anzusehen, erleben die Abenteuer wie kurze, seltene Besuche. Unvermutet dringen sie in unser zufriedenes Dasein ein, und oft kommen sie, wie es ungebetene Gäste gerne tun, zu ungelegenen Zeiten.

Wir sind dann froh, sie unerkannt und ohne Dank für die hohe Gunst wieder ziehen zu lassen. Wenn man nach vielen Jahren am Wendepunkt in der Mitte seines Lebensweges zurückblickt auf die Ereignisse der Vergangenheit, die uns wie eine freundlich gesinnte Menge betrübt nachzusehen scheinen, indessen wir eilends dem kimmerischen Ufer zustreben, dann erblicken wir vielleicht hier und dort in der grauen Menschenmasse eine Gestalt, von der ein schwacher Glanz ausgeht, als hätte sich auf sie alles Licht unseres schon im abendlichen Zwielicht stehenden Lebens vereinigt. Und an dieser Glut vermögen wir unsere wahren Abenteuer zu erkennen, diese einst ungebetenen Gäste, die wir in unserer Jugend unversehens aufgenommen haben.

Wenn das Mittelmeer, diese ehrwürdige (und manchmal schrecklich übel gelaunte) Kinderfrau aller Seefahrer, meine Jugend wiegen sollte, dann hat das Schicksal die Beschaffung der dafür notwendigen Wiege einer Schar unverantwortlich junger Männer übertragen, die der reine Zufall zusammenführte. Immerhin waren sie alle älter als ich, aber Männer, die in froher Sorglosigkeit und wie trunken vom provenzalischen Sonnenschein ihr Leben nach dem Muster von Balzacs ›Histoire des Treize‹ vertändelten, wozu dann noch ein Schuss Romantik *de cape et d'épée* kam.

Das Schiff, das in jenen Jahren meine Wiege war, hatte ein berühmter Bootsbauer am Fluss Savona erbaut, aufgeriggt wurde es von einem anderen tüchtigen Mann auf Korsika, und in seinen Papieren war es als Tartane von sechzig Tonnen aufgeführt. In Wirklichkeit war es eine richtige Balancelle mit zwei kurzen, nach vorn geneigten Masten und zwei gebogenen Rahen, von denen jede so lang wie der ganze Rumpf des Schiffes war. Ein richtiges Kind des Lateinersees, dessen zwei riesige Segel den spitz zulaufenden Schwingen am schlanken Rumpf eines Seevogels ähnelten, und es selbst war wie ein Vogel, wenn es über die See hinglitt, anstatt sie zu durchfahren.

Das Schiff hieß Tremolino. Wie man das übersetzen soll? Der Bebende? Was für ein Name für das schneidigste kleine Fahrzeug, das jemals seine Bordwand in schäumende Gischt getaucht hat. Zugegeben, ich habe es tage- und nächtelang unter meinen Füßen beben gefühlt, aber das rührte nur von der großen Anspannung seines pflichttreuen Mutes her. In seiner kurzen, aber glänzenden Laufbahn hat es mich nichts gelehrt, mir aber alles gegeben. Ich schulde diesem Schiff das Erwachen meiner Liebe zur See, die sich mit dem Beben seines schnellen kleinen Körpers und dem Brausen des Windes unter dem Lateinersegel mit sanfter Gewalt in mein Herz stahl und meine Fantasie unter ihren despotischen Einfluss brachte. Tremolino! Bis zum heutigen Tage kann ich diesen Namen nicht aussprechen und nicht einmal schreiben, ohne dass es mir seltsam eng um die Brust wird in Erinnerung an Freud und Leid dieses ersten leidenschaftlichen Erlebnisses.

XLI

Wir bildeten zu viert – um eine Bezeichnung zu gebrauchen, die heutzutage jeder Gesellschaftsschicht geläufig ist – ein »Syndikat«, dem die TREMOLINO gehörte; ein internationales und erstaunliches Syndikat. Und wir waren alle glühende Royalisten der schneeweißen legitimistischen Richtung – der Himmel mag wissen, warum! In allen menschlichen Gemeinschaften findet sich gewöhnlich einer, der kraft der Autorität seines Alters und seiner größeren Lebenserfahrung dem ganzen Kreis einen kollektiven Charakter verleiht. Wenn ich erwähne, dass der Älteste von uns sehr alt, äußerst alt, nämlich beinah dreißig Jahre alt war, und dass er in tapferer Unbekümmertheit zu erklären pflegte: »Ich lebe von meinem Schwert«, so glaube ich, über den Stand unserer Lebensweisheit hinreichend Auskunft gegeben zu haben. Er war ein Gentleman aus Nord-Carolina, und J.M.K.B. waren die Initialen seines Namens. Soviel ich weiß, lebte er wirklich von seinem Schwert. Er starb auch später durch das Schwert bei irgendeiner Rauferei auf dem Balkan um der Sache einiger Serben oder Bulgaren willen, die weder Katholiken noch Gentlemen waren, wenigstens nicht in dem erhabenen, aber engeren Sinne, den er diesem letzten Wort zumaß.

Armer J.M.K.B., *Américain, Catholique, et gentilhomme*, wie er sich in Augenblicken himmelstürmenden Gedankenfluges selbst zu bezeichnen liebte. Ich möchte wohl wissen, ob sich heute noch in Europa Gentlemen finden, die von solch kühnem Gesicht, vornehmem Aussehen und eleganter schmaler Figur sind, außerdem noch ausgezeichnete Umgangsformen besitzen, einen düsteren, schicksalsschweren Blick haben und dabei von ihrem Schwert leben. Seine Familie war, wie ich annehme, im Bürgerkrieg ruiniert worden und hat dann eine Zeit lang ein sehr

unstetes Leben in der Alten Welt geführt. Was nun Henry C., den nächsten an Alter und Weisheit, betrifft, so war dieser junge Mann vor der unbeugsamen Strenge seiner Familie ausgerückt, die, wenn ich mich recht erinnere, alteingewurzelte Bürger eines vornehmen Londoner Vororts waren. Aufgrund ihres respektablen Ansehens stellte er sich Fremden gewöhnlich ganz demütig als »schwarzes Schaf« vor. Ich habe nie ein argloseres Exemplar von Ausgestoßenem gesehen. Niemals.

Immerhin waren seine Angehörigen so gnädig, ihm dann und wann etwas Geld zu schicken. Er war in den Süden verliebt, in die Provence, in die Menschen, in das Leben, in den Sonnenschein und in ihre Dichtung. Engbrüstig, lang und kurzsichtig, wie er war, stelzte er durch die Straßen und Gassen mit weit ausladenden Schritten, die weiße Nase und den roten Schnurrbart in ein Buch vergraben, denn er hatte die Angewohnheit, im Gehen zu lesen. Wie er es fertig brachte, dabei nicht Abhänge hinabzustürzen oder von Kais und Treppenhäusern hinunterzufallen, ist ein großes Geheimnis. Die Seiten seines Mantels waren von Taschenausgaben verschiedener Dichter ausgebeult. Wenn er nicht damit beschäftigt war, in Parks, Restaurants, Straßen oder an ähnlichen öffentlichen Plätzen Vergil, Homer oder Mistral zu lesen, verfasste er Sonette – auf Französisch – auf die Augen, die Ohren, das Kinn, die Haare und andere sichtbare Vollkommenheiten einer Nymphe namens Thérèse, der Tochter – die Ehrlichkeit zwingt mich, dies festzustellen – einer gewissen Madame Leonore, die ein kleines Café für Seeleute in einer der engsten Straßen der Altstadt betrieb.

Ein reizenderes Gesicht, scharf geschnitten wie eine antike Gemme und zart in seinen Farben wie das Blatt einer Blumenkrone, hat es noch niemals auf einem leider etwas pummeligen Körper gegeben. Henry las ihr in dem Café seine Verse mit der Unschuld eines Kindes und der Eitelkeit eines Poeten laut vor. Nur zu gerne folgten wir ihm dorthin, wenn auch nur, um die göttliche Thérèse unter den wachsamen schwarzen Augen Madame Leonores, ihrer Mutter, lachen zu sehen. Sie konnte sehr hübsch lachen, weniger über die Sonette, die sie wohl kaum zu schätzen wusste, als über die französische Aussprache des armen Henry, die einzigartig war und sich wie Vogelgezwitscher anhörte, wenn Vögel jemals stotternd und mit nasalem Tonfall gezwitschert haben.

Unser dritter Partner war Roger P. de la S., ein provenzalischer Graf von ausgesprochen skandinavischem Aussehen. Er war blond, sechs Fuß hoch und, wie es einem Nachkommen seeräuberischer Nordmänner ansteht, von herrischem Wesen, sarkastisch, ein geistreicher Spötter mit einer Komödie in drei Akten in der Tasche und einem Herzen in der Brust, das von einer hoffnungslosen Leidenschaft zu seiner schönen Kusine entzündet war. Sie war mit einem wohlhabenden Häute- und Fetthändler verheiratet. Ohne Umstände pflegte uns Roger zum Essen mit in das Haus des Ehepaars zu nehmen. Ich bewunderte die freundliche Geduld der guten Dame. Ihr Mann war eine verträgliche Seele, die sich mit ihrem Schicksal abgefunden hatte, was auch »Rogers Freunden« zugute kam. Ich habe allerdings den Verdacht, dass er im Geheimen über diese Überfälle doch sehr entsetzt war. Aber es war ein Salon der Carlisten, und als solche wurden wir gerne gesehen. Die Möglichkeit, Katalonien im Interesse des *Rey neto* aufzuwiegeln, der gerade über die Pyrenäen gezogen war, wurde dort viel diskutiert.

Ohne Zweifel wird Don Carlos viele sonderbare Freunde gehabt haben, das ist das Los aller Prätendenten, aber unter ihnen gab es bestimmt keine überspannteren Fantasten als das TREMOLINO-Syndikat, das sich gewöhnlich in einer Taverne am Kai des alten Hafens traf. Die antike Stadt Massilia hat sicherlich seit den Tagen der ersten Phönizier noch nie eine seltsamere Gruppe von Schiffseignern gesehen. Wir trafen uns, um einen genauen Plan für jede Reise der TREMOLINO zu besprechen und festzulegen. An diesen Unternehmen war auch ein Bankhaus beteiligt – es war ein sehr angesehenes Bankhaus. Aber ich fürchte, am Ende sage ich zu viel. Auch Damen waren daran beteiligt (ich fürchte wirklich, dass ich jetzt zu viel sage) – alle möglichen Damen, manche waren alt genug, um auf etwas Besseres zu verfallen, als ihr Vertrauen auf Prinzen zu setzen, andere waren jung und voller Illusionen.

Eine von diesen war durch ihre Imitationen verschiedener hoch stehender Persönlichkeiten, die sie uns vertraulich vorführte, äußerst amüsant. Im Interesse der Sache reiste sie ständig nach Paris – *Por el Rey!* Denn sie war eine Carlistin und überdies von baskischem Geblüt. Im Ausdruck ihres mutigen Gesichtes lag etwas von einer Löwin – besonders, wenn sie ihr Haar löste, aber ihre lebhafte kleine Seele war wie ein mit feinen Pariser Federn bekleideter Sperling, der sich einen Spaß daraus machte, in unerwarteten Augenblicken hervorzuflattern und Verwirrung zu stiften.

Aber ihre Imitationen einer Pariser Persönlichkeit von wirklich hohem Rang, eines Mannes, den sie darstellte, wie er mit dem Gesicht zur Wand in der Ecke eines Zimmers stand, sich den Hinterkopf rieb und hilflos stöhnte: »Rita, du bist mein Tod!«, das genügte, um einen, wenn man jung und frei von Sorgen war, vor Lachen bersten zu lassen. Sie hatte einen alten Onkel, Pfarrer einer kleinen Berggemeinde in Guipuzcoa, der auch ein sehr eifriger Carlist war. Als seefahrendes Mitglied des Syndikats, dessen Pläne sehr von Doña Ritas Informationen abhingen, wurde ich oft mit ergebenen und liebevollen Botschaften an den alten Mann beauftragt. Diese Botschaften hatte ich den aragonesischen Maultiertreibern, die zu gewissen Zeiten die Tremolino in der Umgebung des Golf von Rosas erwarteten, zur getreulichen Weiterbeförderung ins Inland zusammen mit den verschiedenen gesetzwidrigen Gütern zu übergeben, die heimlich aus den Luken der Tremolino an Land gebracht wurden.

Nun, jetzt habe ich, was den üblichen Inhalt meiner Seewiege betrifft, wirklich zu viel verraten – ich hatte ja befürchtet, dass es so ausgehen würde. Aber lassen wir es gelten. Und wenn jemand zynisch bemerken sollte, dass ich damals ein vielversprechender Jüngling gewesen sein muss, dann soll auch das gelten. Für mich ist nur der gute Ruf der Tremolino von Wichtigkeit, und ich versichere, dass ein Schiff nie Schuld hat an den Sünden, Vergehen und Torheiten seiner Männer.

XLII

Es lag nicht an der Tremolino, dass unser Syndikat so sehr auf den Verstand, die Weisheit und die Informationen der Doña Rita angewiesen war. Für die gute Sache – *Por el Rey!* – hatte sie ein kleines möbliertes Haus am Prado gemietet. Sie mietete immer kleine Häuser für irgendeine gute Sache, für Kranke oder Bekümmerte, für heruntergekommene Künstler, für ausgeplünderte Spieler oder zeitweise unglückliche Spekulanten – *vieux amis* – alte Freunde, wie sie entschuldigend zu erklären pflegte, und sie hob dabei ein wenig die schönen Schultern.

Ob auch Don Carlos einer ihrer »alten Freunde« war, ist schwer zu sagen. Man hat schon unwahrscheinlichere Dinge in Herrensalons gehört. Alles, was ich davon weiß, ist nur, dass ich eines Abends, als gerade die Nachricht von einem beträchtlichen Erfolg der Carlisten die Getreuen erreicht hatte, beim Betreten des kleinen Hauses im Genick und um die Taille gefasst und dreimal im Zimmer rücksichtslos umhergewirbelt wurde, wobei umstürzende Möbelstücke krachten und eine warme Altstimme eine Walzermelodie summte.

Als ich aus der Schwindel erregenden Umarmung erlöst wurde, setzte ich mich auf den Teppich, und zwar ganz plötzlich und ohne mich zu zieren. In dieser wenig würdevollen Lage wurde ich gewahr, dass J.M.K.B. mir ins Zimmer gefolgt war. Elegant, unheilkündend, tadellos mit weißer Schleife und steifer Hemdbrust stand er da. Auf seinen höflichen, etwas finsteren und fragend langen Blick hin hörte ich Doña Rita in einiger Verwirrung ärgerlich murmeln: »*Vous êtes bête, mon cher. Voyons! Ça n'a aucune conséquence.*« Wenn ich auch sehr zufrieden war, dass dieser Fall keine besonderen Folgen haben sollte, so fühlte ich doch schon wieder ein Fünkchen weltlichen Sinnes in mir.

Ich brachte meinen Kragen wieder in Ordnung, ehrlich gesagt, hätte es ein runder Kragen über einer kurzen Jacke sein müssen, aber es war kein runder, und bemerkte mit gewählten Worten, dass ich gekommen sei, um mich zu verabschieden, da ich noch diese Nacht mit der Tremolino in See gehen wollte. Unsere Gastgeberin, immer noch etwas außer Atem und ein wenig verwirrt, wandte sich in schroffem Ton an J.M.K.B. und wünschte zu wissen, wann denn er mit der Tremolino oder auf irgendeine andere Weise ins königliche Hauptquartier abzureisen gedenke. Habe er etwa die Absicht, fragte sie ironisch, bis zum Vorabend des Einzugs in Madrid zu warten? So stellten wir durch die vernünftige Anwendung von Takt und Schärfe wieder das atmosphärische Gleichgewicht im Raum her, lange bevor ich mich kurz vor Mitternacht von ihnen trennte, in einer Stimmung milder Versöhnlichkeit. Ich ging zum Hafen hinunter und rief die TREMOLINO vom Kai aus mit dem üblichen leisen Pfiff an, unserem Signal, das der immer wachsame Dominic, unser *Padrone*, unweigerlich hörte.

Schweigend hob er wie üblich eine Lampe hoch, um mir beim Anbordgehen über die schmale, federnde Planke unseres primitiven Landganges zu leuchten. Sowie mein Fuß das Deck betreten hatte, murmelte er: »Dann kann es ja losgehen.« Ich war der Vorbote plötzlicher Abfahrten; aber nichts in der Welt konnte so plötzlich kommen, dass es Dominic überrascht hätte. Sein mächtiger schwarzer Schnurrbart, den er jeden Morgen vom Barbier an der Ecke des Kais mit einer heißen Brennschere in Façon bringen ließ, schien ein stetes Lächeln zu verbergen. Aber ich glaube, niemand hat jemals die wirkliche Form seiner Lippen gesehen. Seiner bedächtigen, unerschütterlichen Würde nach konnte man meinen, dieser breitschultrige Mann habe niemals in seinem Leben gelächelt. In seinen Augen lauerte ein Schimmer hartherziger Ironie, als sei ihm nichts fremd, und schon das geringste Aufblähen seiner Nüstern verlieh seinem gebräunten Gesicht einen ungewöhnlich kühnen Ausdruck. Dies war das einzige Mienenspiel, zu dem er imstande schien; ein Mann aus dem Süden vom beherrschten, bedächtigen Schlag. Sein ebenholzschwarzes Haar war an den Schläfen etwas gekräuselt. Er mag vielleicht vierzig Jahre alt gewesen sein, und er war ein hervorragender Seefahrer auf diesem Binnenmeer.

Schlau und skrupellos, hätte er an Wendigkeit mit dem unglücklichen Sohn des Laertes und der Antikleia wetteifern können. Wenn er seine Verschlagenheit und Kühnheit nicht gegen die Götter selbst ausspielte, dann nur, weil die olympischen Götter tot sind. Bestimmt hätte ihn keine Frau einschüchtern können. Ein einäugiger Riese würde nicht die geringste Aussicht gegen Dominic Cervoni aus Korsika, nicht Ithaka, gehabt haben; er war auch kein König und stammte auch nicht von Königen ab, aber doch aus sehr achtbarer Familie – von den Caporalis, wie er glaubhaft versicherte. Wie dem auch sein mag, die Familie Caporali lässt sich bis ins zwölfte Jahrhundert zurückverfolgen.

Aus Mangel an edleren Widersachern kehrte Dominic seine an ruchlosen Listen reiche Kühnheit gegen die irdischen Mächte, wie sie durch die Zollämter und alle dazugehörigen Sterblichen – Schreiber, Beamte und Wachmannschaften zu Wasser und zu Land – verkörpert werden. Er war genau der richtige Mann für uns, dieser moderne gesetzbrechende Wanderer mit seiner eigenen Legende von Liebe, Gefahr und Blutvergießen. Manchmal erzählte er uns Bruchstücke davon in gemessenem, ironischem Ton. Er sprach Katalonisch, das Italienisch von Korsika und das Französische der Provence mit der gleichen leichten Natürlichkeit. In seinem Landgangszeug, wie ich ihn einmal mit zu Doña Rita nahm, im weißen, gestärkten Hemd, schwarzen Jackett und steifen Hut, sah er sehr stattlich aus. Er verstand es auch, sich durch taktvolle und schlichte Zurückhaltung, die noch durch eine kaum wahrnehmbare Munterkeit in Ton und Gebärde unterstrichen wurde, sehr interessant zu machen.

Er besaß die natürliche Sicherheit eines unerschrockenen Mannes. Nach einer halbstündigen Unterhaltung im Esszimmer, während der sie beide auf geradezu erstaunliche Weise miteinander Kontakt bekamen, sagte uns Rita in ihrer besten *grande dame*-Manier: *»Mais il est parfait, cet homme.«* Ja, er war vollkommen. Wenn er an Bord der TREMOLINO in seinen schwarzen *caban*, den malerischen Mantel der Seeleute des Mittelmeers, gehüllt dastand, sah er mit seinem buschigen Schnurrbart und den harten Augen, die aus dem Schatten der tiefen Kapuze hervorblickten, wie ein Pirat, wie ein Mönch aus, der düster eingeweiht ist in die schrecklichsten Geheimnisse des Meeres.

XLIII

Jedenfalls war unser Dominic einfach vollkommen, wie Doña Rita erklärt hatte. Das einzig Unzulängliche (und sogar Unerklärliche) an ihm war sein Neffe Cesar. Es war bestürzend zu sehen, welch trostloser Ausdruck der Scham die draufgängerische Kühnheit in den Augen dieses Mannes verhüllte, der über alle Skrupel und Ängste erhaben war.

»Ich hätte niemals gewagt, ihn an Bord Ihrer Balancelle zu bringen«, entschuldigte er sich einmal bei mir. »Aber was sollte ich machen? Seine Mutter ist tot, und mein Bruder ist in den Busch gegangen.«

Auf diese Weise erfuhr ich, dass unser Dominic einen Bruder hatte, »In den Busch gehen« heißt nur, dass ein Mann im Verfolg einer erblichen Blutrache seine Pflicht getan hat. Die seit langer Zeit bestehende Feindschaft zwischen den Familien Cervoni und Brunaschi war so alt, dass man annehmen konnte, sie sei schließlich verglommen. Eines Abends saß Pietro Brunaschi nach einem arbeitsreichen Tage unter seinen Olivenbäumen auf einem Stuhl an der Mauer seines Hauses mit einer Schüssel Suppe auf den Knien und einem Stück Brot in der Hand. Dominics Bruder, der mit einem Gewehr über der Schulter nach Hause ging, fühlte sich durch dieses Bild der Zufriedenheit, so das augenscheinlich darauf berechnet war, seine Hass- und Rachegefühle zu wecken, plötzlich beleidigt. Er und Pietro hatten nie einen persönlichen Streit gehabt, aber, wie Dominic erklärte, »alle unsere Toten schrien aus ihm«. Hinter einem Schutzwall aus Steinen rief er Pietro zu: »Pass auf, Pietro, was jetzt kommt!« Und als der andere aufblickte, zielte er auf die Stirn und glich die alte Vendettarechnung so elegant aus, dass, wie Dominic sagte, der tote Mann mit dem Suppennapf auf den Knien und dem Stück Brot in der Hand sitzen blieb.

Deswegen – weil in Korsika deine Toten dich nicht verlassen – musste Dominics Bruder in den *maquis* gehen, in den wilden Busch des Gebirges, um den Gendarmen für den unbedeutenden Rest seines Lebens auszuweichen. Darum hatte Dominic den Neffen in Obhut genommen mit dem Auftrag, einen Mann aus ihm zu machen.

Man kann sich kein aussichtsloseres Vorhaben vorstellen. Es schien hierzu einfach an allem zu fehlen. Wenn die Cervonis auch keine schönen Männer waren, so doch von rechtem Schrot und Korn. Aber dieser ungewöhnlich magere, bleiche Jüngling schien nicht mehr Blut in seinen Adern zu haben als eine Schnecke.

»Eine verfluchte Hexe muss das Kind meines Bruders aus der Wiege gestohlen und diese Ausgeburt der Hölle an seine Stelle gelegt haben«, sagte Dominic einmal zu mir. »Sehen Sie ihn bloß an! Sehen Sie ihn sich bloß an!«

Es war kein Vergnügen, Cesar anzusehen. Seine pergamentartige Haut schimmerte am Schädel kreidebleich durch die dünnen Strähnen schmutzig braunen Haares, die ganz fest auf seine großen Knochen geklebt schienen. Obwohl er keineswegs irgendwie körperlich missgestaltet war, kam er dem, was man im Allgemeinen unter dem Wort »Monstrum« versteht, so nah wie nichts, was ich je gesehen habe. Dass diese Wirkung auf seine geistige und seelische Verfassung zurückzuführen war, unterliegt für mich keinem Zweifel. Es war der körperliche Ausdruck einer völlig hoffnungslos verderbten Natur, von der jedes Glied, einzeln genommen, gar nichts absolut Erschreckendes an sich hatte. Man stellte sich vor, er fühle sich kalt und feucht wie eine Schlange an. Dem leisesten Vorwurf, der mildesten gerechten Ermahnung begegnete er mit einem wütenden Blick, einem boshaften Zurückziehen seiner dünnen, vertrockneten Oberlippe und einem hasserfüllten Knurren, dem er noch das angenehme Geräusch knirschender Zähne beigesellte.

Wegen dieses boshaften Betrages und weniger um seiner Lügen, seiner Unverschämtheit und Faulheit willen schlug ihn sein Onkel manchmal zu Boden. Aber man darf sich darunter keinen brutalen Angriff vorstellen, sondern man sah nur Dominics muskulösen Arm ganz bedächtig eine weit ausholende Bewegung machen, einen würdevollen Schwung, und Cesar purzelte wie ein Kegel um – das nahm sich sehr komisch aus. Aber wenn er erst einmal lag, dann krümmte und wand er sich an Deck und knirschte dabei vor ohnmächtiger Wut mit den Zähnen. Es war einfach schrecklich anzusehen. Und mehr als einmal geschah es auch, dass er zu unserer großen Überraschung unsichtbar wurde. Die volle Wahrheit ist, dass er sich einfach fallen ließ, ehe er überhaupt einen Schlag erhielt, und dann eilends verschwand. Er flüchtete Hals über

Kopf in eine offene Luke oder Kappe, dann wieder versteckte er sich hinter hochkant stehenden Fässern, je nachdem, wo er gerade mit dem mächtigen Arm seines Onkels in Berührung kam.

Einmal – es war im alten Hafen kurz vor der letzten Reise der TREMOLINO – verschwand er zu meiner größten Bestürzung über Bord. Dominic und ich hatten achtern über geschäftliche Dinge gesprochen, und Cesar war hinter uns hergeschlichen, um zu lauschen, denn neben allen anderen Eigenschaften war er auch noch ein abgefeimter Horcher und Spion. Beim Geräusch des lauten Plumpses längsseits hielt mich der Schreck wie angewurzelt auf der Stelle fest. Dominic trat jedoch ruhig an die Reling, lehnte sich über Bord und wartete darauf, dass der erbärmliche Kopf seines Neffen wieder auftauchte.

»Ohé, Cesar!« rief er verächtlich dem platschenden Wicht zu. »Halte dich hier an der Achterleine fest – *charogne!*«

Darauf kam er zu mir her, um die unterbrochene Unterhaltung wieder aufzunehmen.

»Was ist mit Cesar?« fragte ich besorgt.

»*Canaglia!* Lassen Sie ihn dort hängen«, war seine Antwort, und ruhig sprach er weiter über das vorliegende Geschäft, während ich vergebens versuchte, aus meinem Gedächtnis das Bild loszuwerden, wie Cesar bis zum Hals im Wasser des alten Hafens lag, in diesem Absud jahrhundertealter Schiffsabfälle. Ich versuchte das Bild loszuwerden, weil mir schon bei dem bloßen Gedanken an diese Flüssigkeit übel wurde. Kurz darauf rief Dominic einen Bootsführer an, der gerade nichts zu tun hatte, und beauftragte ihn, seinen Neffen herauszufischen. Eine Weile später erschien Cesar am Kai und kam an Bord. Er zitterte, das schmutzige Wasser lief an ihm hinunter, in seinem Haar hatten sich Reste verfaulten Strohs verfangen, und auf seiner Schulter war ein Stück schmutzige Apfelsinenschale liegen geblieben. Seine Zähne klapperten, seine gelben Augen warfen uns verstohlen giftige Blicke zu, als er nach vorne ging.

Ich hielt es für meine Pflicht, gegen diese Behandlung zu protestieren. »Warum schlagen Sie ihn immer, Dominic?« fragte ich. Denn ich war ja davon überzeugt, dass es nicht den geringsten Zweck hatte und reine Kraftvergeudung war.

»Ich muss versuchen, aus ihm einen Mann zu machen«, antwortete Dominic hoffnungslos.

Ich unterdrückte die naheliegende Entgegnung, dass er auf diese Weise Gefahr liefe, aus seinem Neffen, nach den Worten des unsterblichen Herrn Mantalini, »einen verdammt feuchten, widerlichen Leichnam zu machen«.

»Er will Schlosser werden!« brach es aus Cervoni heraus. »Wahrscheinlich um zu lernen, wie man Schlösser aufbricht«, fügte er mit höhnischer Bitterkeit hinzu.

»Warum soll er nicht Schlosser werden?« wagte ich zu fragen.

»Wer würde ihn wohl in die Lehre nehmen?« schrie er, und dann fragte er mit versagender Stimme: »Wo sollte ich ihn dann unterbringen?« Zum ersten Male sah ich Dominic richtig verzweifelt. »Er stiehlt, das wissen Sie, ach! *Par la Madonna!* Ich glaube, er könnte Gift in Ihr und mein Essen tun – die Natter!«

Er hob sein Gesicht und seine geballten Fäuste langsam zum Himmel. Wie dem auch sei, Cesar schüttete kein Gift in unsere Tassen. Man kann es nicht genau wissen, aber ich nehme an, er ging auf andere Weise zu Werke.

Auf der nächsten Reise, über die man keine Einzelheiten zu berichten braucht, mussten wir aus triftigen Gründen weit hinaus auf See gehen. Als wir von Süden hochkamen, um den wichtigsten und gefährlichsten Teil des vorgesehenen Planes abzuschließen, hielten wir es für notwendig, Barcelona anzulaufen, um eine gewisse präzise Information zu erlangen. Das scheint, als hätte man seinen Kopf in den Rachen des Löwen gesteckt, aber so war es in Wirklichkeit nicht. Wir hatten dort einen oder zwei einflussreiche Freunde, und dazu viele andere schlichte, aber nützliche, für gutes hartes Geld gewonnen und liefen keine Gefahr, belästigt zu werden. Tatsächlich erreichte uns die wichtige Information prompt durch einen Zollbeamten, der an Bord kam, um mit auffälligem Eifer einen Eisenstab in die Lage Apfelsinen zu stecken, die den sichtbaren Teil unserer Ladung in der Luke ausmachte.

Ich vergaß am Anfang zu erwähnen, dass die TREMOLINO offiziell als Frucht- und Korkholzfahrer angesehen wurde. Als der eifrige Beamte wieder an

Land ging, ließ er ein nützliches Stück Papier in Dominics Hand gleiten, und als er einige Stunden später seinen Dienst beendet hatte, kehrte er durstig nach Getränken und einer Bezeugung der Dankbarkeit wieder zurück an Bord. Natürlich erhielt er beides, und während er in der kleinen Kajüte einen Likör schlürfte, bearbeitete ihn Dominic mit Fragen über den derzeitigen Aufenthaltsort der Zollposten. Wir mussten mit den Zollwachen an der Küste rechnen, und es war für den Erfolg und unsere Sicherheit ausschlaggebend, die genaue Position der in unserer Nähe patrouillierenden Zollboote zu kennen. Die Nachrichten hätten für uns nicht günstiger sein können. Der Beamte nannte uns einen kleinen, nur zwölf Meilen entfernten Ort an der Küste, wo das Boot ahnungslos und nicht seeklar mit abgeschlagenen Segeln vor Anker lag, um die Rahen zu malen und Stengen zu schrappen.

Nach den üblichen Höflichkeitsbezeigungen ging der Beamte wieder von Bord, wobei er uns beruhigend über die Schulter zulächelte.

Aus übertriebener Vorsicht war ich fast den ganzen Tag unter Deck geblieben, denn der Einsatz, um den es auf dieser Reise ging, war groß.

»Wir könnten sofort auslaufen, wenn dieser Cesar nicht wäre. Seit dem Frühstück ist er verschwunden«, erklärte mir Dominic in seiner bedächtigen, grimmigen Art.

Wir konnten uns gar nicht vorstellen, warum und wohin der Kerl gegangen war. Die üblichen Vermutungen, die man bei einem vermissten Seemann anstellt, waren auf Cesars Fernbleiben nicht anwendbar. Er war viel zu widerlich für Liebe, Freundschaft, Spiel oder auch nur eine flüchtige Verbindung. Aber er war vorher schon ein- oder zweimal weggelaufen.

Dominic ging an Land, um ihn zu suchen, aber nach zwei Stunden kam er allein zurück. An seinem vom Schnurrbart verdeckten Lächeln, das noch ausdrucksvoller geworden war, erkannte ich seine große Wut. Wir fragten uns, was aus dem Kerl geworden sein könnte, und überholten hastig unser bewegliches Eigentum. Er hatte aber nichts gestohlen.

»Bald wird er wieder zurück sein«, sagte ich zuversichtlich. Zehn Minuten später rief einer der Leute an Deck laut aus: »Ich sehe ihn kommen.«

Cesar hatte nur Hemd und Hose an. Seine Jacke hatte er verkauft, offenbar um etwas Taschengeld zu haben.

»Du Schuft«, war alles, was Dominic mit beängstigend sanfter Stimme sagte. Er unterdrückte seinen Zorn. »Wo bist du Vagabund gewesen?« fragte er drohend.

Aber nichts hätte Cesar dazu bringen können, diese Frage zu beantworten. Es schien, als verzichtete er sogar darauf zu lügen. Unverfroren blickte er uns an, zog die Lippen zurück, knirschte mit den Zähnen und wich nicht einen Zoll vor Dominics ausholendem Arm zurück. Natürlich flog er wie von einer Kugel getroffen an Deck. Aber diesmal konnte ich beobachten, dass er beim Aufstehen länger als gewöhnlich auf allen vieren liegen blieb, seine großen Zähne fletschte und seinen Onkel mit einem neuen Ausdruck des Hasses in seinen runden gelben Augen über die Schulter anstarrte. Dieses stetige Gefühl schien bei ihm in diesem Augenblick durch eine besondere Bosheit und Neugier verstärkt zu sein. Ich beobachtete ihn interessiert. Wenn er es jemals fertig bringen sollte, dachte ich bei mir, Gift in unser Essen zu tun, wird er uns so wie jetzt ansehen, wenn wir dann bei Tisch sitzen. Aber selbstverständlich nahm ich nicht einen Augenblick an, dass er uns jemals Gift ins Essen tun würde. Er aß ja dasselbe wie wir. Überdies hatte er gar kein Gift, und ich konnte mir nicht vorstellen, dass ein menschliches Wesen so von Habgier geblendet sein könnte, um einem solch abscheulichen Geschöpf Gift zu verkaufen.

XLIV

Unauffällig glitten wir in der Dunkelheit hinaus auf See, und während der ganzen Nacht ging alles gut. Der Wind war böig, und von Süden kam steife Brise auf. Dieser Wind war günstig für unsern Kurs. Ab und zu schlug Dominic ein paar Mal die Hände zusammen, als wollte er dieser Darbietung der TREMOLINO Beifall spenden. Die Balancelle flog summend und bebend dahin und tanzte federleicht unter unseren Füßen. Bei Tagesanbruch wies ich Dominic auf ein besonderes Fahrzeug unter den verschiedenen Seglern hin, die in Sichtweite vor dem anwachsenden Sturm dahinliefen. Das Schiff war unter vollen Segeln und sah daher von vorn gewaltig groß aus; wie eine graue Säule stand es unbeweglich genau in unserem Kielwasser.

»Sehen Sie sich den einmal an, Dominic«, sagte ich, »der scheint es eilig zu haben.«

Der Padrone äußerte sich nicht weiter dazu, zog aber seinen schwarzen Mantel eng um den Körper und stand auf, um sich das Schiff anzuschauen. Sein wettergebräuntes Geicht, das die Kapuze umrahmte, sah herrisch und herausfordernd aus, seine tief liegenden Augen spähten starr und unbewegt in die Ferne, wie die aufmerksamen, gnadenlosen, starren Augen eines Seevogels.

»*Chi va piano va sano*«, bemerkte er schließlich mit einem höhnischen Blick über die Reling, wobei er spöttisch auf unsere eigene ungeheure Fahrt anspielte.

Die TREMOLINO gab ihr Bestes her und schien die mächtigen Gischtstreifen, über die sie hinwegschoss, kaum zu berühren. Ich duckte mich wieder hin, um hinter der niedrigen Verschanzung etwas Schutz zu suchen. Nachdem er über eine halbe Stunde lang in schwankender Reglosigkeit mit konzentrierter, atemloser Wachsamkeit dagestanden hatte, sank Dominic neben mir nieder. Unter seiner Mönchskappe glühten seine Augen so grimmig das ich erschrak. Alles, was er sagte, war:

»Er ist wohl herausgekommen, um die frische Farbe von den Rahen abzuwaschen, nehme ich an.«

»Was?« schrie ich und kam auf die Knie. »Ist es das Zollboot?«

Die ewige Andeutung eines Lächelns unter Dominics piratenhaftem Schnurrbart schien sich noch stärker auszuprägen – es schimmerte jetzt ganz deutlich und fast sichtbar durch das feuchte, glatte Haar hindurch. Nach diesen Anzeichen zu urteilen, musste er in rasender Wut sein. Aber ich sah auch, dass er verwirrt war, und diese Entdeckung berührte mich sehr unangenehm. Dominic verwirrt! Eine Zeit lang starrte ich über die Heckreling gelehnt auf die graue Säule, die leicht schwankend und, wie es schien, immer im gleichen Abstand über unserm Kielwasser emporragte.

Indessen saß Dominic mit untergeschlagenen Beinen, den Rücken dem Wind zugekehrt, an Deck, wie ein arabischer Anführer, der in seinem Burnus im Sande sitzt. Über seiner regungslosen Gestalt schwang die kleine Schnur mit der Troddel an der steifen Spitze seiner Kapuze sinnlos im Sturm hin und her. Ich gab es schließlich auf, mich dem Wind und dem Regen preiszugeben, und setzte mich neben ihn hin. Ich war überzeugt, dass der Segler ein Streifenboot war. Am besten sprach man gar nicht darüber, aber als dann bald zwischen zwei Hagelschauern ein Sonnenstrahl auf seine Segel fiel, entdeckten unsere Leute ganz von selbst, was es war. Ich stellte fest, dass sie von diesem Augenblick an weder einander noch irgendetwas sonst zu beachten schienen. Sie konnten weder ihre Augen noch ihre Gedanken von der schlanken Säulenform hinter uns abwenden. Deutlich konnte man jetzt sehen, wie sie hin und her schwankte. Einen Augenblick lang blieb sie strahlend weiß, dann löste sie sich in einer Böe langsam in Nichts auf, nur um dann wieder beinah schwarz zu erscheinen, wie ein Pfahl, der sich aufrecht gegen den schieferfarbenen Hintergrund der geschlossenen Wolkendecke abhob. Aber das Fahrzeug war uns nicht einen Fuß näher gekommen.

»Der kriegt die TREMOLINO nie zu fassen«, sagte ich triumphierend.

Dominic sah mich nicht an. Ganz geistesabwesend bemerkte er zutreffend, dass das schwere Wetter unseren Verfolgern zugute käme. Das Schiff war dreimal so groß wie unseres. Wir mussten versuchen, den Abstand bis zum Einbruch der Dunkelheit zu halten, was uns leicht gelingen sollte, und dann nach See zu steuern, um weiterzusehen. Aber seine Gedanken schienen im Dunkel eines ungelösten Rätsels umherzutappen, und bald verfiel er ganz in Schweigen. Mit weit abgefierten Bäumen liefen wir stetigen Kurs. Kap San Sebastian lag fast recht voraus und schien nach jeder Regenbö vor uns zurückzuweichen und nach jedem Schauer deutlicher wieder herauszukommen, um unserm Ansturm zu begegnen.

Ich war für meinen Teil keineswegs sicher, dass dieser *gabelou*, wie unsere Leute das Zollboot beschimpften, überhaupt hinter uns her war. Verschiedene nautische Schwierigkeiten sprachen so sehr dagegen, dass ich der zuversichtlichen Meinung Ausdruck verlieh, das Zollboot wechsle in aller

Harmlosigkeit lediglich seinen Standort. Daraufhin ließ sich Dominic herbei, den Kopf zu wenden.

»Ich sage Ihnen, dass es uns verfolgt«, versicherte er mir verstimmt nach einem kurzen Blick achteraus. Ich hatte niemals seine Meinung angezweifelt, aber diesmal war ich mit allem Eifer eines Anfängers und dem Stolz eines gelehrigen Schülers ein großer, spitzfindiger nautischer Sachkenner.

»Was ich nicht verstehen kann«, beharrte ich mit leiser Ironie, »wie in aller Welt es bei diesem Wind fertig gebracht hat, gerade dort zu sein, wo wir es zuerst ausmachten. Es ist doch klar, dass es in der Nacht keine zwölf Meilen gegen uns aufgeholt hat. Und da gibt es noch andere Unmöglichkeiten…«

Dominic hatte regungslos wie ein lebloser schwarzer Kegel dagesessen, den man auf das Achterdeck neben den Ruderkopf gestellt hatte und auf dessen Spitze eine kleine Troddel flatterte. Eine Zeit lang verharrte er noch in diesem unbeweglichen Nachdenken, dann beugte er sich kurz auflachend vor und teilte mir das bittere Ergebnis seines Nachdenkens mit. Ihm war jetzt alles vollkommen klar. Das Zollboot war dort, wo wir es zuerst in Sicht bekamen, nicht weil es uns aufgeholt hatte, sondern weil wir in der Nacht an ihm vorbeigelaufen waren, als es sehr wahrscheinlich beigedreht schon genau in unserer Kursrichtung auf uns wartete.

»Schon wartete – verstehen Sie?« murmelte Dominic wütend.

»Schon! Wir sind gut acht Stunden früher ausgelaufen, als man angenommen hat, sonst würde es rechtzeitig hinter dem Kap auf der Lauer gelegen und –« er schnappte dicht vor meinem Gesicht mit den Zähnen wie ein Wolf zu – »uns so geschnappt haben.«

Jetzt sah ich alles ganz deutlich vor mir. Die dort hatten Augen im Kopf und ihre fünf Sinne beisammen. Wir hatten sie in der Dunkelheit passiert, als sie langsam auf ihren Hinterhalt zuhielten im Glauben, wir seien noch weit achteraus. Als sie jedoch bei Tagesanbruch voraus eine Balancelle unter vollen Segeln sichteten, setzten sie alle Segel, um das Schiff zu verfolgen. Aber wenn sich das so verhielt, dann –

Dominic ergriff meinen Arm.

»Ja, ja! Sie sind auf eine Information hin ausgelaufen – verstehen Sie? Aufgrund einer genauen Information … Man hat uns verraten – betrogen. Warum? Wie? Wofür? Wir haben die Leute an Land doch immer gut bezahlt … Nein! Aber mir zerspringt bald der Schädel.«

Es schien, als stockte ihm der Atem, zerrend riss er den Knopf am Kragen seines Umhangs auf, sprang mit aufgerissenem Mund hoch, als wollte er Flüche und Verdächtigungen ausstoßen, beherrschte sich aber sofort, zog den Mantel enger und setzte sich so ruhig wie immer wieder an Deck.

»Ja, es muss das Werk irgendeines Lumpen an Land sein«, sagte ich.

Er zog die Kapuze weit ins Gesicht, ehe er murmelte: »Ein Lump… Ja… Das ist klar.«

»Na ja«, sagte ich, »sie kriegen uns nicht, das ist auch klar.«

»Nein«, stimmt er ruhig bei, »das können sie nicht.«

Wir passierten das Kap ganz dicht, um eine gegenlaufende Strömung zu vermeiden. Andererseits gerieten wir dadurch so sehr in Lee des Landes, dass wir völlig abgedeckt waren und die beiden großen, stattlichen Segel der Tremolino einen Augenblick lang träge an den Masten herunterhingen, während hinter uns im donnernden Aufruhr die Seen gegen die Küste brandeten. Als dann der Wind wieder mit voller Wucht einsetzte, sahen wir mit Schrecken die Hälfte des neuen Großsegels aus den Lieken fliegen. Wir fierten die Rah sofort an Deck und bargen den Rest, aber es war kein Segel mehr, sondern nur noch ein Haufen nasser Segeltuchstreifen, der das Deck versperrte und das Schiff belastete. Dominic gab Befehl, den ganzen Kram über Bord zu werfen.

»Ich hätte auch die Rah über Bord werfen lassen«, sagte er, als er mich nach achtern führte, »wenn es nicht so viel Aufsehen machte. Lassen Sie sich nichts anmerken«, fuhr er fort und senkte dabei die Stimme, »aber ich muss Ihnen etwas Furchtbares mitteilen. Hören Sie: Ich habe festgestellt, dass die Lieken am Segel angeschnitten waren! Verstehen Sie? An vielen Stellen mit einem Messer angeschnitten. Und doch hat es die ganze Zeit gestanden. Nicht genug geschnitten. Das Schlagen hat dem Segel erst den Rest gegeben. Aber kommt es darauf an? Passen Sie auf, hier an Deck ist Verrat am Werke. Zum Teufel, hier hinter unserem Rücken, da sitzt Verrat. Drehen Sie sich nicht um, Signorino.«

Wir standen mit dem Gesicht zum Heck.

»Was ist dabei zu tun?« fragte ich entsetzt.

»Nichts. Schweigen! Seien Sie ein Mann, Signorino.«

»Und was noch?« fragte ich.

Um zu zeigen, dass ich ein Mann sein konnte, entschied ich mich, keinen Ton zu sagen, solange Dominic selbst die Kraft aufbrachte, seine Lippen geschlossen zu halten. In gewissen Situationen ist nur Schweigen angebracht. Überdies schien die Erfahrung des Verrats eine hoffnungslose Müdigkeit über mein ganzes Sinnen und Denken zu breiten. Etwa eine Stunde oder noch länger beobachteten wir unseren Verfolger, wie er bei den Böen, die ihn manchmal vollkommen verbargen, näher und näher kam. Aber selbst wenn wir das Schiff nicht sahen, fühlten wir es wie ein Messer an der Kehle. Es kam beängstigend schnell näher. Die TREMOLINO schwebte bei dem starken Wind und in dem viel glatteren Wasser unter ihrem einzigen Segel leicht dahin, und in der jubelnden Freiheit ihrer Bewegungen lag eine ergreifende Sorglosigkeit. Eine weitere halbe Stunde verging. Ich konnte es nicht länger aushalten.

»Sie werden unser armes Schiff zu fassen kriegen«, stammelte ich plötzlich, den Tränen nahe.

Dominic bewegte sich nicht mehr als eine Figur aus Holz. Ein Gefühl verhängnisvoller Einsamkeit überfiel meine unerfahrene Seele. Das Bild meiner Gefährten stieg vor mir auf. Die ganze Royalistengesellschaft war jetzt wohl in Monte Carlo. Und ganz klar sah ich sie sie sehr klein vor mir, mit affektierten Stimmen und steifen Bewegungen, wie eine Prozession unbeweglicher Marionetten auf einer Puppenbühne. Ich schrak auf. Was war das? Aus dem Innern der bewegungslosen schwarzen Kapuze neben mir flüsterte es unbarmherzig und geheimnisvoll:

»*Il faut la tuer.*«

Ich hörte es genau.

»Was meinen Sie, Dominic?« fragte ich und bewegte nur meine Lippen hierbei.

Und das Flüstern im Innern der Kapuze wiederholte geheimnisvoll:

»Sie muss sterben.«

Mein Herz begann heftig zu schlagen.

»Ja, ja«, äußerte ich stammelnd, »aber wie?«

»Sie lieben sie sehr?«

»Ja.«

»Dann müssen Sie auch den Mut dazu aufbringen. Sie müssen sie selbst steuern, und ich werde dafür sorgen, dass sie schnell stirbt, ohne mehr als einen Splitter zu hinterlassen.«

»Können Sie das?« murmelte ich, fasziniert von der schwarzen Kapuze, die unbeweglich über das Heck geneigt dastand, als stünde sie in unerlaubter Verbindung mit diesem alten Meer der Magier, Sklavenhändler, Verbannten und Krieger, dem Meer der Legenden und Schrecken, wo die Seefahrer des fernen Altertums noch den ruhelosen Schatten eines alten Wanderers im Dunkeln laut weinen hörten.

»Ich weiß einen Felsen«, flüsterte geheimnisvoll die wissende Stimme in der Kapuze. »Aber – Vorsicht! Es muss geschehen, ehe unsere Leute merken, was wir vorhaben. Wem können wir jetzt noch trauen? Ein Schnitt mit dem Messer ins Fockfall, dann läge die Fock an Deck, und mit unserer Freiheit wäre es in zwanzig Minuten vorbei. Vielleicht haben sogar unsere besten Männer Angst vor dem Ertrinken. Wir haben zwar das kleine Boot, aber bei einer Sache wie dieser weiß niemand, ob er gerettet wird.«

Die Stimme verstummte. Als wir von Barcelona absegelten, hatten wir unser Dingi im Schlepp, und später war es zu riskant, es wieder einzuholen, so überließen wir es am Ende einer ziemlich langen Leine seinem Schicksal. Schon ein paar Mal schien es uns von der See überwältigt, aber dann sahen wir es bald mit einer See flott und heil wie je plötzlich wieder auftauchen.

»Ich verstehe«, sagte ich leise. »In Ordnung, Dominic. Wann?«

»Noch nicht. Wir müssen erst noch ein bisschen dichter unter Land kommen«, antwortete die Stimme in der Kapuze gespenstisch murmelnd.

XLV

Es war abgemacht. Jetzt hatte ich den Mut, mich umzuwenden. Unsere Leute kauerten mich besorgten, niedergeschlagenen Gesichtern hier und dort an Deck und beobachteten unsern Verfolger. Zum ersten Mal an diesem Morgen wurde ich Cesars gewahr, der lang ausgestreckt neben dem Fockmast an Deck lag. Ich fragte mich verwundert, wo er sich so lange versteckt hatte. Aber er mag vielleicht die ganze Zeit neben mir gestanden haben; wir waren zu sehr mit unserem Verhängnis beschäftigt, als dass wir noch aufeinander geachtet hätten. Niemand hatte an diesem Morgen etwas gegessen, aber ständig waren die Leute zum Trinken ans Wasserfass gekommen.

Ich lief hinunter in die Kajüte. Dort hatte ich in einem Spind zehntausend Franken in Gold versteckt, von dessen Vorhandensein an Bord, soviel ich wusste, außer Dominic kein Mensch auch nur das Geringste ahnte. Als ich wieder an Deck kam, hatte sich Dominic umgedreht und schaute unter seiner Kapuze heraus forschend auf die Küste. Voraus lag Kap Creux, an Backbord eine weite Bucht, deren Wasser durch die harten Böen so aufgewühlt war, dass die Luft ganz von Dampf erfüllt schien, und achteraus sah es bedrohlich am Himmel aus.

Sowie mich Dominic sah, fragte er mich in ruhigem Ton, was geschehen sei. Ich ging nahe an ihn heran, tat ganz gleichgültig und sagte ihm, dass ich das Spind aufgebrochen vorgefunden hätte und mein Gürtel mit Geld fort sei. Gestern Abend war er noch da.

»Was wollten Sie denn damit?« fragte er mich. Er zitterte am ganzen Körper.

»Ihn umschnallen, natürlich«, gab ich zur Antwort, erschrocken, als ich hörte, wie er mit den Zähnen klapperte.

»Verfluchtes Gold!« murmelte er. »Das Gewicht des Geldes hätte Sie das Leben kosten können.«

Er schauderte. »Jetzt ist keine Zeit, darüber zu reden.«

»Ich bin klar.«

»Noch nicht. Ich warte, dass diese Bö aufkommt«, flüsterte er . Die Minuten schlichen dahin. Schließlich setzte die Bö ein. Unser Verfolger wurde von einer Art Windhose überrascht und geriet in der dunklen Wolkenbank außer Sicht. Die TREMOLINO bebte in allen Fugen und machte einen Satz nach vorn. Auch das Land voraus verschwand. Wir schienen allein in einer Welt aus Wasser und Wind zu sein.

»*Prenez la barre, monsieur.*« Mit rauer Stimme brach Dominic plötzlich das Schweigen. »Nehmen Sie das Ruder.« Er beugte seine Kapuze an mein Ohr. »Die Balancelle gehört jetzt Ihnen. Mit Ihrer eigenen Hand müssen Sie ihr den Schlag versetzen. Ich – ich habe noch ein anderes Stück Arbeit zu tun.« Laut sagte er zu dem Mann, der steuerte: »Lass den Signorino an die Pinne und halte du dich mit den anderen klar, das Boot längsseits zu holen, sobald ich die Order gebe.«

Der Mann war überrascht, gehorchte aber stumm. Die anderen kamen in Bewegung und spitzten die Ohren. Ich hörte sie flüstern: »Was nun? Wollen wir irgendwo einlaufen und uns aus dem Staub machen? Der Padrone weiß, was er tut.«

Dominic ging nach vorn. Er blieb einen Augenblick stehen, um auf Cesar zu blicken, der, wie ich schon sagte, lang ausgestreckt mit dem Gesicht nach unten beim Fockmast lag, dann machte er einen Schritt über ihn hinweg und geriet hinter der Fock aus meinem Blickfeld. Voraus konnte ich nichts erkennen. Es war einfach unmöglich, irgendetwas anderes als die Fock zu sehen, die offene, weite Fock, die mir wie eine große, unwirkliche Schwinge erschien.

Dominic hatte aber jetzt seine Richtung gefunden. Mit einem gerade noch hörbaren Ausruf kam seine Stimme von vorn:

»Jetzt, Signorino!«

Ich legte die Pinne über, wie er es mir vorher gesagt hatte. Ich hörte noch einen zweiten schwachen Zuruf, dann brauchte ich nur noch gerade voraus zu halten. Kein Schiff ist jemals so freudig in den Tod gelaufen. Die Balancelle hob sich und sank, als schwebe sie im Raum, dann schoss sie vorwärts, schwirrend wie ein Pfeil. Bald erschien Dominic wieder. Gebückt ging er unter der Fock hindurch und blieb in abwartender Haltung mit erhobenem Zeigefinger gegen den Mast gelehnt stehen. Eine Sekunde vor dem Anprall ließ er den Arm zur Seite niedersinken. Als ich das sah, biss ich die Zähne zusammen. Und dann –

Da redet man von zersplitternden Planken und krachendem Holz! Dieser Schiffbruch bedrückt meine Seele wie ein furchtbarer, entsetzlicher Mord mit solch unvergesslichen Gewissensnöten, als hätte ich mit einem einzigen Schlage ein lebendiges, treues Herz zermalmt. Einen Augenblick lang noch die vorwärtsstürmende, schwebende Fahrt, dann im nächsten Augenblick ein Krachen, und Tod, Stille – ein Moment furchtbarer Leblosigkeit. Der Gesang des Windes hat sich in schrilles Wehgeschrei verwandelt, und die schwere See brodelt drohend um den Leichnam. Eine quälende Minute lang sah ich die Fockrah mit einem wilden Schwung in Längsschiffrichtung fliegen und die Männer zu einem Haufen zusammengedrängt, vor Angst fluchend, wie wahnsinnig an der Schleppleine des Boots holen. Mit einem seltsamen Gefühl der Freude über einen vertrauten Anblick erkannte ich unter den Leuten Cesar und Dominics alte, wohlbekannte und so wirkungsvolle Geste, wie er mit seinem kraftvollen Arm weit ausholte. Ich erinnere mich deutlich, dass ich mir sagte: »Cesar muss jetzt natürlich zu Boden gehen«, und dann versetzte mir die hin und her fegende Pinne, die ich losgelassen hatte, um auf allen vieren fortzukriechen, einen Schlag aufs Ohr, dass ich bewusstlos zusammenbrach.

Ich glaube nicht, dass ich länger als ein paar Minuten wirklich besinnungslos war, aber als ich wieder zu mir kam, trieb das Dingi vor dem Wind in eine geschützte kleine Bucht, wobei es zwei Mann mit Riemen auf Land zu hielten. Dominic saß neben mir auf dem Achtersitz, er hatte einen Arm um meine Schulter gelegt und stützte mich.

Wir landeten an einem wohlvertrauten Teil der Küste. Dominic nahm einen Riemen aus dem Boot mit. Ich vermute, er dachte dabei an den Fluss, den wir nach kurzer Zeit überqueren mussten, wo immer ein elender Kahn lag, dessen Ruderstangen meist gestohlen waren. Zunächst mussten wir jedoch die Hügelreihe hinter dem Kap emporsteigen. Dominic half mir hinauf. Mir war schwindelig. Mein Kopf fühlte sich dumpf und schwer an. Als wir oben waren, hing ich nur noch an ihm, und wir hielten an, um auszuruhen.

Die weite, dampfende Bucht unter uns war leer. Dominic hatte sein Wort gehalten. Nicht ein Splitter war mehr bei dem schwarzen Felsen zu sehen, von dem auf einen Schlag die TREMOLINO mit ihrem mutigen Herzen in tiefes Wasser zu ihrer ewigen Ruh hinabgeglitten war. Die weite offene See war in Nebelschwaden eingehüllt, und in der Mitte einer abziehenden Bö stürmte wie ein Phantom das Zollboot unter vollen Segeln dahin, das ahnungslos immer noch auf der Verfolgung nach Norden jagte. Unsere Leute kletterten schon den rückwärtigen Abhang hinab, um den Kahn zu suchen, der, wie wir wussten, nicht immer leicht zu finden war. Mit geblendeten, trüben Augen blickte ich hinter ihnen her. Einer, zwei, drei, vier.

»Dominic, wo ist Cesar?« schrie ich.

Als ob er schon den bloßen Namen abwehren wollte, machte der Padrone diese weit ausholende, niederschlagende Geste. Ich trat einen Schritt zurück und starrte ihn erschrocken an. Sein offenes Hemd ließ seinen muskulösen Hals und das dichte Haar auf seiner Brust sehen. Er stieß den Riemen senkrecht in die weiche Erde, rollte langsam seinen rechten Hemdärmel auf und streckte den nackten Arm vor meinem Gesicht aus.

»Das«, begann er ganz langsam, wobei er mit übermenschlicher Anstrengung seine Gefühle unterdrückte, »ist der Arm, der ihm den Schlag versetzt hat. Den Rest, fürchte ich, hat Ihr eigenes Gold besorgt. Ich habe Ihr Geld ganz vergessen.« Er schlug in einer plötzlichen Schmerzaufwallung die Hände zusammen. »Ich habe es vergessen, habe es vergessen!« wiederholte er untröstlich.

»Cesar hat den Gürtel gestohlen?« stammelte ich bestürzt.

»Wer sonst? *Canaglia*! Er muss Ihnen tagelang nachspioniert haben. Und er hat den Streich ausgeführt. Den ganzen Tag in Barcelona an Land. *Traditore*! Verkaufte seine Jacke – um ein Pferd zu mieten. Haha! Ein schöner Handel! Ich sage Ihnen, er war es, der sie auf uns gehetzt hat…«

Dominic zeigte hinaus auf die See, wo das Zollboot nur noch als dunkler Fleck zu sehen war. Sein Kinn sank auf die Brust.

»… mit genauen Informationen«, murmelte er in traurigem Ton. »Ein Cervoni! Oh, mein armer Bruder! …«

»Und Sie haben ihn ertränkt«, sagte ich leise.

»Ich habe einmal zugeschlagen, und der Lump ging wie ein Stein unter – mit dem Gold. Ja, aber er hatte Zeit genug, in meinen Augen zu lesen, dass ihn nichts retten konnte, so lange ich lebe. Und hatte ich nicht das Recht dazu – ich, Dominic Cervoni, Padrone, der ihn an Bord Ihrer Feluke gebracht hat – meinen Neffen, einen Verräter?«

Er zog den Riemen aus der Erde und halft mir vorsichtig den Abhang hinab. Während der ganzen Zeit sah er mir nicht ein einziges Mal ins Gesicht. Er stakte uns über den Fluss, nahm den Riemen wieder über die Schulter und wartete, bis unsere Leute etwas weiter weg waren, ehe er mir seinen Arm zur Stütze bot. Nachdem wir eine kurze Strecke gegangen waren, kam das Fischerdorf, wohin wir wollten, in Sicht. Dominic blieb stehen.

»Meinen Sie, dass sie allein bis zu den Häusern gehen können?« fragte er mich ruhig.

»Ja, ich glaube, aber warum? Wo wollen Sie hin, Dominic?«

»Irgendwohin. Was für eine Frage! Signorino, Sie sind kaum mehr als ein Junge, wenn Sie einem Mann, der eine solche Geschichte in seiner Familie erlebt, diese Frage stellen. Oh, *traditore*! Was hat mich bloß dazu gebracht, diese Ausgeburt von einem hungrigen Teufel als unser eigenes Blut anzuerkennen! Ein Dieb, Betrüger, Feigling, Lügner – damit können sich andere Leute abgeben. Aber ich war sein Onkel, und so... Ich wollte, er hätte mich vergiftet – *charogne*! Aber das hier, dass ich, eine Vertrauensperson und ein Korse, Sie um Verzeihung bitten muss, weil ich an Bord Ihres Schiffes, dessen Padrone ich war, einen Cervoni brachte, der Sie verraten hat – einen Verräter! – das ist zu viel. Es ist einfach zu viel. Nun, ich bitte Sie um Verzeihung, und Sie mögen Dominic ins Gesicht spucken, weil ein Verräter unseres Blutes uns alle besudelt hat. Ein Diebstahl kann unter Männern wiedergutgemacht, eine Lüge berichtigt, ein Tod gerächt werden, aber was kann man tun, um einen Verrat wie diesen zu sühnen? ... Nichts.«

Er wandte sich um und ging von mir fort am Ufer des Stromes entlang. Er schwang seinen rächenden Arm und wiederholte langsam mit wildem Nachdruck: »*Oh! Canaille! Canaille! Canaille!* ...« Zitternd vor Schwäche und stumm vor Schrecken blieb ich zurück. Unfähig auch nur einen Laut hervorzubringen, starrte ich der fremdartig einsamen Gestalt dieses Seemannes nach, der unter dem düsteren, bleiernen Himmel des letzten Tages der TREMOLINO mit einem Riemen über der Schulter eine dürre, felsenbedeckte Schlucht hinaufstieg. Bedachtsam, mit dem Rücken zur See, schritt er davon. So entschwand Dominic meinen Blicken.

Wie sich der Gehalt unserer Wünsche, unserer Gedanken und unseres Erkennens zu unserer unendlichen Kleinheit verhält, so messen wir selbst die Zeit nach unserer eigenen Größe. Im Bann unserer Illusionen scheint uns der Rückblick auf dreißig Jahrhunderte Menschheitsgeschichte weniger zu bedeuten als auf dreißig Jahre unseres eigenen Lebens. Dominic Cervoni hat in meiner Erinnerung seinen Platz an der Seite des legendären Wanderers über das wunder- und schreckensreiche Meer, an der Seite des unheilbringenden, ruchlosen Abenteurers, dem der heraufbeschworene Schatten des Sehers eine Reise ins Binnenland verkündete: Mit einem Ruder auf der Schulter werde er so weit gehen, bis er auf Menschen träfe, die noch niemals Schiffe und Ruder zu Gesicht bekamen. Mir scheint, ich könne die beiden Seite an Seite im Zwielicht eines schalen Landes sehen, die unglücklichen Besitzer des geheimen Wissens um die See, die das Wahrzeichen ihres harten Berufes auf der Schulter tragen, umgeben von schweigenden und wissbegierigen Männern – wie auch ich, der ich gleichfalls der See den Rücken gekehrt habe, diese wenigen Blätter mit der Hoffnung durch das Zwielicht trage, in einem Tale landeinwärts das schweigsame Willkommen eines geduldigen Zuhörers zu finden.

Das heroische Zeitalter

XLVI

»Heutzutage hat niemand Aussicht auf Beförderung, der nicht in die Mündung einer Kanone springt und zum Zündloch wieder herauskriecht.«

Der diese Worte vor ungefähr hundert Jahren, nach beruflicher Auszeichnung dürstend, verdrossenen Herzens aussprach, war ein junger Seeoffizier. Von seinem Leben, seiner Karriere, seinen Leistungen und seinem Ende ist nichts überliefert, was seine jungen Nachfahren in der heutigen Flotte erbauen könnte – nichts als dieser Satz, der in der Schlichtheit der Empfindung und der Kraft seines bildhaften Ausdrucks echt seemännisch ist und den Geist jener Zeit verkörpert. Dieses düstere, doch lebensvolle Bekenntnis hat seinen Preis, seine Bedeutung und seine Lehre. Ein würdiger Vorfahr hat es uns vermacht. Wir wissen nicht, ob er noch lange genug gelebt und noch eine Chance gehabt hat, die so mühsam zu erreichende Beförderung zu verwirklichen. Er gehört zur großen Schar jener Unbekannten, die durch die hingebungsvolle lebenslange Mühe und die gewaltige Skala erfolgreicher Leistungen, welche ihr unersättlicher und unerschütterlicher Ehrgeiz vollbrachte, zu den wahrhaft Großen zu rechnen sind. Wir kennen seinen Namen nicht, und wir wissen von ihm nur so viel, wie für uns wesentlich ist, nämlich dass er auch in ausweglosen Lagen nie seine Pflicht vernachlässigte. Dies ist uns authentisch von einem berühmten Offizier aus der Zeit Nelsons überliefert. Sir Thomas Byam Martin, der als Großadmiral am Vorabend des Krimkrieges aus dem Leben schied, hat uns unter seinen allzu kurzen autobiografischen Aufzeichnungen diese paar charakteristischen Worte eines der vielen jungen Männer hinterlassen, die jenen besonderen Nachteil eines heroischen Zeitalters am eigenen Leibe erfahren mussten.

Der berühmte Admiral hatte das selbst durchgemacht und konnte daher gut beurteilen, was in jenen Tagen von den Männern und den Schiffen erwartet wurde. Er war ein hervorragender Fregattenkapitän, ein Mann mit gesundem Urteil, von hinreißendem Mut und heiterem Wesen, der gewissenhaft auf das Wohlergehen und die Ehre der Marine bedacht war. Größerer Ruhm blieb ihm nur dadurch versagt, dass der Dienst ihm keine Möglichkeiten hierzu bot. Wir tun gut daran, uns in diesen Tagen der Worte zu erinnern, die Sir T.B. Martin – er starb vor fünfzig Jahren gerade am Jahrestag der Schlacht bei Trafalgar – gegen Ende seines wohlgenutzten Lebens über Nelson geschrieben hat.

»Nelsons Gesinnungsadel war eine hervorstechende und bewundernswerte Seite seines Charakters. Auf seine Schwächen – Fehler, wenn man will – werde ich in keiner meiner Aufzeichnungen näher eingehen«, erklärt er und fährt fort: »Er, dessen großartiger und unvergleichlicher Taten man mit Bewunderung gedenken wird, solange es Dankbarkeit in den Herzen der Engländer und Schiffe auf dem Ozean gibt; er, dessen Beispiel beim Ausbruch des Krieges den jüngeren Männern der Flotte einen solch ritterlichen Impuls gab, dass sie sich in einen wahren Wettkampf kühner Unternehmungen stürzten, alle Mahnungen zur Vorsicht in den Wind schlugen und ihren Beitrag leisteten zu Taten heroischen Wagemuts, die in hohem Maße darauf abzielten, den Ruhm unserer Nation zu verherrlichen.«

Das sind seine Worte, und sie sind wahr. Der ungestüme junge Fregattenkapitän, der sich in seinen mittleren Jahren nicht scheute, mit seinem Schiff von vierundsiebzig Kanonen allein eine ganze Flotte zu jagen, der Mann mit dem Unternehmungsgeist und dem vollendeten Urteilsvermögen, der alte Großadmiral, der seinem Land unter zwei Königen und einer Königin treu gedient – er hat Nelsons Einfluss richtig empfunden und dieser Empfindung aus der Fülle seines Seemannsherzens treffenden Ausdruck verliehen.

»Verherrlichen«, schrieb er, nicht »vergrößern«. Und darin hat sein Gefühl und hat seine Feder genau die Wahrheit getroffen. Andere waren dazu da und auch fähig, zu den vielen Siegen beizutragen, die Englands Flotte für die Nation vollbracht hat. Nelsons Los war es, diesen Ruhm zu verherrlichen. Verherrlichen! Das Wort scheint für ihn geschaffen zu sein.

XLVII

Die britische Flotte brauchte ihre Siege nicht mehr zu zählen, sie ist mit ihnen so gesegnet, wie man es sich in den wildesten Träumen von Erfolg und Ruhm nicht vorstellen kann. Eher sollte sie sich an einem Tage, der ein Höhepunkt ihrer Geschichte ist, einiger Niederlagen erinnern, um die neidischen Götter zu versöhnen, die das Glück und die Siege eines Volkes begleiten. Die britische Marine verwaltet wahrhaftig das schwerste Erbe, das jemals dem Mut und der Treue Waffen tragender Männer anvertraut worden ist.

Dieses Erbe ist zu groß für bloßen Stolz. Es sollte die heutigen Seeleute im innersten Herzen demütig und in unausgesprochener Entschlossenheit unüberwindlich machen. In der Geschichte hat es noch nie eine Zeit gegeben, in der das Siegesglück den Männern, die auf See Krieg führten, derart treu geblieben ist. Und man muss ihnen zugestehen, dass sie es auch verstanden, dem Siegesglück die Treue zu halten. Sie waren voller Begeisterung. Bei Tag und bei Nacht, in gutem und schlechtem Wetter, immerfort schauten sie nach einem Lächeln des Glücks aus und warteten auf das kleinste Zeichen, um ihm auf ihren Händen ihre tapferen Herzen zum Opfer darzubieten. Und dass sie diese Standhaftigkeit beseelte, verdankten sie allein Lord Nelson. Welche irdische Liebe er auch aufgegeben oder an sich gefesselt hat, vor allem und über allem liebte der große Admiral doch die Göttin des Ruhmes. Er liebte sie eifersüchtig, mit unauslöschlicher Glut und unersättlichem Verlangen – er liebte sie mit herrischer Hingabe und unendlichem Vertrauen. Aus der Überfülle seiner Leidenschaft war er ein anspruchsvoller Liebhaber, und die Göttin des Ruhmes hat

sein Zutrauen niemals enttäuscht. Sie begleitete ihn bis ans Ende seines Lebens, und noch im Sterben presste er ihr letztes Geschenk – neunzehn erbeutete Schiffe – an sein Herz. »Ankern, Hardy – ankern!« war der Ruf eines glühenden Liebenden und vollendeten Seemannes. So drückte er die letzte Gabe der Göttin an seine Brust.

Diese glühende Leidenschaft hat ihn groß gemacht. Er war ein leuchtendes Beispiel für alle, die nach Ruhm und Erfolg strebten. Schon vor ihm hat es ausgezeichnete Offiziere gegeben – Lord Hood zum Beispiel, den Nelson selbst für den größten Seeoffizier Englands hielt. Eine lange Reihe großer Befehlshaber hat Nelsons umfassendem Genius die See erschlossen. Seine Zeit war gekommen; die große Tradition der Flotte ging von den großen Seeoffizieren in die Obhut eines großen Mannes über. Es zählt nicht zum geringsten Ruhm der Flotte, dass sie Nelson verstand. Lord Hood vertraute ihm. Admiral Keith sagte ihm: »Wir können Sie weder als Kapitän noch als Admiral entbehren.« Earl St. Vincent übergab ihm, ohne hierzu einen Auftrag zu haben, einen ganzen Verband seiner Flotte, und Sir Hyde Parker stellte ihm vor Kopenhagen zwei Schiffe mehr zur Verfügung, als Nelson verlangt hatte. So weit die Vorgesetzten; die ganze übrige Flotte schenkte ihm ihre ergebene Liebe, ihr Vertrauen und ihre Bewunderung. Und als Gegengabe brachte er ihr seine eigene in Begeisterung glühende Seele dar. Er hauchte dieser Flotte seine Leidenschaft und seinen Ehrgeiz ein und revolutionierte in wenigen Jahren nicht etwa die Strategie oder Taktik der Seekriegsführung, sondern die Grundidee des Sieges selbst. Und das ist Genialität. Allein hierdurch, durch die Beständigkeit seines Glücks und die Kraft seiner Inspiration steht er unter den Führern von Kriegsflotten und unter den Seeleuten ohnegleichen da. Er brachte das Heldentum in Einklang mit der Pflicht. Wahrhaftig, ein furchtbarer Vorfahre!

Und die Männer seiner Zeit liebten ihn. Sie liebten ihn nicht nur, wie siegreiche Heere große Heerführer geliebt haben, sie liebten ihn inniger und vertrauter, als wäre er einer von ihnen. Er hatte nach den Worten eines Zeitgenossen »eine überaus glückliche Art, die liebevolle Achtung und Verehrung aller zu gewinnen, denen es vergönnt war, unter seinem Kommando zu dienen«.

So groß zu sein und für die Liebe seiner Mitmenschen so zugänglich zu bleiben, ist das Merkmal außergewöhnlicher Humanität. Lord Nelsons Größe war von sehr menschlicher Art. Sie beruhte auf einem ethischen Fundament und musste sich von der herzlichen Ergebenheit einer Schar von Brüdern umgeben wissen. Er war eitel und feinfühlig. Die Liebe und Bewunderung, die ihm die Seeleute so rückhaltlos entgegenbrachten, milderte die Ruhelosigkeit seines beruflichen Ehrgeizes. Er vertraute ihnen ebenso sehr, wie sie ihm vertrauten. Er war der Seemann der Seeleute. Sir T.B. Martin berichtete, er habe niemals mit einem Offizier, der unter Nelson gedient hatte, gesprochen, »ohne Worte herzlichster Zuneigung für den Menschen und der Bewunderung für seine freimütige und versöhnliche Art gegenüber seinen Untergebenen zu hören«. Und Sir Robert Stopford, Kommandant eines der Schiffe, mit denen Nelson eine an Zahl beinah doppelt so große Flotte bis nach Westindien jagte, sagt in einem Brief: »Wir sind halb verhungert und dadurch, dass wir so lange keinen Hafen angelaufen haben, auch allerlei sonstigen Beschwerlichkeiten ausgesetzt, aber es ist unser Lohn, mit Nelson zu sein.«

Dieser heroische Geist der Kühnheit und Ausdauer, unter dessen Einfluss alle offenen und alle persönlichen Differenzen in der ganzen Flotte verschwanden, ist Lord Nelsons großes Vermächtnis, das die Siege von Abukir, Kopenhagen und Trafalgar dreifach besiegelten. Es ist ein Vermächtnis, dem die wandelbare Zeit nichts anhaben kann. Die Männer und Schiffe, die Nelson in treuer Ergebenheit zu mutigen Taten und lohnendem Ruhm zu führen verstand, sie sind dahingegangen, aber Nelsons aufrichtender geistiger Einfluss ist in dem Vorbild verewigt, das er durch seine Taten für alle Zeiten aufgestellt hat. Die Prinzipien der Strategie mögen unwandelbar sein, und es ist sicher, dass sie aus Mutlosigkeit, aus Blindheit oder aus Mangel an Entschlusskraft vernachlässigt wurden und auch weiter vernachlässigt werden. Man könnte über die Taktik großer Heerführer zu Lande und zur See endlos diskutieren. Oberstes Ziel aller militärischen Taktik ist das Bestreben, mit dem Gegner unter möglichst vorteilhaften Bedingungen ins Gefecht zu kommen; aber man kann aus der Erfahrung keine ausnahmslos gültigen Regeln gewinnen, weil – und das ist der Hauptgrund unter vielen anderen – die Art des Gegners ein sehr variabler Faktor bei diesem Problem ist. Nelsons Kriegskunst ist mit vielem Stolz und manchem Nutzen ausführlich erörtert worden. Jetzt hat sie aber nur noch Altertumswert. Und einige Jahre weiter werden die vom Zufall abhängigen Schwierigkeiten, mit denen der Führer einer Segelschiffsflotte zu rechnen hat, den Seeleuten, die Lord Nelsons Vermächtnis an heroischem Geist für ihr Land bewahren, gar nicht mehr vorstellbar sein. Die Art der Schiffe hat sich zu sehr und zu radikal gewandelt. Es ist gewiss richtig und auch gut, die Taten großer Männer mit nachdenklicher Ehrfurcht zu studieren; aber die eindeutige Absicht, die in Lord Nelsons berühmter Denkschrift zum Ausdruck kommt, scheint schon unter dem Schleier zu liegen, den die Zeit über die klarsten Vorstellungen jeder großen Kunst breitet. Man darf nicht vergessen, dass Nelson zum ersten Male, seit er Oberbefehlshaber war, seine Gegner stellen konnte – es war das erste und das letzte Mal. Hätte er länger gelebt oder hätte es noch andere Flotten gegeben, die ihm entgegentreten konnten, dann würden wir vielleicht noch mehr von seiner Größe als Seeoffizier erfahren haben. Seiner Größe als Führer konnte nichts mehr hinzugefügt werden. Aber gewiss ist, dass Lord Nelson an keinem anderen Tage seiner kurzen und glorreichen Laufbahn seinem Genius und der Glücksgöttin seines Landes treuer gewesen ist als am Tag der Schlacht bei Trafalgar.

XLVIII

Und dennoch bleibt die Tatsache bestehen, dass die vordersten Schiffe durch nichts hätten gerettet werden können, weder vor ihrer Kaperung noch vor ihrer Zerstörung, wenn der Wind eingeschlafen wäre und die Flotte ihre Steuerfähigkeit verloren oder, noch schlimmer, wenn der Wind nach Ost gedreht und die Schiffe in Schussweite der feindlichen Geschütze getrieben hätte. Alles Können eines großen Seeoffiziers würde in einem solchen Falle nutzlos gewesen sein. Doch Nelson war mehr als das, und seinen Genius hätte auch eine Niederlage nicht geschmälert. Aber augenscheinlich muss eine Seekriegsführung, die so sehr von der Gnade unabänderlicher Zufälle abhängig ist, einem modernen Seemann so unzureichend vorkommen, dass sich ihr Studium nicht lohnt. Bei der nächsten großen Flottenaktion, die einmal ihren Platz in der Geschichte der britischen Marine neben der Schlacht bei Trafalgar einnehmen könnte, wird der Oberbefehlshaber diese Sorge und die Last einer solchen Abhängigkeit nicht kennen. Seit hundert Jahren ist jetzt die britische Flotte keinem Feind mehr in einer offenen Seeschlacht gegenübergetreten. Hundert Jahre sind eine lange Zeit, der Unterschied zu den heutigen Verhältnissen aber ist ungeheuer. Es besteht eine große Kluft zwischen damals und heute. Wäre das letzte große Gefecht der englischen Flotte zum Beispiel das des ersten Juni gewesen und gäbe es nicht Nelsons Siege, dann würde der Abgrund nahezu unüberbrückbar sein. Am Kreuzwege steht des großen Admirals schmale, von Leidenschaft verzehrte Gestalt. Er besaß die Kühnheit des Genies und die Gabe prophetischer Einfühlung.

Der moderne Marinemann muss die Empfindung haben, es sei an der Zeit, die Kriegsführung der großen Seeoffiziere von früher in den Tempel erhabener Erinnerungen zu überführen. Die Flottentaktik der Segelschiffszeit wurde von zwei entscheidenden Dingen beherrscht: von der tödlichen Wirkung eines breitseits treffenden Schnellfeuers und der Furcht, die bei einem vom Winde abhängigen Flottenführer ganz natürlich ist, dass ein Teil seiner Flotte im entscheidenden Augenblick hoffnungslos nach Lee abgedrängt werde. Diese beiden Punkte waren das Wesentliche der Segeltaktik, und diese beiden Punkte sind durch die völlig veränderte Antriebskraft und Bewaffnung der Schiffe aus den Problemen der modernen Taktik ausgeschaltet worden. Lord Nelson hat sie als Erster mit Überzeugung und Wagemut, gestützt auf das unbegrenzte Vertrauen zu seinen Leuten, außer Acht gelassen. Dieses Überzeugtsein, dieser Wagemut und dieses Vertrauen sprachen aus den Zeilen der berühmten Denkschrift, die nur eine Erläuterung seines Glaubens bedeutet, dass die zermalmende Feuerüberlegenheit das einzige Mittel zum Siege und das einzige Ziel einer folgerichtigen Taktik ist. Unter den Schwierigkeiten der damals bestehenden Bedingungen strebte er diesem, und nur diesem Ziele allein nach, indem er in diesem Glauben jedes Risiko überwand. Und in der Ausschließlichkeit dieses Glaubens erscheint uns Lord Nelson als der Erste, der die neue Richtung einschlug.

Gegen jedes Risiko, sagte ich, und die Männer von heute, denen die Anwendung des Dampfes von Jugend an vertraut ist, können sich wohl kaum vorstellen, wie viel von diesem Risiko auf das Konto des Wetters ging. Außer bei Abukir, wo die Voraussetzungen für den Angriff auf eine im flachen Wasser vor Anker liegende Flotte geradezu ideal waren, hat Nelson mit dem Wetter kein Glück gehabt. Tatsächlich hat auch bei der Teneriffa-Expedition nichts anderes als das ganz ungewöhnliche Ausbleiben des Windes Nelson den Arm gekostet. Am Tage der Schlacht bei Trafalgar war das Wetter weniger ungünstig als vielmehr äußerst gefährlich.

Es war einer jener bedeckten Tage, an denen ab und zu die Sonne durchbricht, mit schwachen, unbeständigen Winden und einer westlichen Dünung. Es war diesig, aber das Land kam in der Nähe des Kaps zeitweise deutlich heraus. Ich hatte das Glück, mehr als einmal und viele Stunden lang voller Ehrfurcht diese Stelle anschauen zu können. Gewisse außergewöhnliche Umstände machten mich vor ungefähr dreißig Jahren eine Zeit lang sehr vertraut mit dieser Bucht an der spanischen Küste, die innerhalb der Linie Faro-Spartel liegt. Meine damaligen Erfahrungen, ich erinnere mich genau, haben mich davon überzeugt, dass alle Anzeichen, die sonst auf westliche Winde hindeuten, in diesem Winkel des Ozeans trügerisch sind, wenn der Wind über West nach Nord gedreht hat – wie er es am 20., die britische Flotte zurücktreibend, tat – und dass er dann mit großer Wahrscheinlichkeit statt zurückzudrehen, weiter rechtsherum nach Osten drehen wird. Unter diesen Umständen wurde der Flotte am Morgen des 21. um sieben Uhr das Signal gegeben, abzufallen und Ost zu steuern. Wenn ich mich jener schwachen Seufzer des Ostwindes erinnere, die unerwartet und ohne jede andere Warnung als eine etwa zehn Minuten anhaltende Windstille und eine eigenartige Verdunkelung der Küstenlinie einsetzten und die glatte, entgegenlaufende Dünung kräuselten, dann kann ich als Seemann nur mit atemstockender ehrfurchtsvoller Scheu dieses schicksalsschweren Augenblicks gedenken. Vielleicht haben mich meine eigenen Erfahrungen in einem Lebensalter, dem Verantwortung noch etwas besonders Neues und Ungewohntes war, so sehr beeinflusst, dass ich die Gefährlichkeit des Wetters vor mir selbst übertreibe. Der große Admiral und tüchtige Seemann verstand es, die Zeichen des Himmels und der See richtig zu deuten, wie es sein Befehl an die Flotte, am Ende des Tages alles zum Ankern vorzubereiten, deutlich genug beweist; aber gleichviel, der bloße Gedanke an die widrigen östlichen Winde, die plötzlich etwa eine halbe Stunde nach dem ersten Schuss aufkamen, dazu noch die Vorstellung, dass die hintersten Schiffe beider Verbände quer zur westlichen Dünung nach Lee abtrieben und dass zwei britische Admirale in fast ausweglose Gefahr gerieten, genügten vollauf, einem den Atem zu verschlagen. Bis zum heutigen Tage kann ich mich nicht des Eindrucks erwehren, dass bald vierzig Minuten lang das Schicksal der großen Seeschlacht von einem Windhauch abhing, von einem Windhauch, wie auch ich ihn von achtern aufkommen und über meine Wange hinstreifen fühlte, als ich nach Westen blickte, um nach den ersten Anzeichen des kommenden Wetters Ausschau zu halten. Nie wieder werden zum Kampf ausfahrende britische Seeleute den Erfolg ihrer Tapferkeit einem Windhauch anvertrauen müssen. Der Gott der Stürme und Schlachten hat die Sonne von Englands Segelschiffsflotte, deren Waffen er bis zuletzt beigestanden hat, in wolkenlosem Glanze untergehen lassen. Die alten Schiffe und ihre Männer sind dahingegangen; neue Männer und neue Schiffe, von denen viele die alten glückverheißenden Namen tragen, haben die Wache auf der grausamen, unerbittlichen See angetreten, die nur dem eine Gelegenheit bietet, der sie mit fester Hand und unerschrockenem Herzen zu ergreifen versteht.

XLIX

Das verstand die Flotte des Zwanzigjährigen Krieges gut, und niemals verstand sie es besser als zu der Zeit, da Lord Nelson ihrer Seele sein eigenes leidenschaftliches Verlangen nach Ehre und Ruhm einhauchte. Es war eine vom Glück begünstigte Flotte. Ihre Siege waren kein bloßes Vernichten hilfloser Schiffe und Hinmetzeln entmutigter Männer. Diese grausame Gunst, um die ein tapferes Herz noch nie gefleht hat, blieb ihr erspart. Sie hatte Glück mit ihren Gegnern. Ich sage Gegnern, denn wir sollten beim Wachrufen solcher stolzen Erinnerungen das Wort »Feinde« vermeiden, dessen böswilliger Klang den Widerstreit und Hader der Nationen verewigt, diesen vielleicht unabänderlichen, aber so verhängnisvollen - und so vergeblichen Hader. Der Krieg ist ein Teil des Lebens; aber, ach, kein Krieg erscheint mehr als notwendig, wenn die Zeit ihre beschwichtigende Hand auf die erhitzten Missverständnisse und leidenschaftlichen Wünsche großer Völker gelegt hat. »*Le temps*«, hat ein berühmter Franzose gesagt, »*est un galant homme.*« Sie fördert den Geist der Eintracht und Gerechtigkeit, in deren Dienst ebenso viel Ruhm zu ernten ist wie mit den Taten der Waffen.

Von den beiden Flotten, die uns gegenüberstanden, war die eine durch revolutionäre Umtriebe desorganisiert und die andere unter der Nachlässigkeit einer verfallenden Monarchie eingerostet; so zogen beide von vornherein benachteiligt in die Schlacht. Wir haben kraft unserer Kühnheit und Treue und dank dem Genie eines großen Führers unseren Vorteil im Laufe des Krieges vergrößern und bis zum Ende halten können. Aber in der frohlockenden Illusion unwiderstehlicher Macht, die eine lange Reihe militärischer Erfolge in einer Nation hervorruft, kann die weniger augenfällige Seite eines solchen Glückes leicht ganz übersehen werden. Die alte Flotte verdiente sich in den letzten Tagen einen Ruhm, den auch herabsetzende Bosheit nicht zu bekritteln vermag. Und diese höchste Gunst verdankt sie allein ihren Gegnern. Obwohl sie durch ein unseliges Geschick jenes Selbstvertrauens beraubt wurden, das den Händen einer bewaffneten Schar erst die wahre Kraft verleiht, obwohl sie an Können, nicht aber an Mut unterlegen waren, haben die Gegner, das kann man sicher sagen, es doch fertig gebracht, im Jahre 1797 besser zu kämpfen als im Jahre 1793. Der Widerstand, den sie später am Nil immer noch leisteten, war alles, und mehr als alles, was von Seeleuten verlangt werden kann, die, wenn sie nicht blind oder ganz von Sinnen sind, wissen mussten, dass ihr Schicksal von dem Augenblick an besiegelt war, als die GOLIATH vor dem Bug der GUERRIER aufdrehte und unter Land vor Anker ging. Die vereinigten Flotten von 1805 kamen gerade aus dem Hafen, und obgleich entmutigende Erinnerungen an Niederlagen sie begleiteten, boten sie der herannahenden britischen Flotte doch eine so entschlossene Front, dass Kapitän Blackwood seinen Admiral in einer ritterlichen Aufwallung dazu beglückwünschte. Unsere Gegner haben durch das Aufbieten ihrer ganzen Tapferkeit unseren Waffen einen noch größeren Glanz verliehen. Kein Freund hätte mehr tun können, denn selbst im Kriege, der eine Zeit lang alle Gefühle menschlicher Gemeinschaft auslöscht, bleibt zwischen tapferen Männern dieses feine Gefühl der Verbundenheit bestehen: dass das endgültige Zeugnis über den Wert des Sieges aus den Händen des Besiegten empfangen werden muss.

Die in der heißen Schlacht damals gemeinsam zur Ruhe in die Tiefe des Ozeans hinabsanken, diese Männer würden die Losungen unserer Zeit nicht verstehen und mit erstaunten Augen unsere Werkzeuge des Krieges anstarren. Alles vergeht, alles wandelt sich: der Hass und die Erbitterung unter den Völkern, die Flottenstrategie, die Schiffsformen; und selbst die See scheint heute einen veränderten und enger begrenzten Anblick zu bieten als zu Nelsons Zeit. In diesem unaufhörlichen Enteilen der Schatten und Schemen, die wie fantastische dunkle Wolkengebilde an einem stürmischen Tage vorüberziehen und kopfüber die scharfe Kante des unversöhnlichen Horizontes hinabstürzen, müssen wir uns auf den Geist unseres Volkes besinnen, der in seiner Kraft und Beständigkeit über Glück und Unglück erhaben ist und uns allein das Gefühl fortdauernden Lebens und unbesiegbarer Stärke gegenüber der Macht des Schicksals verleiht.

Wie ein kostbares und geheimnisvolles Elixier, das dem vergänglichen Lehm aufeinander folgender Generationen beigemengt ist, nimmt dieser Geist im Laufe der Jahrhunderte an Wahrheit, Glanz und Wirksamkeit zu. Rein und unvergänglich strömt er um die ganze Welt und bewahrt die Größe unserer großen Männer vor dem Verfall und der Vergessenheit des Todes, und damit auch die leidenschaftliche und ritterliche Größe Nelsons, dessen Genius nach dem Glauben eines tapferen Seemannes und berühmten Admirals dazu geschaffen war, »den Ruhm unserer Nation zu verherrlichen«.

»…und ich sah die See jetzt, wie sie in Wirklichkeit ist – die See, die mit Männern ihr Spiel treibt…«,
Joseph Conrad: Weihe